KB050588

운수
대통령

운수 대통령 3
초판 1쇄 인쇄일 2016년 1월 22일 ㅣ **초판 1쇄 발행일** 2016년 1월 26일

지은이 송근태 ㅣ **펴낸이** 곽중열 ㅣ **담당편집 팀장** 이범수
편집부 신연제 이윤아 김은경 홍현주

펴낸곳 (주) 조은세상 ㅣ **출판등록** 제 2002-23호
주소 경기도 연천군 미산면 청정로 1355
TEL 편집부 02)587-2966 ㅣ FAX 02)587-2922
e-mail bukdu@comics21c.co.kr

ⓒ송근태 2015
ISBN 979-11-5832-397-4 ㅣ ISBN 979-11-5832-394-3(set) ㅣ 값 8,000원

운수
대통령

송근태 현대 판타지 장편소설
NEO MODERN FANTASY STORY

북두
(도)좋은세상

NEO MODERN FANTASY STORY

운수
대통령

송근태 현대 판타지 장편소설

첫 번째 이야기
서형문

운수 대통령

운수 대통령

첫 번째 이야기
서형문

학생들이 서형문에게 바라는 건 둘 중 하나였다.

교수직에서 물러나거나, 아니면 학생들 대하는 태도가 변하는 것.

최창수는 전자도 충분히 가능하다 생각했지만, 대다수의 학생은 후자가 더 현실적이라 여겼고 우선은 그걸 목표로 의논을 나누기 시작했다.

"이번 일과 관련된 모든 총대는 제가 매겠습니다."

카카오톡 단체 채팅방에서 최창수가 말했다.

서형문을 무너트리는 건 자신이 목표 중 하나. 비록 학생들이 자발적으로 모인 거지만, 책임을 남에게 넘기고 싶지 않았고 목표를 이룰 수만 있다면 질타 정도는 충분히 감수

할 수 있다.

게다가 자신은 딱히 대학졸업장에도 관심이 없다.

자신의 능력이라면 뭘 해도 성공할 거라는 믿음이 있으니까.

하지만 이 학생들은 아니었다.

그들은 최강대 졸업장을 필요로 했고, 차후 대기업에 입사할 이들이다.

"서형문에게 당했던 악행을 전부 말해주세요."

그 말을 시발점으로 자신이 알지 못하던 서형문의 악행이 하나 둘 튀어나오기 시작했다.

"성희롱 비슷한 걸 당했어."

"주말에 날 불러서 세차를 시키더라."

"인격모독을 받았어."

"학점을 빌미로 심부름을 시켰어."

"오늘따라 왜 이렇게 재수 없게 생겼냐면서 뺨을 맞았어."

듣기만 해도 분노가 치밀어 오르는 학생들의 증언!

하지만 어디까지나 증언에 불과하다. 증거가 없는 한 이 문제로 서형문을 무너트리는 건 힘들었다.

"알겠습니다. 우선 좀 더 상황을 지켜보도록 하죠. 추가 사항이 있다면 언제든지 얘기해주세요."

마지막 채팅을 올리고, 최창수는 걸음을 멈췄다. 그리고 정면을 바라봤다.

만능 심부름센터라는 건물이었다.

"실례합니다."

그곳 문을 열었다. 그러자 제법 험하게 생기거나 얍삽하게 생긴 사람들이 최창수를 반겼다.

"아이고, 고객님 오셨네! 자자, 시원한 냉수 한 잔 받으시고 여기 앉으세요."

"감사합니다."

"감사는 저희가 더 감사하죠. 자, 그래서 무슨 일로 오셨는지?"

"혹시, 뒷조사도 해주나요?"

"키야! 잘 오셨네, 그거야 말로 저희 업체 전문이죠! 누구 뒤가 그렇게 궁금하세요? 바람난 아내? 음, 근데 아직 어려 보이는데 벌써 아내가 있으신가."

참으로 말이 많은 사내였다.

어색하게 웃으면서 사진 한 장을 꺼냈다.

"최강대학교 영문학과 교수인 서형문이란 사람인데요. 이 사람의 뒷조사를 해줬으면 합니다."

"정확히 어느 부분을?"

"전부 다요."

최창수가 흰 봉투를 꺼냈다.

어디서 본 건 많다고 생각하면서 업체 사장이 내용물을 확인했다. 그리고 눈이 휘둥그레졌다.

"오, 오백만 원!"

"그 정도면 충분하죠?"

요즘 경기가 안 좋아서 흥신소 의뢰가 상당히 줄었다. 수요를 늘리려고 자연스레 가격을 낮췄고 뒷조사의 경우 150에서 300만원 사이다.

"결과물이 마음에 들면 더 드릴 의향이 있습니다."

복권 몇 장이면 순식간에 거금이 손에 들어온다. 예전에야 500만원에 눈이 휘둥그레졌지, 이제는 푼돈에 불과했다.

"후……."

업체 사장이 깊은 한숨을 쉬면서 몸을 일으켰다. 그리고 큰소리고 외쳤다.

"야, 얘들아 뭐하냐! 싸장님 헹가래 한 번 태워드리고, 바로 일 하러 나가자!"

"우오오!"

"걱정 마십시오, 싸장님! 저희가 책임지고 이놈이 샤워할 때 어디부터 씻는지 까지 다 밝혀내겠습니다!"

이걸로 굳이 자신의 시간을 들여 서형문을 따라다닐 필요는 없어졌다. 그거 말고도 할 일이 한두 가지가 아니니까.

집으로 돌아간 최창수는 노트북을 켜 인터넷에 접속했다.

'내가 이런 걸 살 날이 올 줄은 몰랐는데…….'

그가 접속한 건 몰래카메라 및 녹음기를 판매하는 사이트였다. 본래 이 같은 물품은 불법이지만 어찌됐는지 요즘은 대형 쇼핑몰에서도 버젓이 판매를 하고 있다.

'필요하니까 어쩔 수 없지.'

뉴스에서도 자주 화제가 될 정도로 요즘 대한민국은 몰

래카메라가 기승을 부리고 있다. 좋은 용도로 사용되면 좋
겠지만, 대부분이 여성을 성적으로 촬영하는데 사용되니
당연히 주변의 시선이 고울 리가 없다.

최창수는 몰래카메라와 녹음기를 정확히 5:5비율로 구
매했다. 800만원에 가까운 돈이 소모됐지만 전혀 아깝지
않았다.

서형문을 무너트린다.

권력이 올바르게 사용되는 그 날을 앞당길 자신의 투자
라고 생각했으니까.

며칠 후.

주문한 물건이 왔고 최창수는 계획에 참여한 학생들 한
명도 빠짐없이 불러 모았다.

"오늘 제가 모두를 부른 이유는 하나입니다. 서형문을
무너트릴 증거물을 만들기 위함이죠."

"증거물을 어떻게 만들어?"

"지금부터 제 사비로 구매한 몰래카메라와 녹음기를 드
릴 거예요. 서형문과 관련된 일이 발생할 때마다 사용해서
증거물 확보를 해주세요."

"그거…… 비싸지 않아?"

"제 돈 써서 모두가 편해질 수만 있다면 그깟 돈이 문제
겠어요?"

그 발언에 학생들이 감동을 받았다.

이토록 자신들을 생각해주는 사람이 있다니……. 대부분

어릴 적부터 부모의 학구열에 고생해왔기에 감동이 더욱 크게 다가왔다.

최창수는 한 명 한 명에게 몰래카메라와 녹음기를 나눠 줬다.

"여러분들이 그럴 거라고는 생각 안 하는데, 만일을 대비해서 주의 드릴게요. 증거자료 수집 이외에 목적으로는 절대 사용하지 마세요."

학생들이 알겠다고 대답을 했다.

용건을 마쳤으니 이제 각자 할 일로 돌아가도 좋다. 하지만 학생들은 돌아가는 것 대신 자신들끼리 모여서 수군거리기 시작했다.

"창수야."

자기들만의 얘기가 끝났는지, 서은결이 다가왔다.

"계좌번호 좀 알려줘라."

"그건 왜요?"

"많지는 않겠지만 우리도 구매비용을 보태고 싶거든. 다들 동의했어."

"어…… 안 그래도 괜찮아요. 제가 총대를 멨으니 전부 책임져야죠."

"야! 섭섭하게 뭔 소리야! 다들 한 마음 한 뜻으로 모였는데 너한테만 다 맡기면 선배 체면이 뭐가 되냐!"

"맞아! 우리도 돕게 해줘! 그래야 서형문 무너트렸을 때 더 통쾌하지!"

학생들이 제각기 자신의 의견을 토해냈다.

예상하지 못한 상황에 최창수가 얼떨떨하게 입을 열었다.

"거절하는 것도 예의가 아니니…… 그 성의, 잘 받을게요."

세상은 아직 따뜻했다.

· · · ◈ · · ·

추가 계획을 설명한 뒤, 최창수는 잠시 흥신소를 방문하기로 했다.

얼마나 많은 증거물이 모였는지 확인할 생각이었으니까.

그때였다.

"저기, 오빠."

누군가가 말을 걸었다.

고개를 돌리니 중학생 쯤 되어 보이는 여학생이 갈색 서류봉투를 갖고 서 있었다.

"나 불렀어?"

"네. 죄송한데 영통과 캠퍼스가 어디 있어요?"

"영통과? 저 건물인데, 찾는 사람 있어?"

"아빠가 서류 좀 갖고 오라고 해서요."

"아, 영통과 교수님이 아버지인가 보구나. 누군데? 나랑 같이 가자."

"서형문 교수요."

서형문.

그 이름이 나오자 최창수는 흠칫 놀랐다.

'그러고 보니…… 딸이 있다고 했지.'

설마 서형문 교수의 자식과 만나게 될 줄은 몰랐다. 그 순간 질문거리가 수십 개 떠올랐다. 하지만 굳이 물어보지는 않았다.

아무리 망나니더라도 자식 앞에서 부모 욕을 하는 건 몹쓸 짓이니까.

최창수는 서형문의 딸과 함께 영통과 건물을 향해 걸었다. 그의 딸이란 걸 알게 되자 묘하게 말을 걸기가 힘들어졌다.

"저희 아빠 말인데요."

그때, 그녀가 먼저 입을 열었다.

"대학에서도 나쁜 사람이에요?"

걸음을 멈춘 그녀.

조심스레 최창수를 바라봤다. 수심이 가득한 표정과 축 처진 눈동자. 어딘가 쓸쓸해 보이는 얼굴이다.

"……그건 왜?"

"뉴스에 많이 나오잖아요. 집에서는 나쁜데 밖에서는 착하게 행동하는. 아빠도 그런 사람인가 궁금해서요."

"집에서는 어떤데?"

"……말하기 싫어요. 떠오르니까."

"……그러네. 미안, 괜한 걸 물었구나. 음, 그래. 솔직히 좋은 교수님은 아니지."

"많이 나빠요?"

"조금."

"그렇구나……. 고마워요."

뭔가 중대한 결정을 내린 듯, 그녀가 주먹을 움켜쥤다.

"여기서부터는 저 혼자 갈게요. 감사합니다."

꾸벅 고개를 숙인 그녀가 저 멀리 달려가 영통과 캠퍼스 지도 앞에서 멈춰 섰다. 그리고 교수실을 찾았는지 멈췄던 두 다리를 다시 놀렸다.

점점 멀어지는 그녀.

최창수가 소리쳤다.

"힘 내!"

· · · ◈ · · · ·

서형문의 개인교수실.

그곳에 구자용이 다급한 표정으로 서 있었다.

"교수님. 당분간 몸을 사리는 게 좋겠습니다."

"어째서죠, 구자용 학생?"

"최창수를 중심으로 교수님에게 불만이 있는 학생들이 뭉쳤습니다. 솔직히 다른 학생들은 신경 안 써도 될 거 같지만…… 최창수는 예외입니다."

인생의 적으로 여기고 있는 최창수. 때문에 그가 얼마나 위험한 놈인지 누구보다 잘 알고 있었다.

"잘못하면 교수님 평가에 큰 손실이 생길지도 모릅니다."

"그 말은 지금……."

신문을 읽던 서형문이 돋보기를 벗고 구자용을 매섭게 노려봤다.

"제가 최창수 따위한테 패배라도 한다는 겁니까?"

"아. 그, 그건……."

"구자용 학생. 전 구덕철 이사님에게 많은 도움을 받았습니다. 그래서 당신을 특히나 더 챙겨주는 거고요. 하지만 이 발언은 조금 거슬리는 군요."

"전 어디까지나 교수님이 걱정돼서……."

"쓸데없는 걱정 할 시간에 구덕철 이사님의 뒤를 이을 준비나 하시고, 이만 나가보세요."

"……알겠습니다."

어깨가 축 쳐진 구자용이 밖으로 나갔다.

서형문만 남게 된 교수실. 호탕한 웃음소리가 가득 울렸다.

"최창수를 조심하라고? 이제 보니 저 녀석도 패기가 없는 놈이었군."

웃음을 멈추지 않으면서 서형문이 학점 관리 사이트에 접속했다. 그리고 망설임 없이 최창수에게 D학점을 줬다.

아직 학기가 끝나지도 않았건만…….

"어디 한 번 해보라고 최창수. 네가 날고 기어봤자 난 꿈쩍도 안 한다는 걸 보여주마."

하지만 가슴 어딘가에서 불안함이 느껴졌다. 그걸 잊기 위해서 과제가 허술한 학생을 불러 잔소리나 하려고 했다.

그때.

"아빠."

노크도 없이 교수실 문이 열렸다.

서형문의 딸이었다.

"정아니."

"말한 서류…… 가져왔어."

상당히 주눅 든 목소리가 그녀가 말했다. 그리고 힘없는 걸음걸이로 책상에 다가가 서류를 올려놨다.

"잘했다."

서형문이 서류를 잡으려고 손을 뻗었다.

그러자 그녀가 저도 모르게 몸을 떨었다.

마치 반복된 학습으로 인한 결과물인 것만 같았다.

싸늘한 눈빛으로 자식을 바라본 서형문이 돌아가라는 듯 손을 저었다. 하지만 할 말이 있는 지, 그녀는 발을 떼지 않았다.

"……오기 전에 영통과 오빠랑 마주쳤어. 아빠, 밖에서도 나쁜 사람이라더라."

"뭐? 어떤 자식이 그래. 이름 말해. D학점을 줘야 정신을 차리지…….”

"나도 엄마 따라 외할머니네 갈 거야.”

서형문을 말을 끝내기도 전에 그녀가 선언했다.

"엄마랑 아빠랑 빨리 이혼했으면 좋겠어. 엄마랑 행복하
게 살게.”

"뭐……? 이 새끼가 어디 감히!”

서형문이 망설임 없이 자식의 뺨을 날렸다.

"먹여주고 길러줬더니 부모 앞에서 못 하는 말이 없어!
네 엄마가 그렇게 말하라고 시키더냐!”

"안 시켰어. 내가 정한 거야.”

평소에는 한 번 때리면 조용해지는 그녀. 만약 아까 전,
최창수의 힘내라는 말이 가슴에 닿지 않았다면 똑같이 행
동했을 거다.

"아빠랑 도저히 못 살겠어. 만날 때리고, 물건 부수고,
엄마 이외 여자랑 놀고.”

"너 이 자식…….”

"아빠가 말했지? 자신은 자신이 지키는 거라고. 아빠랑
있으면 난 분명 착한 아이가 되지 못할 거야. 그러니까 아
빠 말대로 나는 내가 알아서 지킬 거야.”

헤어지기 전, 마지막 발악인 듯.

그녀가 서형문 책상에 쌓인 서류더미를 거칠게 내쳤다.
그 중 몇 장은 서형문에 얼굴에 닿고, 몇 장은 허공에 날아
올랐다.

"서정아, 너!"

"시끄러워, 대머리 아저씨야!"

이제는 더 이상 아빠라고 부르지도 않은 그녀가 도망치듯 교수실에서 빠져나갔다.

안 그래도 최창수 때문에 스트레스가 가득한 요즘.

자식마저 자신을 배신하니 낭떠러지에 선 기분이었다.

"이런 시발!"

서형문이 모니터를 바닥에 집어던졌다.

고장이 나 새카매진 모니터 화면.

자신의 앞날을 본 기분이 들었다.

· · · ◈ · · ·

구자용에게 경고를 받은 뒤, 서형문의 태도는 더욱 괴팍해졌다. 너희가 뭔 짓을 해도 자신을 꺾지 못한다는 걸 확실히 보여주기 위해서.

"네가 초등학생이야? 과제를 줬으면 제대로 제출해야할 거 아냐! D학점 받으면 네 부모가 참도 좋아하겠구나!"

"그, 그게 교수님…… 친척이 상을 당해서 도저히 할 시간이……."

"아, 그래. 장례식장에서 하루 종일 관 붙잡고 울었나보구나. D학점을 줄 테니 너도 관 속으로 들어가거라."

"말씀이 좀……."

"이런 말 듣기 싫으면 똑바로 하던가! 하, 참! 언제부터 최강대 영문학과 수준이 이 정도로 떨어졌는지. 꼴도 보기 싫으니까 강의실에서 나가!"

"……네."

기가 확 죽은 학생이 주섬주섬 가방을 챙겨 밖으로 나갔고, 부조리한 상황에서 화를 참던 최창수가 급하게 그 학생을 따라갔다.

"괜찮아?"

"창수야……. 걱정해줘서 고마워, 그래도 참을 만 했어. 모욕 받을 날도 얼마 안 남았으니까."

기운 없게 웃으면서 친구가 녹음기를 꺼냈다. 방금 전 서형문이 내뱉은 온갖 모욕이 생생하게 녹음되어 있었다.

"집 가서 메일로 보내둘게."

"그래. 참, 학점이나 출석 문제는 너무 신경 쓰지 마. 서형문 문제만 해결되면…… 내가 이사장님께 직접 얘기를 꺼낼 테니까."

"고맙다, 그 동안 공부만 하느라 변변한 친구도 제대로 못 사귀었는데……. 창수 너하고는 좋은 친구가 될 수 있을 거 같아!"

"좋게 봐주니 고맙네. 다음 강의 때 보자."

손을 흔들면서 다시 강의실로 돌아갔다. 일순 서형문과 눈이 마주쳤지만 둘 다 입을 열지 않았다.

마치 서로를 투명인간 취급하듯.

덕분에 최창수는 마음이 편했다. 서형문이 자신들의 계획을 모른다고 생각했으니까.

'그래, 서형문. 지금 그 순간을 즐겨라. 권력을 마음대로 주무를 수 있는 날도 며칠 안 남았으니까!'

강의가 끝나고, 최창수는 곧장 도서관으로 향했다.

'왔군.'

메일을 확인하니 아까 전 친구가 보내준 그 녹음파일이 첨부되어 있었다. 그걸 서형문 악행 폴더에 다운받고, 지금까지 쌓인 내용물을 확인했다.

12개의 녹음 파일과 10개의 증거 영상.

'고작 일주일 만에 증거물이 이렇게나 많이 모이다니. 악행이 곧 강함이었다면 서형문은 엘리트 중 엘리트였겠어.'

지금 이 시간에도 증거물은 계속 모이고 있다.

하지만 22개의 증거물 정도면 이제 슬슬 본격적으로 움직일 때가 됐다.

최창수는 익명으로도 게시글 작성이 가능한 사이트 수십 곳에 접속했다.

제목은 최대한 자극적으로, 본문에는 녹음 파일과 증거 영상만 업로드했고, 약간의 시간을 둬서 댓글을 작성했다.

-와, 정말 심하네요. 대체 어느 대학이죠?

다른 사이트에서도 똑같은 게시글을 작성했다.

'이제 반응이 오기만을 기다리면 돼.'

처음에는 이 증거물을 경찰에 넘길 생각이었다. 하지만 요즘 인터넷 문화 덕분에 생각을 달리하게 됐다.

SNS문화가 발달하면서 생긴 장점과 단점.

장점은 정보공유가 활발해진 것과 구분 없이 누구와도 친구가 될 수 있는 것.

단점은 자신의 언행이 올바른지 그릇된 지 구분 없이 인터넷에 올려 몰매를 맞게 되는 것.

실제로도 대부분의 악행 기사는 SNS에 먼저 올려지고, 수많은 사람이 화제로 삼으면서 큰 파문을 일으켜 뉴스로도 방송이 된다.

물론 이 단점이 범죄수사, 그리고 그 사람의 본질을 파악하는 걸로 생각하면 충분한 장점이지만.

발언을 한 번만 실수해도 사회적으로 매장이 되는 걸 생각하면 단점으로 밖에 안 느껴졌다.

'자, 더 많은 곳으로 가져가라, 누리꾼들아! SNS의 힘을 보여줘!'

사이트를 전부 확인하면서 댓글을 확인했다.

저 교수는 누구고 어느 학교냐는 댓글이 지배적이었다. 하지만 어디를 가도 미친놈은 있는 법, 서형문이 아닌 학생을 욕하는 댓글도 드물게 보였다.

'우선은 이 정도만 올리고, 큰 파문을 일으키기 시작하면

그때부터 다음 계획으로 돌입하자.'

도서관 아이피를 끊고, 친구에게 빌린 에그 와이파이로 새로 접속을 했다. 그리고 다음 계획에 필요한 페이스북에 계정을 만들었고, 게시글을 하나 남겼다.

– 복권 식당 아들입니다 ^^. 가게 홍보하려고 계정 만들 어봤어요~

현재 인터넷에는 복권 식당 리뷰글이 상당히 많고, 관련 기사도 수십 개가 존재한다. 자신을 아는 이라면 하나 둘 페이스북 친구가 늘어날 터, 최대한 많은 친구가 필요했 다.

얼추 작업을 끝낸 최창수는 다음 강의를 들어가 가기 위 해 몸을 일으켰다.

그리고 구자용과 마주쳤다.

"······도서관에는 어쩐 일이냐."

"찾아볼 게 있어서 왔다. 애들이 없으면, 밖에서는 서로 아는 척 안 하기로 말없이 정하지 않았던가."

"한 가지 물어볼 게 있거든. 너, 계속 서형문 편에 있을 거냐?"

그 질문에 구자용의 눈이 휘둥그레졌다.

"너라면 어느 라인이 좋은 라인인지 충분히 파악할 줄 알 텐데? 서형문 그 녀석은 조만간 끝장이야."

"그래서? 지금 네 편이 되라는 거냐?"

"강요는 안 하마."

"……나한테 이런 말을 하는 이유가 뭐지?"

"불쌍해서다."

"뭐……?"

"지금이라도 늦지 않았어. 진실 된 마음으로 내게 사과하면 더 이상 널 적으로 생각하지 않을게. 망해야 할 놈은 망해야 하지만, 넌 아직 그 정도는 아니라 생각하니까."

스스로를 강자라고는 절대 생각하지 않는다. 그 생각이 들면 자신 또한 권력에 찌들었다는 증거가 되니까.

때문에 늘 약자라 생각하고, 약자를 돕고 싶었다.

수천 마리의 개미가 야생동물을 쓰러트리는 것처럼.

강자만이 세상을 변화시키는 것이 아니라는 걸 보여주고 싶었다.

그리고 자신이 생각하기에 구자용은 약자였다.

1년 사이에 최창수는 많은 일을 겪었고 그를 기반으로 꾸준히 성장했다.

그 중 가장 마음에 드는 변화는 감정적이 아닌, 이성적으로 생각이 가능하게 된 것이었다.

"예전에는 네가 내 적수가 맞았어. 하지만…… 더는 아니야."

"……하하. 네 적수가 아니라……."

고개를 숙인 구자용이 허탈하다는 듯 웃었다.

"최창수…… 이 친구 연예인 병 걸렸네. 일 몇 개가 다 네 뜻대로 풀리니까 대단한 사람이라도 된 거 같아?"

"내 말이 그런 식으로 들렸다면 사과할게."

"사과 따위 하지 마."

금방이라도 달려들 거 같은 표정으로 구자용이 자신을 바라봤다.

"나도 평생 너한테 사과할 생각 없으니까. 지금은 내가 너한테 밀리고 있을지 몰라도, 앞으로 몇 년 만 기다리면 정 반대 상황이 될 테니 너야 말로 사과할 준비하고 있으라고."

"……마음대로 해라."

최창수가 도서관 밖으로 나갔다.

홀로 남은 구자용은 한 발자국도 움직이지 못했다.

'어쩌나 내 신세가 이렇게 됐지…….'

대학생이 되기 전까지는 항상 잘 나갔다. 공부도 잘하고 집안도 부자였으니까.

하지만 최창수를 시기하기 시작하면서부터 승승장구인 줄만 알았던 인생이 조금씩 틀어졌다.

'저 녀석을 건드린 게…… 과연 잘한 짓일까?'

믿고 따라가기만 하면 되는 줄 알았던 서형문이 불리해지자, 생각이 점점 나약해지기 시작했다.

늦은 밤.

서형문을 만났던 그 유흥주점으로 향하면서 최창수는 페이스북을 확인했다.

'순식간에 사람이 몰렸네.'

계정을 만든 지 반 나절 밖에 안 됐는데 벌써 300명이 넘는 사람들이 친구 추가를 요청했다. 일일이 다 수락을 하고, 답글을 달아주고 있자니 목적지에 도착했다.

"어! 잘 생긴 오빠, 또 왔네?"

전에 왔던 아르바이트생이 웃는 얼굴로 반겨줬다.

"온다고 연락 했으니까요. 서형문이라는 사람, 왔어요?"

"그 괴팍한 아저씨? 지금 3번방에서 놀고 있어. 참참, 이거 오빠가 올린 거야?"

아르바이트생이 뭔가를 보여줬다. 자신이 올린 증거 영상이었다.

"네, 제가 올렸어요."

딱히 숨길 필요도 없어 사실대로 말했다.

"정말? 왠지 오빠 일 거 같더니~ 그 아저씨랑 사이가 많이 안 좋나봐?"

"영상 봤으면 알겠지만 나쁜 놈은 아니에요."

"내가 봐도 그래! 오빠가 올린 영상 인터넷에 제법 많이 퍼졌어. 나도 페이스북에 올렸고!"

"고마워요. 그 영상 친구들에게도 부탁해서 최대한 많이 퍼트려주세요. 제가 올렸다는 건 그쪽만 알고 있고요."

"잘 생긴 오빠 부탁인데 들어줘야지! 그보다 자, 준비해 달라고 했던 거 여기 있어."

그녀가 휴대폰을 건네 한 영상을 보여줬다.

잔뜩 술에 취한 서형문, 머리에 넥타이를 두르고 노래를 부르고 있었다. 문제가 될 만 한 건 껴안은 여자를 이리저리 만지고 있는 장면.

"그 아저씨 얼굴만 나오게 찍었어, 잘 했지?"

"잘 찍었네요. 블루투스 연결할 테니까 보내주세요."

"오케이~"

아르바이트생이 콧노래를 불렀다.

원래 이 같은 일은 심부름센터에서 해줬어야 할 일. 하지만 다들 험상궂은 외모 때문에 이것만큼은 제대로 수행해내지 못했다.

약속했던 물건을 받았고, 수고비로 10만원을 아르바이트생에게 건넸다. 그리고 가게를 벗어나려고 했다.

그때.

"요즘 것들은 쓸데없이 몸만 좋아서 큰일이군."

3번방에서 서형문이 나왔다. 어두운 조명 아래에서도 얼굴이 붉은 걸로 보아 보통 취한 게 아닌 거 같았다.

걸리면 안 된다!

최대한 급하게 계단을 타고 올라갔고, 서형문이 아르바

이트생에게 말을 거는 게 들려 잠시 발걸음을 멈췄다.

"야."

"왜요?"

"3번방에 술 좀 더 가져오고, 사장한테는 내가 잘 말해둘 테니까 너도 내 옆에 와서 재롱 좀 부려봐."

"아저씨 술 냄새 나서 싫거든요?"

"뭐? 어디 어린년이!"

서형문이 하늘 높이 손을 들었고, 아르바이트생의 비명이 계단까지 들려왔다.

"뭐하는 겁니까!"

"뭐야, 넌…… 헉!"

갑작스레 누군가가 자신의 손목을 낚아챘다. 안 그래도 아르바이트생이 자기를 무시한다 생각해서 기분이 불쾌해졌건만, 더욱 심해졌다.

하지만 그 정체를 알게 된 순간 등골이 오싹해졌다.

"최창수…… 왜 네가…….."

"취할 거면 곱게 취하세요."

"네가 왜 여기 있어?!"

"근처에서 친구랑 만나기로 했거든요. 교수님이 보여서 따라왔는데…… 이런 취미가 있는 줄은 몰랐네요."

모르는 척 딴청을 피웠다.

"이 사실. 이사장님도 알고 계신가요? 요즘 교수님을 아주 많이 벼르고 있던데."

"너 이 자식⋯⋯."

"얌전히 화장실 갔다가 방으로 돌아가세요. 특별히 저만 알고 있어드리죠."

"무슨 꿍꿍이지?"

"기다려보면 아시게 될 거예요."

"버르장머리 없는 놈⋯⋯. 네가 뭔가 수를 쓰고 있다는 건 구자용한테 전부 들었다. 내가 당하고만 있을 줄 알아?"

"조금 불안했는데, 이곳에서 노는 걸 보니 당하기만 하실 거 같네요."

"뭐?!"

"살고 싶으면 지금이라도 애들한테 싹싹 비세요."

최창수가 서형문과 얼굴을 가까이했다.

"혹시 압니까? 죗값이 조금은 줄어들지. 잘 생각해보세요."

그 말만 남기고 최창수가 유흥주점에서 벗어났다.

그리고 이번에는 한 술집으로 들어갔다. 저 멀리 보이는 심부름센터 사장. 그의 맞은 편에 앉았다.

"싸장님 오셨습니까!"

"늦은 시간에 불러서 죄송해요, 어서 증거물이 보고 싶은 마음에."

"아이고, 아닙니다! 돈 받은 만큼 일 해야죠. 자, 여기 있습니다."

심부름센터 사장이 갈색봉투를 꺼냈다. 수십 장의 사진,

전부 서형문이 모델이었다.

"그놈 하는 짓이 가관이더군요. 저희 애들이 생긴 건 무서워도 하나 같이 정의감으로 똘똘 뭉친 놈들인데! 아오, 애들이 참느라 얼마나 힘들었다고 하는지."

사장이 계속 입을 나불거렸다.

하지만 귀에 들어오는 말은 없었다.

20대 여성과 함께 밤거리를 배회하는 서형문, 20대 여성과 모텔에 들어갔다가 나오는 서형문, 노숙자를 폭행하려는 서형문, 초등학생과 노인을 상대로 화를 내는 서형문 등등……

정상적인 인간이라면 할 수 없는 일이 사진 속에 생생하게 담겨 있었다.

그 수많은 사진 중.

최창수의 사진을 사로잡는 게 한 장 있었다.

"이 사진…… 어째서 서형문이랑……?"

· · · ◈ · · ·

증거 영상을 인터넷에 올린 지 1주일.

예상했던 것보다 더욱 빠르게 퍼진 증거물은 큰 파문을 일으켰다.

-헐, 여자애 귀엽게 생겼는데 뭘 잘못했다고 혼내? 교수

말하는 거 완전 가관인데?

　-관속으로 들어가란다, 완전 어이없다. 관은 자기가 슬슬 들어갈 준비해야 할 거 같은데.

　-친구한테 들으니까 여기 최강대학교래! 서형문 교수라는데?

　-좋은 대학에도 쓰레기 같은 교수가 있구나. 저 대학 입학 안 하길 잘했다.

　최창수가 증거물을 올렸던 사이트는 총 다섯 곳이었다. 하지만 현재는 유명한 포털사이트에서도 금방 찾아볼 수 있었고, 트위터나 페이스북 등에서도 최강대학교를 검색하면 최상단에 해당 영상이 떠올랐다.

　설립된 이후로 최대한 문제가 없도록 모두가 조심스럽게 행동했던 최강대학교 교수들.

　대학 명성에 금이 가는 건, 자기들의 명성에도 금이 가는 것과 동급이니까.

　그러다 보니 사건이 터질 거 같으면 돈과 권력으로 어떻게든 틀어 막아왔다.

　하지만 이번 서형문 사건은 해결하지 못할 만큼 일이 커졌다. 아무리 물을 부어도 꺼지지 않는 산불처럼…….

　"대체 어쩌자고 이 일을 벌인 겁니까!"

　최강대 각 학과에서 가장 경력이 많은 교수들이 모인 회의실.

중국어과 교수가 호통을 내질렀다.

"분명히 몇 년 전에도 비슷한 일을 저질러서 큰일 날 뻔하지 않았던가요? 그럼 주의를 해야지! 지잡대도 아니고, 최강대 교수라는 양반이 이러면 어떡합니까!"

"맞아요. 벌써 인터넷에 잔뜩 퍼져서 영상을 지워봤자 소용없어요. 이 영상을 올린 학생을 찾아도 누리꾼에게 몰매를 맞을 게 뻔하고요."

"서형문 교수님. 일이 더 커지기 전에 대대적으로 사과하는 게 좋을 거 같습니다."

수십 명의 교수가 계속해서 자신을 나무라고 있다.

그 중심에 있는 서형문 교수는 가시방석에 앉은 기분이었다.

"당신들 말이야."

한참을 침묵하던 서형문이 화를 억누르며 입을 열었다.

"평소에는 나한테 찍소리도 못하던 양반들이, 내가 낭떠러지로 떨어질 거 같으니 큰소리나 치고 말이야!"

"근데 저 양반이!"

"솔직히 교수가 학생을 훈계하는 게 뭐가 잘못됐는데! 내 때만 해도 1분 지각하면 각목으로 100대를 맞고 그랬어! 그 정도에 비하면 독설이나 뺨 후리는 건 양반 아니냐고!"

"요즘 시대가 어느 시대인데 아직까지 그런 고리타분한 생각을 합니까! 학부모들이 단체로 들고 일어설 게 안 무섭습니까?!"

"학부모가 우리 눈치를 봤으면 봤지, 언제부터 우리가 학부모 눈치를 봤다고 그래! 여기서 학부모한테 돈 한 번 안 받아본 놈 있으면 일어나봐!"

끝까지 자신의 잘못을 인정하지 않는 서형문. 방귀 뀐 놈이 성낸다는 꼴을 여실히 보여줬다.

"우리 서형문이, 미쳐도 단단히 미쳤구먼."

그때, 박철대가 음산하게 말했다.

"어디 내가 있는데 언성을 높여? 이제는 나가 눈에도 안 보인다 이거지?"

"이, 이사장님……."

"누가 봐도 잘못은 네가 했다, 이 망나니 같은 놈아! 하루에도 해당 학부모로부터 전화가 몇 통이나 오는 지는 알고 지금 큰소리야!"

꾹 참고 있던 박철대가 기어코 언성을 높였다. 평소에도 눈엣가시 같았던 서형문이 더더욱 눈엣가시로 보이게 됐다.

"게다가 너 이 후라질 뒤질 새끼가! 나이가 몇 살인데 계집질이야!"

"그, 그건 또 무슨……."

"내가 모르는 줄 알어?!"

박철대가 갈색 봉투를 테이블 위에 거칠게 내던졌다. 그러자 사진 몇 장이 밖으로 흘러나왔고, 서형문을 포함한 교수들이 크게 당황했다.

"어제 덩치가 곰 만한 놈이 멋대로 이사장실에 들어와서 그거만 홀랑 던져놓고 갔다! 밖에서 뭔 일을 하고 다니는 거야!"

"이사장님, 이건……. 저도 늙었지만 남자고……."

"상식은 지켜야 할 거 아냐, 상식은! 우리가 가르치는 학생들만 한 애들과 모텔에 들어갔다 나오는 게 말이 되냐고, 이 천하의 쓰레기 같은 자식아! 아, 윽……!"

분노를 이기지 못했는지 박철대의 눈앞이 갑자기 새하얘졌다. 기어코 뒷목을 붙잡고 비틀거리기까지 했고, 다른 교수들이 급하게 박철대를 부축했다.

"당장 나가."

그 힘든 상황에서도 박철대는 눈에 불을 켜고 서형문을 노려봤다.

"당장 내 눈앞에서 사라지고, 당분간 대학 근처 얼씬도 하지 마!"

"이사장님! 전 교수입니다!"

"계집질하고 학생들 때리는 새끼가 어딜 감히 주둥아리에 교수라는 말을 올려! 네 발로 교수직에서 물러나건! 아니면 대대적으로 사과를 하건 둘 중 하나를 선택해!"

회의실이 순식간에 아수라장이 됐다. 분위기가 심상치 않아 서형문은 급하게 밖으로 뛰쳐나왔다.

그리고 애꿎은 소화기를 발로 걷어찼다.

"젠장…… 더럽게 아프네."

"교수님한테 이유 없는 폭언을 받은 학생들은 얼마나 더 아팠을까요?"

아무도 없는 줄 알았던 복도에서 불쾌한 목소리가 들려왔다.

"최창수……! 너 이 자식!"

"바로 건너편에 이사장님이 계신데 여기서 절 혼내기라도 하시려고요?"

그 말에 서형문이 황급히 입을 틀어먹었다. 그리고 목소리를 약간 낮추고 말했다.

"저 사진, 네 놈이 보낸 거냐?"

"아쉽게도 그 사진은 내가 보냈수다."

계단 쪽에서 누군가가 내려왔다. 심부름센터 사장이었다.

"오늘도 몇 장 더 프린트했는데, 어떤 사진인지 궁금하시려나? 크큭."

"최창수…… 대체 뭔 짓거리를……."

"면접 볼 때 제가 한 말 잊었어요? 무너트린다고 했잖아요, 당신 같은 사람을 모조리."

면접과 화장실에서 있던 일이 떠올랐다. 그 당시에는 어린놈의 쓸데없는 패기라 생각해서 무시했고, 어제까지만 그래왔다.

하지만 오늘 그 생각이 바뀌었다.

'이 녀석…… 위험하다.'

보통 이 나이 때 애들은 자신보다 높은 사람에게 거역할 생각 자체를 못한다. 특히나 최강대처럼 창창한 미래에 목을 걸고 있는 학생들은.

때문에 그동안 자신의 악행이 전부 훈계의 일환이 된 거였다.

"네 녀석…… 날 건드리고도 후환이 두렵지 않은 거냐?"

"두려웠다면 애초에 일을 벌이지도 않았겠죠. 그리고 지금 두려워 할 사람은 제가 아니라 당신입니다."

그 말대로였다.

최창수는 앞으로 전진 할 일만 남았지만, 서형문은 당장 물러설 곳조차 없다.

"오늘 당신을 찾아온 이유는 무너지기 전까지 최대한 인생을 즐기라고 애도하기 위함이에요. 그럼 전 이만, 따로 갈 곳이 있어서."

최창수가 심부름센터 사장과 함께 발걸음을 돌렸다.

· · · ◈ · · ·

첫 번째 용건이 끝나고.

최창수는 곧장 대학가에 위치한 작은 카페로 향했다.

그곳에는 사진 속 여성이 근심걱정 가득한 얼굴로 커피를 홀짝이고 있었다.

"많이 기다리셨어요, 선배?"

"아, 창수야……. 나도 방금 왔어. 근데 무슨 일이니?"

"제가…… 고민을 많이 했습니다. 하지만 역시 말해야할 거 같아요. 서형문이 무너지고도, 선배를 협박하면 안되니까요."

최창수가 조심스럽게 사진을 건넸다.

그 날 심부름센터 사장으로부터 건네받은 사진 중 한 장. 서형문과 함께 밤거리를 배회하는 여선배였다.

손까지 마주잡고…….

"이걸…… 창수 네가 어떻게……."

"제가 지금 서형문을 교수직에서 내쫓으려는 중인 건 아시죠? 증거자료를 모으다보니까 알게 됐어요."

"아……."

그동안 모두에게 숨겨왔던 일이 발각됐다. 여선배의 얼굴에 깊은 절망이 드리누웠다.

"차, 창수야 이 일은……."

"걱정하지 마세요. 절대로, 무슨 일이 있어도 저 혼자만 알고 있다가 이번 일이 무사히 끝나면 싹 잊어버릴게요. 그러니까 선배."

진지한 눈빛의 최창수. 그가 여선배의 손을 붙잡았다.

"이 사진 속 배경을 설명해주세요. 선배의 힘이 필요해요."

"하지만……."

"서형문의 후환이 두려운 거면 걱정 마세요. 제가 반드시 안전을 지켜드릴게요. 무엇보다 지금의 서형문은 이빨 빠진 호랑이에요. 선배를 물어뜯을 힘 따위는 조금도 남지 않았어요."

"그러려나……."

"제가 믿음직스럽지 않다면 더 이상 캐묻지 않을게요. 선택은 선배한테 달려있어요."

여선배가 최창수를 바라봤다.

깊이를 알 수 없는 눈동자 너머로 믿음직한 뭔가가 보였다. 무엇보다 골치 아픈 일에도 선뜻 선의의 손길을 내민 모습에 가슴이 벅차왔다.

"도와줘, 창수야……. 이제는 더 못 참겠어……."

기어코 눈물을 흘려버린 여선배.

사진 속 배경을 설명하기 시작했다.

그녀의 집안은 썩 부유한 편이 아니었다. 때문에 턱걸이로 입학한 최강대에서 부단히 노력했고 2학년 종강 때까지만 해도 문제없이 장학금을 받았다.

문제는 이번 년도에 발생했다. 어머니가 아파서 간병을 하느라 여러 번 강의를 빠지고, 과제를 못 해서 학점이 순식간에 나빠졌다.

가뜩이나 어머니의 수술비 때문에 대출을 받았고, 가세도 기울기 시작했다. 아르바이트로 번 월급은 전부 병원으로 지출돼 등록금을 감당하기 힘들었다.

그때.

이 사실을 알아버린 서형문이 접근을 했다. 뒤늦은 계집질에 즐거움을 안 서형문은 문제없이 등록금을 받을 수 있게 학점을 조작해줄 테니, 여흥거리가 되어주길 바랐다.

말도 안 되는 상황이지만, 무리 없이 최강대를 졸업해서 대기업에 입사해 가족과 함께 편하게 사는 게 인생의 목표인 그녀는 결국 고개를 끄덕이고 말았다.

"반 년 정도 됐어…… 실제로 저번 학기 등록금은 서형문 교수 덕분에 해결됐어. 그래서 조금 불안해."

여선배가 최창수를 바라봤다.

"네가 서형문을 내쫓으면, 난 다시 등록금 걱정을 해야 하니까……."

"……그래서 보류 쪽에 속하셨던 거군요."

"응……. 아직까지는 가벼운 신체적 접촉은 있었지만, 말하기 부끄러운 일은 없었어. 일 한다고 생각하면 그 정도는 참을 수 있으니까……."

"흠. 등록금 문제라면 걱정 마세요. 제가 해결해드릴게요."

"최강대 등록금이 얼마인지는 너도 잘 알잖아."

"괜찮아요. 이번 일이 끝나면 제가 이사장님께 직접 얘기를 꺼내볼게요, 가장 큰 피해자라면 졸업까지의 등록금은 어떻게든 보장이 될 거예요. 그거라도 해야 학교의 명예가 덜 실추되니까요. 만약 안 되면 제가 도와드릴게요.

그 정도 능력은 돼요."

"그건······."

"지금 선배가 해야 할 일은 모든 근심걱정을 내려놓고, 절 도와주시면 돼요. 그거면 충분해요."

"······고마워. 정말, 고마워······."

"울지 마세요. 화장 다 지워지잖아요."

곤란하다는 듯, 하지만 기쁘다는 듯 웃으면서 최창수가 휴지를 건넸다.

요즘처럼 삶이 퍽퍽하고, 대인관계의 중심에 경쟁이 오른 사회에서. 작더라도 타인이 부담 없이 의지할 수 있는 사람이 되고 싶었다.

· · · ◈ · · ·

증거 영상은 인터넷에서 커다란 화젯거리가 됐다. 인터넷 기사도 수십 건, 각종 블로그에도 올라갔다.

–창수 씨, 영문과라면서요? 우리 창수 씨는 피해 없나요?

–저 교수가 창수 씨한테도 뭐라고 했으면 내가 가만 안 둘 거야!

–다음 주에 친구들이랑 복권 식당 갈 거예요! 늘어난 매출보고 조금이라도 기운 내주세요^^

3천명에 가까운 페이스북 친구가 생기고, 최창수는 주기적으로 서형문을 비난하는 게시글을 작성했다. 고등학생 친구도 많았지만, 대부분이 자신의 외모를 보고 다가온 사람들이었다.

덕분에 선동은 손쉬웠다.

다시는 이런 부당한 일이 없어야 한다는 게시글 하나에 모두가 봉기를 들고 일어섰으니까.

그뿐만이 아니었다. "권력이 올바르게 사용되는 세상을 만들 겁니다. 이번 일은 그 첫걸음입니다."

"시작하자."

서형문의 수업시간.

불리한 상황에서도 그는 교단을 떠나지 않았다. 대신 더 일을 벌리고 싶지 않은지 행동 자체는 하나하나 조심스러워졌다.

최창수의 명령이 떨어지자 학생들이 강의실 불을 끄고 커튼을 쳐 완전한 암막상태를 만들었다.

"뭐, 뭐야?!"

당황한 서형문.

뒤를 돌아보자 이번에는 스크린이 내려오기 시작했다.

―다음 뉴스입니다. 요즘 인터넷 SNS문화가 많이 발달했는데요. 그 순기능이 이번에도 발휘됐습니다.

수십 명의 학생이 휴대폰과 노트북 볼륨을 최대로 높이고 어제 방송된 9시 뉴스를 재생했다.

그 중 한 영상은 스크린을 통해 재생됐다.

–대한민국 최고의 명문대학교 영문학과에서 발생한 일입니다. 동영상 속 교수가 학생을 상대로 심각할 정도의 언어폭력을 구사하고 있습니다. 그뿐만 아니라…….

2분이라는 짧은 영상. 강의실 전체에 서형문을 비난하는 뉴스소리가 시끄럽게 퍼져나갔다.

"너, 너희들! 이게 뭐하는 짓이냐!"

안 그래도 어제 이 뉴스를 보고, 아내로부터 이혼요구를 받았다. 악재에 악재가 겹치는 상황, 학생들은 자신이 편하게 숨을 쉬는 것조차 용납하지 않았다.

하지만 학생들은 아무 말도 하지 않았다. 뉴스가 끝나면 다시 재생하고를 반복할 뿐.

어서 이곳을 떠나라는 무언의 협박이 들렸다.

"이런, 젠장!"

이곳에 있다가는 죽을 게 분명하다. 서형문이 급하게 강의실에서 벗어났다.

"저 버르장머리 없는 놈들!"

화를 씩씩 내며 복도를 거닐었다. 그리고 주변의 시선을 느꼈다. 마치 오물을 바라보는 듯한 표정으로 자신을 훑는 학생들.

화가 치밀어 올랐다.

"뭘 봐! 당장 안 꺼져!"

"교수님. 그만하는 게 좋을 거 같습니다."

그때, 유일하게 자신이 편인 사람의 목소리가 들렸다. 구자용이었다.

"구, 구자용! 잘 왔다. 지금 내 상황이 많이 힘들어진 거 알지? 너 밖에 없단다! 어서 구덕철 임원님에게 부탁해서 이 불길을 꺼다오!"

"⋯⋯구차하게 이러지 마세요."

귀찮다는 듯, 구자용이 자신의 팔목을 잡은 서형문의 손을 거칠게 쳐냈다.

"더 이상 교수님에게는 이용가치가 없어요."

"뭐라고⋯⋯?"

"곰곰이 생각했습니다. 이 상황에서도 계속 교수님 편을 드는 게 정답일지. 아니더군요. 학과 내에서 제 이미지가 더 망가지기 전에 교수님을 버리는 게 좋을 거 같습니다."

"너⋯ 너 이 새끼⋯⋯. 구덕철 임원의 아들이라 잘 대해 줬더니, 이제 와서 날 버려?!"

서형문이 구자용의 멱살을 붙잡았다.

"당장 전해! 당장 구덕철 임원한테 전화해서 날 구하라 말하라고! 안 그러면 이 자리에서 널 죽이고 나도 죽겠어!"

마지막 안간힘을 다 짜낸 협박.

하지만 구자용은 꿈쩍도 하지 않았다. 오히려 노골적으로 조소를 지을 뿐.

"이빨 빠진 개새끼 주제에, 지랄은."

"뭐……?"

"더 망신당하기 싫으면 내일 당장 교수직에서 물러나라고. 한심한 늙은이……. 쳇."

강하게 혀를 찬 구자용이 서형문을 지나쳐 저 멀리 사라졌다.

마지막 편마저 잃은 서형문.

망연자실한 표정으로 뒤를 돌아봤다. 구자용을 믿었기에 사건이 터지고도 기고만장하게 지냈다.

그 결과가 이거다.

"이놈이고 저놈이고……."

더 이상 자신의 편은 없다.

이제는 결정을 내려야 할 때다.

· · · ◈ · · ·

걷잡을 수 없는 불길이 되어버린 서형문 사건. 역사 이래 이처럼 대학교에 먹칠을 하는 사건은 존재하지 않았고, 그러다 보니 학생과 교수의 반발이 상당히 거칠었다.

"인간을 존중하지 않는 교수는 짐승이나 다름없다!"

"자리가 사람을 만든다! 권력에 취한 서형문 교수는 교수직을 떠나라!"

"이 시간에도 또 다른 피해자는 발생한다! 서형문 교수의 진실어린 사과와 사직을 요구한다!"

최강대 교문 앞.

수십 명의 학생과 교수가 팻말을 들고 시위 중이었다.

며칠 전에는 학생만 참여했지만 서형문이 아직도 교수직에서 버티고 있다 보니 언론의 빗발이 점점 거세지고 있다.

이러다 보니 아예 최강대를 욕하거나, 교수를 전부 싸잡아서 욕하는 무리까지 등장했고 이대로는 자신들의 위상이 살지 않는다고 판단한 교수들도 시위에 참여했다.

한 때는 최강대에서 위엄을 자랑했던 서형문.

이제는 부랑자 신세가 다 되어 있었다.

"화끈하게 일을 벌였군, 역시 최창불이 손자여."

이사장실.

창문 너머로 소란스러운 밖을 바라보고는 시선을 최창수에게 돌렸다.

"절 꾸짖을 생각이신가요?"

"널 꾸짖으면 나도 서형문 이 자식이랑 똑같은 놈인데 왜 그러겠느냐? 네가 움직이지 않았다면 내 힘으로라도 형문이를 내쫓을 생각이었다. 수고가 덜었군."

"대학 이미지는 많이 훼손됐나요?"

"걱정 말거라. 서형문이만 사라지면 전부 해결될 일이다.

첫 단추가 중요하다고, 애초에 그 놈을 받은 게 잘못이었어. 쯧쯧."

그 동안 서형문 때문에 골치를 안았던 일을 떠올렸다. 셀 수도 없이 많았고, 그때마다 대학교 이미지를 위해서 못 본 척 넘어갔었다.

한 번만 더 사고를 저지르면 가차 없이 내팽개치려던 찰나, 최창수가 자신의 일손을 줄여줬다.

"서형문 사건으로 인해서 몇 몇 교수들도 경각심을 느끼고 태도를 바꾸겠지. 이 일은 네가 졸업을 하고도 계속 전해질 거다. 서형문 같은 교수가 또 등장하더라도, 너라는 훌륭한 전례가 있으니 다른 학생이 용기를 보이겠지."

"그렇군요. 그보다…… 제가 저번에 드린 얘기는 어떻게 됐나요?"

"그 여자애 등록금?"

"네."

여선배와 약속대로 박철대에게 사정을 전했다. 오늘이 관련내용을 듣는 날이었다.

"걔가 이제 2학년이었지? 걱정 말고 졸업 때까지 열심히 공부나 하라고 전하거라."

"그럼……."

"서형문 사건에 가장 피해자인데 도와주지 않으면 대학 체면이 뭐가 되겠냐? 총장하고는 이미 얘기를 끝냈으니, 남은 기간 전액 등록금으로 잘 다닐 수 있을 거다."

"감사합니다. 정말 감사합니다!"

"허허, 남 행복에 자기 일처럼 기뻐하는 것도 그 놈을 꼭 닮았군. 입 관속 잘 하라 혀. 분명히 뒤에서 수군거리는 것들이 있을 테니까."

"알겠습니다."

"그려. 남은 일은 나랑 총장이 잘 처리할 테니까, 너도 딴 짓 말고 공부나 혀. 가 봐."

다시 한 번 고맙다고 고개를 꾸벅 숙이고 이사장실을 뒤로 했다. 그리고 바로 강의실로 향했다.

"선배!"

때마침 여선배가 강의실에 있었다.

"아, 창수야. 너 오늘은 공강아니니?"

"좋은 소식이 있어서 왔어요. 절대로, 아무한테도 말하면 안 돼요."

싱글벙글 웃으면서 박철대와 나눈 얘기를 전했다.

"……지, 진짜니?"

"이제 등록금 걱정하지 마세요."

"아, 어쩜……."

오랜 시간 자신을 괴롭혀 온 등록금. 이제부터 길고 길었던 그 괴롭힘에서 벗어날 수 있다. 가슴이 벅차오른 여선배의 눈시울이 점점 붉어지기 시작했다.

"뭐야, 최창수. 지금 여자 울렸냐?! 그것도 선배를!"

"이거 완전 못된 놈이네!"

여선배의 흐느끼는 소리가 적막한 강의실에 울리자, 동기 및 선배들이 한두 명씩 몰려와 장난스럽게 말을 건넸다.

"아뇨. 제가 나쁜 짓해서 울린 게 아니라……."

"뭘 했던 여자를 울리면 용서 못 한다! 법의 심판을 받아라!"

남자 선배가 장난스럽게 최창수의 목을 졸랐다. 그에 최창수도 화끈하게 리액션을 보이자 주변이 순식간에 웃음바다가 됐다.

모두를 고통스럽게 만들었던 서형문을 나락까지 밀어낸 최창수.

영문과에서는 이미 영웅이나 다름없었고, 한 때 구자용 파벌이었던 학생도 이제는 최창수에게 알랑방귀를 끼게 됐다.

"일도 다 잘 풀렸겠다! 캠퍼스 공원에서 기다릴 테니까 수업 없는 사람은 전부 그곳으로 와요! 오늘은 제가 쏩니다!"

"오! 최창수! 최고다, 최고!"

"아주 훌륭한 신입생이 들어왔어!"

열렬한 학생들의 반응.

최창수는 자신의 행동에 한 점 후회가 없었다.

그 기분을 만끽하며 조용히 캠퍼스 공원으로 향하려 했다.

그때…….

방금 전까지 화기애애하던 강의실이 갑자기 조용해졌다.

"서형문······."

강의실 입구. 늘 교수라는 직위로 드나들었던 그곳에 서형문이 복잡한 표정으로 서 있었다.

학생들의 얼굴이 일그러지고, 여선배는 최창수 뒤에 숨었다.

"무슨 배짱으로 다시 이곳에 온 거죠?"

"최창수······ 너에게 할 말이 있다."

"저는 당신과 나눌 얘기 따위는 없습니다. 돌아가서 얌전히 처분이나 기다리세요."

"아니, 꼭 해야 한다. 날 살려줄 사람은······ 너 밖에 없으니까."

서형문이 한 발자국 한 발자국 천천히 최창수에게 다가왔다. 근처에 있던 학생들은 해코지라도 당할까봐 기겁을 해서 거리를 벌렸다.

마침내 최창수 앞에 도착한 서형문.

그가 굴욕적이라는 표정으로, 천천히 고개를 숙였다. 그 다음으로 허리, 최종적으로 두 다리를······.

"내가 잘못했다."

정신을 차렸을 때.

서형운이 자신을 향해 엎드려있었다.

"전부 내 오만이었다. 교수라도 학생을 괴롭히다니, 다시 생각하니 내 실수였다. 그건 훈계도 뭐도 아니었다. 전부······."

끝내 서형문의 목소리가 울먹거렸다.

"권력에 취한 내 그릇된 마음이었다."

"······."

"너에게도 잘못한 게 많다. 구자용 그 놈을 대회에서 입상시킨 것도, 면접에서 널 불합격시키려 한 것도 전부 사과하마. 네 분이 풀린다면 뭐라도 하겠다. 학생들에게도 대대적으로 사과를 하마. 그러니까 제발····· 제발 나 좀 살려다오······."

진심어린 마음이 느껴지는 서형문의 본심이 강의실에 적막하게 울렸다. 그 누구도 애절한 분위기를 깨트리지 않았고, 마음이 여린 학생은 자신이 당한 일도 잊고 서형문이 불쌍하다 생각했다.

하지만 불쌍한 건 불쌍한 거고.

죗값은 죗값이다.

둘은 동일선상에 놓을 경우, 불쌍하다는 이유가 모든 면책부로 작용한다.

"제 할 일은 끝났어요."

나지막한 목소리로, 최창수가 적막을 깨트렸다.

"저는 교수님을 살릴 수 없습니다. 저도, 교수님도. 너무 많은 길을 걸어 와 버렸어요."

언론도 대학도 서형문을 강하게 질타하고 있다.

이 상황에서 자신이 서형문을 보호해봤자 정해진 사실은 변하지 않는다.

운
대통령

"돌아가세요. 이러시는 거, 저도 불편하고, 이곳에 있는 학생들도 불편합니다."

"……그러냐. 난…… 뭘 해도 용서받을 수 없는 것이냐……."

"네. 너무 늦게 깨달으셨네요."

"……그래. 알겠다."

순순히 포기한 서형문을 몸을 일으켰다. 그리고 당장 내일이라도 죽을 듯한 아련한 표정으로 옷에 묻은 먼지를 털고, 돌아가려는 듯 몸을 돌렸다.

한 차례 냉전이 일었던 교실의 분위기가 다시 사그라질 조짐을 보였고…….

"너만 없었다면."

서형문이 몸을 휙 돌렸다.

"너만 없었다면, 이 개새끼!"

방금 전 그 나약했던 모습이 거짓말처럼, 미친개처럼 입에 거품을 문 서형문이 최창수에게 달려들었다.

"윽!"

"이 개새끼! 너만 없었다면! 그 면접에서 너를 불합격시켰다면! 일이 더 커지기 전에 내 손으로 너를 죽였다면! 이 시발놈!"

"야, 뭐해! 당장 이 새끼 때네!"

우르르 몰려든 학생들이 최창수의 목을 조르고 있는 서형문을 때냈다.

"놔! 놓으라고, 이 새끼들아! 나 교수야! 교수라고!"

"당신이 무슨 교수야! 이 망나니가!"

학생들이 힘을 합쳐서 서형문을 밀쳐냈다. 마치 자신의 신세처럼, 바닥에 힘없이 주저앉은 서형문은 아직도 화를 가라앉히지 못하고 최창수를 노려보고 있었다.

그런 그를 보고 최창수가 말했다.

"진짜로 돌이킬 수 없게 됐네요."

최창수가 넥타이를 풀었다. 그리고 넥타이 뒷면에 있는 USB포트를 보여줬다.

몰래카메라.

방금 전 서형문의 마지막 발악이 생생하게 녹화됐다.

"서형문 당신. 진짜 끝이야."

서형문의 마지막 동아줄이 끊어지는 순간이었다.

송근태 현대 판타지 장편소설

두 번째 이야기
철강산업 회장

운수 대통령

운수 대통령

두 번째 이야기
철강산업 회장

서형문 사건이 종료되고 몇 달이 흘렀다.

그 어떤 법적조치 앞에서도 잃어버린 명예를 회복할 수 없고, 오히려 자신의 가치만 더 깎아먹는 짓이었기에 서형문은 대대적으로 사과를 하고 얌전히 교수직에서 물러났다.

이번 사건으로 인해 서형문과 비슷한 짓을 저질렀던 교수들은 죄다 몸을 사리게 됐다.

물론 이 문제로 인해 질 나쁜 학생들이 교수를 무시하는 경향을 노골적으로 보이기도 했지만, 그것까지는 손 쓸 도리가 없었다.

권력을 올바르지 못하게 휘두르는 사람을 무너트렸다.

모두가 불가능이라 했던 일을 해냈다는 사실에 가슴이

벅차올랐고, 이런 식으로 한 발자국씩 나아가다 보면 언젠간 권력이 올바르게 사용될 거라는 희망도 생겨났다.

그렇게 하루하루를 보내고 있자니 반재현으로부터 연락이 왔다.

"오랜만입니다, 최창수 학생. 잘 지내고 계십니까?"

"예, 저야 잘 지내고 있습니다. 그보다 어쩐 일로 연락을……?"

"다름 아니라 일주일 뒤에 철강산업 회장님 손녀의 3번째 생일파티가 있습니다. 회장님께서도 최창수 학생을 보고 싶다는데, 오실 의향이 있습니까?"

"당연히 가야죠!"

고민할 여지도 없이 대답을 했다.

철강산업 회장 손녀의 생일파티.

자신의 인맥을 더욱 강화할 좋은 기회였다.

· · · ◈ · · ·

일반인의 경우 큰일을 해결하면 한동안은 나태해지기 마련이다.

하지만 최창수는 아니었다. 평소보다 더욱 대학 수업에 집중하고, 교수와 친목을 다졌으며, 저녁에는 자기계발에 시간을 투자했다.

주말에는 집에 내려가 부모님 일손을 도와드렸다.

첫 개장한 이후로 하락은커녕 계속 상승 중인 복권식당.

복권으로 인해 손해를 보면 어쩌나 싶었던 부모님의 걱정은, 하루가 멀다 하고 늘어나는 손님과 단골이 전부 잡아삼켰다.

"자랑스러운 우리 아들! 이 애비는 정말 복 받았구나!"

최강대 합격에 이어 아버지가 두 번째로 자신을 업고 동네를 뛰어다녔다. 너무 무리를 해서 허리를 삐끗하셨지만, 그럼에도 아버지의 얼굴에는 미소가 가득했다.

자신의 힘으로 늘 힘들어하시던 부모님에게 삶의 보람을 되찾아줬다.

"엄마, 아빠."

일요일 저녁.

오랜만에 부모님과 외식을 하는 중이었다.

예전에는 한 푼이라도 아끼려고 무조건 뷔페를 찾았다. 최대한 본전을 뽑으려고 배가 불러도 온가족이 꾸역꾸역 음식을 먹었고, 후식은 언제나 소화제였다.

하지만 이제는 부모님의 가게 매출도 좋고, 자신 또한 경제력이 충분한 상황.

생애 처음으로 부모님과 함께 고급 뷔페식당인 애슐리를 찾았다.

디너는 무려 1인당 19800원. 세 명이면 거의 6만원으로 예전에는 거들떠도 보지 않던 곳이다.

"친구들과 자주 왔던 곳인데, 올 때마다 엄마 아빠 생각

나더라고요. 꼭 한 번 같이 와보고 싶었어요."

"후후, 엄마 생각도 하고. 우리 아들 다 컸네. 그나저나 이런 곳은 또 처음이구나."

"비싼 만큼 음식은 맛있군."

어느 사이 한 접시 가득 채운 아버지가 쉴 새 없이 음식을 삼켰다.

"호호, 여보도 참. 애처럼 허겁지겁 안 먹어도 돼요. 그보다 냅킨은 왜 목에 두르고 있는 거예요?"

"엥? 목에 두르는 거 아냐?"

"여보도 참, 나이 먹은 거 티 좀 내지 마요."

"흠흠, 거 사람이 실수할 수도 있지."

아버지가 목에 두른 냅킨을 벗었다.

모처럼 모인 최창수 가족.

화기애애한 분위기 속에서 식사가 이어졌다.

최창수는 대학생활을 하면서 있던 해프닝을 얘기했다. 정말 즐거워 보이는 아들의 모습, 부모님은 웃고 있었지만 가슴은 뭉클했다.

한 때는 잘못되는 줄 알았던 자식.

대학도 안 가고 여행을 다니면서 자유분방하게 산다고 했을 때는 속이 답답하기도 했다.

하지만 지금은 또래 애들보다 훨씬 좋은 삶을 살고 있다.

부모 도움 없이, 오직 혼자만의 힘으로 말이다.

이쯤 되면 억지로 대학에 가라하지 않았어도 행복하게

살고 있지 않을까 싶었고, 그러다 보니 부모의 욕심이란 게 조금 미워졌다.

"참, 저 입영 신청했어요."

"······방금 뭐라고 했니?"

갑작스런 최창수의 말에 어머니가 당황했다.

"입영 신청했다고요. 내년 2월 말에 논산훈련소로 떠나요. 다른 병과는 자리가 없는데, 포병은 널널하기에 바로 신청했죠."

처음에는 의경이나 카투사도 생각을 했다. 자신의 능력이라면 무조건 합격이나 마찬가지니까. 하지만 생에 한 번밖에 경험 못하는 군대,

"그, 그런 걸 엄마 아빠랑 한 마디 상의도 없이 결정하면 어떡하니!"

"거, 어차피 가야할 곳. 스스로 선택했다는 데 뭐가 그리 걱정이야?"

"당신은 걱정도 안 돼요? 며칠 전에도 군대에서 병사가 죽었다고 뉴스에 나왔잖아요!"

"부모로서 걱정 안 될 리가 있나. 하지만 난 우리 아들이 잘 하고 올 거라 믿는다. 솔직히 요즘 군대는 많이 좋아졌다 하더구나. 이 애비 때는 말이다······."

아버지가 몇 십 년도 더 된 군대 얘기를 늘어놨고, 순진한 어머니는 그 얘기가 지금도 이어지는 줄 알고 입대를 좀 더 늦춰보라 설득을 했다.

최창수는 걱정하지 말라면서 활짝 웃어봤다.

자신을 믿어주는 아버지와 자신을 걱정해주는 어머니.

이 집안의 자식으로 태어나 다행이라고 또 다시 생각하는 순간이었다.

・・・◇・・・

드디어 중요한 날이 찾아왔다.

서울에서 부산까지 KTX를 타고 무려 3시간을 이동. 택시를 타고 한참을 달리자 외진 곳에 위치한 바다가 그를 반겼다.

선박에 세워진 어선과 열심히 작업 중인 어부. 코를 찌르는 소금냄새가 아무렇지도 않을 정도로 상쾌한 바람이 불었다.

'이 주변에서 기다리라고 했는데.'

근처를 둘러봤다.

저 멀리서 고급 리무진 한 대가 다가왔다.

뒷좌석 창문이 열리자 반갑다는 표정인 반재현이 보였다.

"오랜만입니다, 최창수 학생. 많이 기다렸나요?"

"아뇨, 저도 방금 막 왔습니다."

"멀리까지 오느라 고생 많았습니다. 약간만 더 여유로웠다면 함께 왔을 텐데, 죄송하군요."

"괜찮아요. 덕분에 모처럼 여행하는 기분을 느껴서 좋았습니다."

"그렇다면 다행입니다만. 우선 타시죠."

반재현이 손가락을 까닥이자 운전석에서 검은 양복을 입은 사내가 뒷좌석 문을 열어줬다.

고개를 꾸벅이고 뒷좌석에 올랐다.

"그런데 생일파티는 어디서 진행됩니까? 호텔은 안 보이는데……."

"벌써 도착했습니다."

"도착했다니……."

"바다를 보시죠."

최창수가 바다를 바라봤다.

저 멀리. 어둠 속에서 유유히 빛나는 거대한 뭔가가 보였다.

이윽고 도착한 최창수를 반긴 건 호화 여객선이었다. 3천 명은 우습게 수용 가능한 규모, 아름다운 조명이 그 존재를 더욱 과시했다.

먼저 도착한 손님이 제법 많았는지 갑판 쪽에서 떠들썩한 소리가 들린다.

"놀랐습니까?"

"안 놀랄 수가 없네요……."

철강산업 회장의 손녀라고 해봤자 1성급 호텔에서 생일파티가 진행될 줄 알았다. 하지만 영화 속에서나 보던 상황이 현실로 다가오자 자신이 생각하는 큰손의 기준이 얼마나 작은지 알게 됐다.

동시에 뿌듯함이 몰려왔다.

'내가 이만큼 성장했구나.'

고등학교를 졸업한 지 이제 1년이 다 되어 간다. 그동안
정말 많은 일이 있었고, 학생 시절의 자신이 귀엽게 느껴질
만큼 훌륭한 인물로 성장했다.

"저도 언젠간 여객선에서 파티를 벌일 수 있겠죠?"

"최창수 학생이라면 가능할 겁니다. 하하!"

호탕하게 웃으며 반재현이 여객선에 올라탔다.

반재현의 일행인 최창수.

일일이 손님의 신분을 확인한 뒤에야 여객선에 오르게
하는 경호원들이 꿈쩍도 하지 않았다.

여객선 갑판은 시끌벅적했다.

곳곳에 널찍한 테이블이 놓여있고, 요리사들은 계속해서
음식을 채우느라 바빴다.

TV속에서나 봤던 고위급 인물이 가득한 이 곳.

'어떻게 하면 저들과 친해질 수 있을까?'

무작정 다가가서 말을 거는 건 좋은 수가 아닌 듯 하다.

고민 끝에 최창수는 음식을 먹으면서 자연스럽게 말을
걸기로 했고, 그전에 운수 대통령을 실행했다.

〈2단계 호감의 책을 구매했어요!〉

〈습득한 호감 : 상대방과 10분 이상 대화를 나누거나,

3분 이상 눈을 마주치면 큰 호감을 형성〉

'좋은 능력이니만큼 조건이 까다롭긴 하네.'

그래도 못할 건 없다.

최창수는 빠르게 고위급 인물의 얼굴과 위치를 파악했고, 그 중 가장 도움이 될 이들 근처로 다가갔다.

테이블에 놓인 음식은 붉게 잘 구워진 랍스터와 값 비싼 와인. 그리고 두툼한 스테이크가 가득했다.

먼저 랍스터를 먹어보기로 했다.

"와우……."

한 마리에 무려 30만원이나 하는 고급 랍스터. 껍질을 뜯으니 보는 것만으로도 군침이 도는 붉은 속살이 드러났다. 그걸 한 입 가득 베어 물었다.

'이 맛은…….'

입에 넣었을 때는 바다의 맛이 퍼지고 씹었을 때는 고소한 즙이 흘러나왔다. 그 맛에 완전히 매료되어 체면을 차리는 것도 잊고 이번에는 스테이크로 손을 옮겼다.

치아로 살짝 건드렸을 뿐인데 고기가 살살 녹아 혓바닥 위에서 춤을 췄다. 수도를 잠그지 않은 수도꼭지처럼 계속해서 즙이 흘러나와 갈증조차 느껴지지 않는다.

마지막으로 입가심을 하려고 와인으로 손을 옮겼다.

'맛있다…….'

와인이 혀 끝에 닿는 순간. 달콤하면서도 시큼한 맛이

입 안 가득 맴돌았다. 바로 삼키지 않고 여러 번 헹굴수록 맛과 향이 더욱 진해졌다.

"애슐리하고는 비교도 안 되네."

주변을 둘러봤다.

아직 자신이 먹어보지 못한 음식이 가득하다. 마음 같아서는 음식을 먹는데 집중하고 싶지만, 우선순위 1등은 인맥 강화다. 최창수는 10분마다 한 번씩 테이블을 바꾸며 음식을 먹고, 고위급 인물과 얘기를 나누는데 집중했다.

초대된 손님이 전부 탔는지, 여객선이 출발했고 잠시 후 준비된 악단이 갑판에 서서 아름다운 클래식을 연주하기 시작했다.

맛있는 음식과 우아한 클래식 연주.

미칠 만큼 즐거운 이 시간은 최대한 즐기기로 했다.

여객선이 어느 정도 육지에서 멀어지자, 철강산업 회장의 최우측근인 반재현이 말했다.

"자, 여러분. 철강산업의 창시자이신 엄병철 회장님이 손녀 분과 함께 갑판으로 올라오신다고 합니다. 모두 큰 목소리로 회장님과 손녀 분을 맞이해주시길 바랍니다!"

여객선 2층으로 통하는 문.

경호원이 문을 열자 적막한 밤하늘이 화려한 불꽃으로 뒤덮였다.

그 불꽃을 조명 삼아 철강산업의 회장인 엄병철이 손녀와 함께 모습을 드러냈다.

70대 후반이라고는 믿겨지지 않을 정도로 정정한 모습. 할아버지의 손을 꽉 붙잡고 있는 손녀는 손가락으로 불꽃을 가리키며 소리를 질렀다.

그의 아들과 며느리는 한발자국 뒤에 떨어져 흐뭇하게 웃고 있었다.

"음 음."

손녀와 함께 갑판 정중앙에 준비된 무대에 오른 엄병철. 그가 마이크를 쥐었다.

"음! 잡설이 길면 지루할 테니 요점만 말하지. 다들 바쁠 텐데, 눈에 넣어도 안 아픈 내 사랑스러운 손녀의 생일파티에 와줘서 고맙네. 중요한 행사는 우리 집안의 보물인 손녀 바다 구경 좀 시켜주고 시작할 예정이니 그동안은 자유롭게 이 시간을 즐기게나."

턱.

정말 간결하게 말을 끝낸 엄병철이 손녀를 품에 안고 무대에서 내려왔다.

그러자 잠시 조용했던 여객선의 분위기가 다시 불타오르기 시작했다.

'경치 한 번 좋네.'

시원한 바닷바람을 맞으며 최창수는 휴대폰을 확인했다. 1시간 만에 열 명이 넘는 고위급 인물과 연락처를 교환했다.

그리고 그 과정에서 최창수는 놀랐다.

'설마 날 알고 있는 사람이 있을 줄이야. 전부 그 인터뷰

덕분인가.'

서형문 사건으로 언론과 나눈 인터뷰. 인터넷 뉴스에서도 심심찮게 찾아볼 수 있었고, 워낙 크게 대두된 문제라서 공중파 뉴스에도 잠깐 얼굴을 비췄다.

다들 깨끗한 사람들뿐이어서 최창수는 본의 아니게 격려와 함께 앞으로의 행보를 기대하겠다는 말을 들었다.

"최창수 학생."

"네, 반재현 이사님."

"즐겁게 잘 즐기고 계십니까? 아까 보니 벌써부터 친해진 사람이 있던 거 같은데."

"네, 정말 즐겁네요. 경치도 좋고, 음식도 맛있고."

"그렇다면 다행이군요."

반재현이 그의 옆에 서서 와인을 홀짝였다.

"그나저나 철강산업 회장을 직접 본 소감은 어떤가요?"

"정정하시네요. 손녀도 귀엽고."

"그리고?"

"……뭐랄까. 가슴 한 구석이 뜨겁네요."

엄병철을 보는 순간 선명한 그림이 그려졌다.

미래의 자신이…….

'또 보기 좋은 얼굴이 됐군.'

최창수가 무슨 생각을 하고 있는지는 모르겠지만, 표정만으로도 평범한 생각이 아니란 걸 알 수 있었다.

어서 이 모습을 엄병철에게도 보여주고 싶은 반재현이

당장 그를 불렀다.

"회장님."

"음, 재현이로구먼. 즐기라니까 왜 또 나한테 왔어?"

"보여주고 싶은 사람이 있습니다. 이쪽이 제가 저번에 큰 도움을 받았던 최창수 학생입니다."

"안녕하십니까!"

목청을 울리며 최창수가 허리를 꾸벅였다. 그리고 바로 허리를 들어 사람 좋아 보이는 미소를 지었다.

"음! 자네가 최창수로구먼. 재현이 뿐만 아니라 철강산업이 큰 신세를 졌네. 덕분에 무사히 체결된 계약이 잘 진행되고 있어."

"하하, 전 말만 했을 뿐입니다. 철강산업이 대단한 거죠."

"음. 재현이 말대로 인상은 아주 좋군. 외모도 훤칠하고 아주 현명해보여."

"칭찬 감사합니다."

"음. 오늘 자네를 초대한 건 고맙다는 얘기를 하면서 겸사겸사 얼굴이나 한 번 보고 싶었기 때문이네. 부담 갖지 말고 편하게 즐기고 가게나."

"알겠습니다. 그나저나…… 손녀 분이 참 예쁘네요?"

손녀를 바라보며 활짝 웃어봤다. 그러자 반재현의 등장으로 인해 계속 엄병철의 다리 뒤에 숨어있던 손녀가 빼꼼 고개를 내밀었다.

"안녕, 꼬마야? 이름이 뭐니?"

"엄하정이요."

"엄하정이라. 아이고, 꼬마 아가씨! 귀엽게도 생겼네, 나중에 엄청난 미인이 되겠어!"

"꺄르르륵!"

최창수가 엄하정을 높이 들고 제자리에서 빙글빙글 돌았다.

"음! 낯을 많이 가리기로 소문이 난 귀여운 내 손녀가!"

"하하, 어려도 여자는 여자인가 봅니다."

"음. 복잡한 심정이로구먼."

좀처럼 최창수의 품에서 떨어지려하지 않는 엄하정. 덕분에 좀 더 오래 엄병철과 얘기를 나눌 수 있었다.

'손녀 사랑이 엄청나네.'

대화 주제는 주로 엄하정에 관한 것. 물론 중간 중간 자기PR도 빼놓지는 않았다.

'친근하게 손녀에게 접근한 게 이리도 성공적일 줄이야.'

엄병철을 살펴봤다.

운수 대통령과 더불어 엄하정의 태도 덕분에 벌써부터 자신에게 호감을 가지고 있는 듯 하다.

"하정아, 잠깐만 내려올까?"

목마를 타고 있는 엄하정을 잠시 바닥에 내려뒀다. 그러자 금방 울상이 돼 곤란해졌다.

"한창 분위기 좋을 때 죄송하지만…… 잠시 화장실 좀 갔다오겠습니다."

"음! 이제 슬슬 메인 행사를 진행하려 했건만. 늦지 않게 돌아오게나."

"어빠, 어빠! 사탕 줄 테니까 숨바꼭질 하자!

"네, 알겠습니다. 응, 그래 하정아. 조금 이따가 하자."

엄하정을 바라보며 싱긋 웃은 최창수.

경호원의 안내를 받아 화장실로 향했다.

셋만 남게 된 엄병철 일행.

손녀를 품에 안으며 엄병철이 슬슬 본격적으로 생일파티를 시작하려 했다.

그때, 반재현이 그를 불러 세웠다.

"회장님. 최창수 학생의 인상…… 어땠습니까?"

자신도 제법 사람 보는 눈이 있지만 빗나간 적이 여러 번 있다.

하지만 엄병철은 아니었다.

세월과 함께 노련미를 쌓았는지, 상대방의 사소한 행동거지로도 그 사람의 그릇을 파악한다.

현재 철강산업의 고위임원은 한 명도 빠짐없이 엄병철 혼자서 고른 인재들이었고, 그들 덕분에 철강산업은 나날이 발전 중이었다.

때문에 궁금했다.

과연 자신의 눈이 틀린 게 아닌지.

자신이 본 최창수의 그릇이 정말로 그 크기인지.

질문의 의미를 파악한 엄병철이 의미심장하게 웃으며

말했다.

"호랑이 새끼를 데리고 왔군."

· · ·◆· · ·

엄병철이 본 최창수.

가장 눈에 들어온 건 타인을 배려하는 마음씨였다.

엄하정과 대화할 때는 눈높이를 맞췄고, 귀에 속삭이듯 나긋나긋한 톤을 유지했다.

손녀를 들어 올릴 때는 안정적으로 손을 배치했으며, 불편한 자세임에도 눈높이를 벗어나지 않았다.

그 외 자신과 얘기를 할 때는 눈이 아닌, 인중을 바라보며 눈을 마주하고 있는 것처럼 예의를 지키던 그 모습.

우선 어른을 상대하는 기본적인 예의는 전부 갖추고 있었다.

자기 위치를 모르는 것들에게는 없는 것. 적어도 최창수는 자기 위치를 잘 알고 있었다.

물론 이뿐이라면 엄병철이 호랑이라고 말하지 않았을 거다.

"눈이 살아있어."

엄병철의 입가에 흐뭇한 미소가 지어졌다.

"마치 젊은 시절의 날 보는 것만 같더군."

과거에서부터 존재했던 금수저. 가난한 집안의 자식이

었던 엄별청은 자수성가한 인물이었고, 밑바닥에서부터 철강산업을 키워왔다.

인생의 쓴 맛과 단 맛을 전부 봐오면서 쌓아온 노련함. 세월은 그에게 부와 명예, 그리고 인재를 파악하는 능력을 줬다.

그러다 보니 신입채용 면접 및 진급 시에는 늘 엄별청이 참석한다.

그리고 면접 내내 상대방의 눈을 본다.

인간의 모든 건 눈에 담겨 있으니까…… 그것만으로도 이 면접자가 철강산업에 도움이 될 지 안 될 지를 얼추 판단할 수 있었다.

그 공식에 의하면 최창수는 탐이 나는 인재였다.

그의 나이 20세. 제대로 된 사회생이 되려면 좀 더 숙성이 필요하다.

하지만 최창수의 눈빛에서는 백전노장의 기운이 느껴졌다.

"음. 무엇보다 내 손녀가 그를 마음에 들어 했으니, 할애비로서 싫어할 수가 있나!"

"꺄르륵!"

진지한 분위기 속에서 주눅들어있던 엄하정이 활짝 웃었다.

한편.

엄병철에 좋은 평가는 받은 최창수는 화장실에서 손을 닦고 있었다.

'첫 시작은 좋다, 좋아~ 반재현 이사 성격상 지금쯤 엄병철한테 내 평가를 묻고 있겠지. 능력이 있는 이상, 무조건 날 칭찬할 테고. 모든 게 승승장구로구나~'

큭큭. 숨죽여 웃으며 화장실에서 나와 모퉁이를 돌았다.

그때.

"으악!"

"헉!"

음식을 운반 중인 여객선 직원과 부딪혔다. 하필 뜨거운 수프가 외곽에 위치해 있었고, 충격으로 인해 최창수의 왼 다리로 쏟아졌다.

"윽!"

화끈해진 왼 다리에서 고통이 느껴졌다.

"괘, 괜찮으십니까?!"

당황한 직원이 바로 바닥에 납작 엎드렸다. 그의 손에 들린 티슈가 최창수의 다리를 닦으려고 다가온다.

"괜찮아요!"

화들짝 놀란 최창수가 황급히 다리를 거뒀다.

"가, 갑자기 왜 엎드리세요? 일어나세요!"

"하, 하지만 제가 실수를……! 정말 죄송합니다!"

"조금 뜨거울 뿐 괜찮으니까 일어나세요. 보는 제가 너무 불편하네요."

직원의 나이는 어림잡아도 서른 초반. 어른이 자신에게 허리를 숙이는 상황이 껄끄러웠다.

"정말 죄송합니다! 그, 제가 실수해놓고 이런 말하기 염치없지만 부디 변상만은······."

"변상 요구할 생각 없으니까 진정하세요. 네?"

"저, 정말입니까?"

"네. 세탁소에 맡기면 되는 걸요."

고위급 인물이 많은 여객선.

그들에게 기죽지 않으려고 생에 처음으로 100만 원짜리 양복을 구매했고, 구두도 40만 원짜리 명품 구두를 구매했다.

가격이 가격이니만큼 세탁비는 적지 않을 게 분명하다.

그렇다고 직원에게 갑질을 하고 싶지는 않았다.

그랬다가는 자신 또한 서형문처럼 권력을 아무렇게나 휘두르는 거니까.

자신의 권력의 먹이는 어디까지나 상대를 짓밟는 곳에 힘을 쓰는 자들 뿐······.

"얼마하지도 않는 양복이랑 구두니까 어서 갑판으로 올라가세요. 생일 케이크가 있는 걸로 봐서는······ 슬슬 생일 파티가 시작되나 보네요."

"네, 네······."

"같이 올라가죠."

괜찮다는 말에도 주눅이 든 직원. 몇 번이고 괜찮다 말하면서 그와 함께 갑판에 올랐다.

이윽고 도착한 갑판.

최창수는 싸한 느낌을 받았다.

분명히 얼마 전까지만 해도 화기애애했던 갑판.

하지만 지금은 불이라도 난 것처럼 소란스러웠다.

"반재현 이사님, 무슨 일이죠?"

"최, 최창수 학생! 혹시 올라오는 길에 하정이 못 봤습니까?"

"하정이요?"

"회장님이랑 잠시 대화를 나누는 사이 어디로 갔는지 보이질 않습니다……."

"……네?"

그제야 소란스러움의 정체를 알게 됐다.

그리고 보통 큰일이 아니라는 것도.

"구석구석 찾아봤나요?"

"우선 갑판은 전부 뒤지고 있는 중입니다. 방금 막 경호원을 시켜 내부도 수색하도록 시켰으니 조만간 발견될 거라 생각은……."

뒷말을 흐린 반재현이 어두운 바다를 바라봤다.

만약.

저 바다 속에서 한 생명이 사라지고 있다면?

최고의 생일파티가 될 뻔한 날이 최악으로 변모할 게 분명하다.

"젠장!"

더 이상 생각할 여유도, 회장의 상태를 물어볼 시간도

없다.

부디 엄하정이 이 여객선 내 어딘가에 있기를 바라며 분주히 발을 놀려야 할 뿐.

"찾아보고 올게요!"

최창수가 급히 여객선 내부로 돌아갔다.

'어디로 갔을까?'

갑판 위는 손님들이 샅샅이 뒤졌을 거다. 게다가 여객선 난간은 어린애가 발꿈치를 들어야 겨우 바다가 보일 정도로 높다.

'여객선 내부에 분명히 있다!'

총 4층으로 이뤄져 있는 여객선. 3층에는 주방인원 말고는 사람이 없으며, 4층은 각종 설비실이 있다.

실질적으로 손님이 사용하는 곳은 갑판과 1층, 그리고 2층뿐이다.

'1층에는 사람이 제법 많아, 하정이가 혼자 돌아다니면 금방 눈에 띄겠지. 그곳을 뚫고 2층까지 혼자 내려간다? 불가능은 아니지만 가능성은 낮아.'

우선은 1층으로 범위를 좁히기로 했다.

1층을 가득 메운 엄하정의 이름. 경호원과 손님들이 필사적으로 그녀를 찾고 있었다.

갑작스레 사라진 철강산업 회장의 손녀.

경호원이야 일이니 그렇다 쳐도, 손님들은 엄병철과의 관계형성을 위해 움직이고 있었다.

그곳에서.

진실 된 마음으로 엄하정을 찾는 건 최창수 뿐이었다.

미아의 심정을 아주 잘 알고 있으니까.

'유치원 소풍 때 얼마나 겁에 질려 울었던지.'

그 감정을 엄하정이 느끼고 있을 거라 생각하니 가슴이 먹먹해졌다.

"하정아!"

방이란 방은 전부 살펴봤고, 여자화장실도 스스럼없이 들어갔다. 그 외 어린애라면 들어갈 만한 공간도 뒤져봤지만 좀처럼 엄하정은 발견되지 않았다.

'이성적으로 생각해보자. 만약 내가 하정이라면 어디로 갔을까?'

엄하정은 낯을 많이 가리는 성격이다.

'1층에는 사람이 많아. 최대한 사람과 부딪히지 않으려고 조용히 지나다녔겠지. 마지막에는 결국 어딘가에 숨었을 거야.'

그 숨을만한 곳.

우선 1층은 아니다.

갑판으로 돌아가지 않았다면 발걸음이 닿을 곳은 2층 뿐.

'뭔가 수가 있을 거야!'

최창수는 다급하게 운수 대통령을 실행했다.

〈행운의 아이템 : 정장과 지저분한 구두〉

〈행운의 색깔 : 와인색〉
〈행운의 장소 : 층수가 3층 이상인 이동수단〉

'운이 좋아! 조건이 한 번에 충족되다니!'
이걸로 엄하정을 찾을 수 있는 기본조건이 갖춰졌다.
최창수는 주머니를 뒤져 동전을 꺼냈다.
'앞면이면 왼쪽, 뒷면이면 오른쪽으로. 지금의 내 운은
최강이니, 이 동전이 하정이의 위치를 알려줄 거야!'
바로 동전을 튕겨 낚아챘다.
앞면.
최창수는 바로 왼쪽으로 향했고, 모퉁이 및 문이 나올 때
마다 동전을 튕겼다.
'이곳인가……'
몇 십 번이고 앞면과 뒷면이 나온 동전.
이번에는 정확히 세워져 앞면도 뒷면도 보여주지 않았다.
직감적으로 목적지에 도착했다는 걸 알았고, 고개를 돌렸다.
2층에 존재하는 보일러실.
'문이 열려있어.'
조심스레 문을 열고 안으로 들어갔다.
귀를 울리는 보일러소리와 정신없이 늘어서 시야에 잡히
는 파이프.
짙은 가스 냄새에 섞여 엄하정의 체취가 옅어졌다.
하지만 더 이상 냄새를 추적할 필요는 없었다.

"하정아……."

보일러실 문을 열 때, 어디선가 바스락거리는 소리가 났다.

그곳으로 가니 우뚝 솟아있는 천이 보였고, 그것을 거두니 손으로 두 눈을 가리고 있는 엄하정이 나타났다.

"헉! 들켰…… 어빠?"

활기차게 말하던 엄하정, 그녀가 의문을 갖게 됐다.

"왜 말도 없이 이런 곳에 있어…… 많이 무서웠지?"

최창수가 자신을 껴안아 머리를 쓰다듬었기 때문이다.

"숨바꼭질."

"응?"

"숨바꼭질하기로 했잖아! 어빠가 너무 늦어서 나 먼저 숨었어!"

그제야 기억났다.

엄하정과 헤어지기 전에 나눈 대화가.

"안 들킬 줄 알았는데 들켰네. 어빠 대단하다!"

"내가 못 찾았으면 어쩌려고 그랬어?"

"들킬 때까지 있을 거야! 술래는 재미없는 걸!"

엄하정이 어린애 특유의 미소를 지었다. 순수함 가득한 작은 얼굴, 차마 한 마디 할 수가 없었다.

"다시는 나 몰래 숨으면 안 돼. 알겠지?"

"응."

"그래, 돌아가자. 생일파티 해야지."

엄하정의 손을 잡고 갑판으로 돌아갔다.

· · · ◈ · · ·

30분간 모두를 당황시켰던 엄하정 사건.

갑판으로 돌아간 엄하정은 부모님께 혼났고 울면서 생일 파티를 진행하게 됐다.

3시간에 걸쳐 끝난 생일파티.

숙소를 잡아둔 사람들은 숙소로, 아닌 사람들은 제각기 차를 타고 돌아가기로 했다.

그 중 최창수는 전자였다.

"어빠, 어빠~ 하정이 추어."

"그래, 춥구나. 오빠 외투 걸쳐."

"히히. 너무 커서 바닥에 다 쓸리네!"

엄하정이 코를 훌쩍이며 웃었다.

예정대로였다면 늦게라도 돌아갈 생각이었다. 내일 또 강의가 있으니까.

하지만 엄하정이 좀 더 놀아달라고 말하고, 엄병철도 손녀 부탁을 들어달라고 하니 어딜 봐도 후퇴로가 보이지 않았다.

"음, 고맙네."

함께 숙소를 향해 걷던 엄병철이 말했다.

"음. 큰 빚을 겼구먼."

"아닙니다, 굳이 제가 아니었어도 찾았을 텐데 빚까지는……."

"하지만 위험했겠지."

엄하정이 숨어있던 보일러실.

그 중 파이프 하나로부터 미약하지만 가스가 새어나오고 있었다. 밀폐된 공간에 가스가 차는 건 시간문제.

이 문제를 해결하기 위해서 중간에 여객선이 잠시 멈추기도 했다.

"늙은 나이에 본 손녀야. 눈에 들어가도 아프지 않고 뭘 해도 귀엽지. 자네는 하정이, 그리고 내 목숨까지 동시에 지켜낸 거야."

엄병철이 최창수를 바라봤다.

아까까지만 해도 손녀바보인 할아버지였건만, 지금은 눈빛에서부터 남다른 기운이 느껴진다.

"내 도움이 필요한 일이 생기면 말하게나. 손녀의 부탁이라 생각하고 최선을 다 해 도와주겠네."

"……감사합니다."

침착한 대답.

하지만 속은 쾌재를 부르고 있었다.

목표를 달성했으니까.

"그리고 종종 하정이랑 놀아줬으면 하는군. 손녀가 자네를 나보다 더 좋아하는 거 같으니. 나도 몇 년 만 젊었다면!"

"하하. 불러만 주시면 언제든 달려가겠습니다!"

송근태 현대 판타지 장편소설

세 번째 이야기
군 입대

운수 대통령

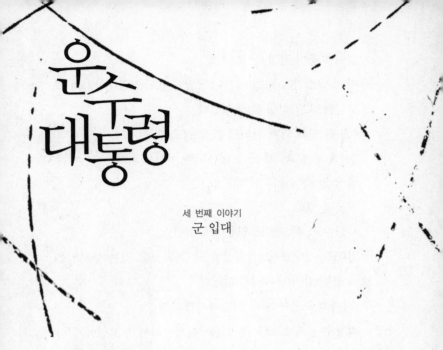

운수대통령

세 번째 이야기
군 입대

군 입대 당일.

서형문도 쓰러트리고, 철강산업 회장과도 좋은 관계를 유지하고, 친구들에게 작별인사도 했다. 덕분에 홀가분한 마음으로 눈을 뜰 수 있었다.

"입대한다!"

남들은 죽도록 싫어하는 군 입대.

최창수는 생애 한 번 밖에 없는 경험을 해본다는 생각에 가슴이 두근두근 거렸다.

부모님과 마지막 아침 식사를 하고, 고속버스터미널로 향했다. 거기서 용인으로 향하는 버스에 올랐고 도착해서는 택시를 타고 한참을 이동했다.

306 보충대 광장.

아직 입소까지 제법 시간이 남았음에도 입영대상자와 그 부모님들로 발 디딜 틈이 없었다.

"좀 더 일찍 와서 자리에 앉을 걸 그랬구나."

"어쩔 수 없죠. 설 곳은 많으니까 저기로 가요."

광장 왼 측에 위치한 테라스.

그곳에 섰다.

최창수도, 부모님도 입을 다물었다.

입대가 기대됐지만, 복잡한 표정을 짓고 있는 부모님을 보니 선뜻 입이 떨어지지 않았다.

'나까지 조용하면 더 걱정하시겠지.'

최창수는 평소보다 더 밝은 척 계속해서 부모님에게 말을 걸었다.

잠시 후, 부모님과 사이좋게 손을 잡고 행사를 관람했다. 물론 그걸 즐겁게 보는 이들은 없었다.

다들 행사를 배경 삼아 자식과의 마지막 시간을 보낼 뿐이었다.

분명히 행사는 재미없었건만, 자식과 곧 헤어질거라 생각하니 2시간에 가까운 행사가 순식간에 끝났다.

이제는 헤어질 시간.

"마지막 10분 드리겠습니다. 10분 후, 현역입영대상자 분들은 전부 붉은 깃발을 들고 있는 간부를 향해 줄을 서주시길 바랍니다!"

그 말을 시작으로 이곳저곳에서 눈물이 쏟아졌다.

어머니도 마찬가지였다.

"차, 창수야…… 몸 건강하게 잘 지내고, 무슨 일 있으면 꼭 엄마 아빠한테 말해야 한단다. 알겠지?"

"알겠으니까 울지 마세요. 웃으면서 보내주셔야죠."

"창수 말이 맞다. 사람도 많은데 왜 울어?"

"아빠……."

아버지를 바라봤다.

굳게 다문 입과 평소와 같은 눈빛. 하지만 눈시울이 약간 붉어져 있는 건 숨길 수 없었다.

"마지막으로 가족끼리 사진 한 장 찍자꾸나."

"……네!"

근처에 있는 가족에게 휴대폰을 건네며 사진 한 장만 찍어달라고 부탁을 했다.

찰칵.

사진 속에 담겨진 최창수 가족.

엄마는 여전히 울고 있고, 아버지는 울음을 참으려고 표정변화가 없었다.

웃고 있는 건 유일하게 최창수 뿐.

자신이 군대에 있을 동안 두고두고 보실 사진이니 만큼 활짝 웃기로 한 것이리라.

"우리 아들! 잘 지내야 한다!"

"군대도 사람 사는 곳이다, 걱정하지 말고 사회에서만큼 행동하거라."

"알겠으니까 걱정 마세요. 가볼게요!"

괜히 시간을 끌면 미련만 남는다.

최창수는 뒤도 안 돌아보고 입영대상자 행렬에 끼어들었다.

이윽고 앞으로 나아가기 시작한 행렬.

최창수는 슬며시 뒤를 돌아봤다.

그러자 아직까지 손을 흔들고 있는 부모님이 보였다. 혹여나 자식이 자신을 찾지 못하면 어쩌나 싶은 마음에서 나온 행동……. 가슴이 울컥해서 다시 시선을 앞으로 옮겼다.

드디어 입영대상자 행렬이 부모들의 시야에서 완전히 사라졌다.

그러자 붉은 깃발을 든 간부가 전부 조용히 하라고 소리쳤다. 그럼에도 불구하고 동반입대 한 친구와 떠드는 놈들이 있었으니.

"야 이 새끼들아! 여기가 아직도 사회인 줄 알아?! 군대야, 군대 이 새끼들아!"

광장에서는 천사처럼 웃던 간부.

부모의 눈에서 벗어나기가 무섭게 악마 같은 표정을 지었다.

"지금부터 찍소리 없이 강당으로 들어간다. 내 심기에 거슬리는 놈은 얼차려 받을 줄 알도록."

갑작스레 변한 간부의 분위기. 동시에 환경의 분위기도
바뀌었다.

이곳저곳에서 보이는 병사와 부대 마크가 박힌 건물.

다들 여기가 군대라는 걸 상기하는 순간이었다.

강당으로 들어가니 정훈장교가 보충대에서 지낼 3일 간
의 예정을 설명했다.

그 후 상근예비역과 공익은 돌아갈 준비를 하라는 말에
주변이 웅성거렸다.

몇 백 명 사이에서 선택받은 서른 명의 사내들.

"잘 있어라, 현역!"

"우리는 사회에서 복무한다!"

"난 현역이지만 출퇴근하지!"

그들이 현역을 놀리면서 밖으로 퇴장했다. 물론 나가면
서 간부들에게 뒤통수를 전부 한 대씩 맞았지만……

설명이 끝난 후에는 생활관으로 이동했다.

전형적인 구막사.

TV가 놓여있었지만 셋톱박스가 없어 그림에 떡이나 마
찬가지였다.

그 뒤로는 일사천리.

잠시 쉬고 있자니 군용품을 받으려고 하루 종일 보충대
안을 돌아다녔고, 저녁을 먹은 뒤로는 입고 온 옷과 신발을
정리해 편지와 함께 부모님에게 보냈다.

"군인은 6시 기상이 기본이다. 내일 피곤하고 싶지 않으면

다들 얌전히 자도록. 불침번은 아까 설명한 순서로 이어진다. 이상."

조교가 불을 끄고 생활관에서 나갔다.

불침번의 부스럭거리는 소리를 제외하고는 고요한 생활관.

눈을 감고 있자니 슬슬 졸음이 몰려왔다.

'뭐랄까…… 아직까지는 와 닿지 않는 현실이네. 마치…….'

슬며시 눈을 떴다.

'눈을 뜨면 집일 거 같아.'

· · · ◈ · · ·

물론 꿈같은 일은 벌어지지 않았다.

"이런, 젠장! 훈련병 말년에 일어나자마자 제설이라니!"

6시에 기상하자마자 최창수는 방한복을 갑옷처럼 두르고 삽을 들어야만 했다.

306 보충대에서 3일, 다음 날 최창수는 겨울왕국이라 불리는 강원도 철원에 위치한 청성부대 훈련소로 향하게 됐다.

첫 1주 차 때는 동기들과 안면을 트며 제식을 배웠고, 동시에 군이란 환경에 서서히 익숙해지려고 노력했다.

그 결과.

정훈교육이 계획에 주를 이루는 2주 차 때는 모자란 수면시간도, 불침번도, 사회와 단절된 환경에 익숙해져갔다.

물론 그도 사람이니 힘들지 않은 건 아니었다.

때로는 사회가 그립고, 때로는 부모님이 보고 싶었다. 물론 그렇다고 여기서 포기하고 돌아갈 생각은 없다.

한 번 시작한 건 확실하게 끝을 보는 성격이니까.

게다가 3주 차 때는 군 생활의 꽃이 잔뜩 있다.

화생방, 각개전투, 총기훈련, 야간 행군!

정말 군인다운 훈련이라는 생각에 들뜬 마음.

그 뜨거운 마음이 발목까지 쌓인 눈이 차갑게 얼려버렸다.

"누가 철원 아니랄까봐, 눈 한 번 더럽게도 많이 오네."

"진정해라, 창수야. 아직은 열 받을 때가 아냐. 뒤를 돌아 봐."

훈련소에서 친해진 동기가 최창수의 어깨를 두들겼다.

고개를 돌리자 한숨이 절로 나왔다.

분명히 방금 전 제설을 한 길. 하지만 쉴 새 없이 내리는 눈에 의해 다시 콘크리트길이 사라져 있었다.

"밥 먹고 화생방 훈련 있다는데, 이러다 오늘 훈련 짬 되겠네."

"뭐? 그건 안 되는데."

"넌 훈련이 그렇게 좋냐? 하긴, 부 중대장도 맡은 에이스니까 그럴 만도 한가."

훈련소 입소 후 며칠 뒤. 생활관을 대표할 부 소대장이 된 최창수는 금세 능력을 인정받아 훈련병을 대표하는 부 중대장까지 됐다.

"어차피 짬 되도 결국은 하잖아. 게다가 전부 군인의 꽃 같은 훈련인데 기대가 안 될 리가 있냐."

"너도 참 대단하다. 아주 참 군인이야, 참 군인."

"이왕 할 거 즐겨야지. 하기 싫어한다고 군 생활이 도망가는 것도 아닌데. 마치 이 눈처럼 말이야."

최창수는 주변을 둘러봤다.

치워도 치워도 줄어들지 않는 눈. 너무나도 증오스러웠다.

결국 예정보다 10분 늦게 아침식사를 하게 됐다. 아침 일찍부터 제설작업을 해서 힘이 들건만, 메뉴가 형편없어 이곳저곳에서 불평불만이 터졌다.

식사가 끝난 다음에는 바로 부대 내에 있는 훈련장으로 향했다.

오늘은 화생방과 수류탄 투척훈련이 있는 날.

기초 훈련을 마친 최창수가 방독면을 썼다.

좁아진 시야 너머, 라식 문제로 훈련에서 열외 된 병사들이 보였다.

"화생방 담당 조교다. 너희들이 워낙 화생방을 무서워해서 하는 말인데, 아무것도 아니니까 너무 걱정하지 말고 정화통 제거한 뒤에도 편하게 숨 쉬어."

담당 조교의 안내를 받아 화생방 훈련장으로 들어갔다.

좁고 어두운 작은 방.

조교를 포함해서 총 다섯 명의 병사가 서 있었다.

"룰은 간단하다. 정화통을 제거하라 말하면, 빠르게 제거한 후 정화통을 정수리에 올려둬. 그 뒤 우리가 정확히 열을 세면 빠르게 정화통을 껴라. 전부 낀 걸 확인하면 문을 열어주지. 자, 정화통 제거."

최창수가 바로 정화통을 제거해 정수리에 올려뒀다.

'화생방 시작이다!'

대학 선배들이 말했었다.

다른 건 다 참겠다는데 화생방이 진짜 장난 아니라고.

'얼마나 장난이 아닐 지 기대됐는데, 조교가 편하게 숨 쉬라 하는 걸 보면 별 거 아닌가?'

방금 막 다섯 명 모두 정화통을 제거했는지, 조교가 숫자를 세기 시작했다.

'해보면 알겠지. 스읍!'

화생방의 고통을 모르는 최창수.

있는 힘껏 숨을 들이마셨다.

그리고……

"으억!"

지옥이 시작됐다.

슬프지도 않은데 눈물과 콧물이 비처럼 흘러내렸고, 얼굴은 따가워서 박박 긁고 싶어졌다.

게다가 계속해서 기침이 나와 숨이 막히고, 숨을 쉬려고 공기를 들이마시면 화생가스가 다시 자신을 공격하는 악순환이 반복됐다.

"끄아아악!"

"시발, 숨 편하게 쉬라며!"

"엄마! 엄마!"

"비, 비켜! 난 이곳에서 빠져나가야겠어!"

"들어올 때 마음대로였겠지만 나갈 때는 아니란다."

조교가 문을 막았고, 병사들의 비명은 점점 더 심해졌다.

그 비명이 멎은 건 밖으로 나가, 조교들이 뿌려주는 물로 몇 번이고 세수를 한 뒤였다.

"지, 지옥이다……."

겨우 제정신을 되찾은 최창수가 바닥에 주저앉았다. 아직도 목이 컬컬하고 얼굴이 따끔따끔해 죽을 것만 같았다.

"선배들이 어째서…… 라식 했다고 뻥치고 화생방 피하라했는지 알 거 같아……."

화생방이 안겨준 충격이 전부 가시지도 않았건만.

빠듯한 예정을 전부 소화해내야 하기 때문에 최창수는 얼마 쉬지도 못하고 수류탄 투척장으로 이동하게 됐다.

"훈련 받은 대로만 하면 돼."

조교가 수류탄을 건넸다. 그리고 상냥하게 최창수의 손을 쓰다듬었다. 그뿐만 아니라 자애로운 표정과 부드러워진 목소리까지.

조교 사이에서도 가장 엄하기로 한 그 조교가 맞나 의심스러워졌다.

"창수야……. 수류탄이 얼마나 위험한지 알지?"

"네."

"수류탄 조교를 할 때마다 느끼는 건데, 좀 더 애들에게 친절하게 대해줄 걸 후회하게 되더라."

조교가 상냥하게 미소 지었다.

"사랑한다. 나 아직 죽고 싶지 않아."

"자, 잘 던져보겠습니다."

중대장의 명령에 따라 병사들이 일제히 수류탄을 던지고 벽 뒤에 몸을 숙였다.

퍼어엉!

귓가를 쩌렁쩌렁하게 울리는 굉음!

하늘 높이 솟아오른 강물이 주변을 적셨다.

'굉장한데?'

수류탄 폭발장면을 보고 싶었던 최창수. 수류탄이 터질 때쯤 아주 살짝 고개를 들어 벽 너머를 바라봤다.

결과는 대만족.

그토록 아름다운 광경을 본 적은 드물었다. 동시에 강물에 던지면 아름다운 이 물건이 전쟁 시에는 어떤 피해를 주나 생각하자 등골이 오싹해졌다.

"야, 이 새끼야. 너 고개 들었지?"

몸을 일으키자 조교가 최창수의 뒤통수를 후려쳤다. 방금 전까지 유지하던 상냥한 미소는 온데간데없다.

"내 말이 좆같냐? 파편 튀어서 실명당하면 어쩌려고 고개를 들어. 확 그냥!"

"……죄송합니다. 그런데 조교님. 수류탄 한 발만 더 던져보면 안 됩니까?"

"왜? 되면 나한테 던지려고? 내려가기나 해, 자식아."

"크으, 아쉽습니다."

농담조로 말하고 수류탄 투척장에서 등을 돌렸다.

· · · ◈ · · · ·

힘들었던 하루 일과가 드디어 마무리됐다.

저녁도 먹었겠다. 이제 취침시간 전까지 개인정비시간을 즐기면 된다.

"부 소대장. 쓰레기봉투 다 떨어졌는데?"

친해진 동기들과 팔씨름을 하고 있자니 또 다른 동기가 최창수를 불렀다.

"관물대 세 번째 칸에 없어?"

"다 뒤져봤는데 없네. 쓰레기도 꽉 차서 버려야 할 거 같은데?"

"내버려둬. 내가 취침 전에 비워둘게."

한창 팔씨름에 재미가 붙은 상황.

벌써 열 명이 최창수에게 속수무책으로 당했다.

게다가 이번 상대는 봐주면서 상대할 사람이 아니었다.

"자, 창수야. 누가 이 생활관에서 제일 강한 지 다퉈보자."

최창수에게 부 소대장 자리를 뺏긴 김병철. 처음에는 그
가 먼저 최창수와 거리를 벌렸지만, 지금은 이 생활관 내에
서 가장 친한 동기였다.

"아무리 형이어도 안 봐줄 거예요."

"야, 내가 프로레슬링 선수였는데 너한테 질 거 같냐? 이
단단한 근육 좀 봐라. 10초 안에 넘겨본다."

"그럼 전 5초 안에 넘겨보죠."

"야, 난 3초다."

"그럼 전 1초할래요."

"난 0.5초 하마. 자, 시작!"

김병철이 치사하게 최창수가 방심한 틈을 타 팔씨름을
시작했다. 가까스로 버틴 최창수는 이를 악 물고 힘을 전부
끌어 모았다.

그때였다.

"야. 너희들."

불길한 목소리가 들렸다.

뒤를 돌아보니 중대장이 짜증난다는 표정으로 문 앞에
서 있었다.

"주, 중대장님!"

"최창수. 내가 지금 어디 갔다 온 지 아냐?"

"모르겠습니다!"

"전 생활관 다 돌면서 위생상태 확인했거든. 개판이더라. 부 중대장이 그것도 관리 안 해? 내가 너 팔씨름이나 하라고 감투 씌워준 줄 알아?"

"죄송합니다. 내일부터 전부 확인하겠습니다."

"내일부터? 야. 뒤지면 내일도 없어. 사람은 내일이 아니라 오늘을 생각하고 열심히 살아야 하는 법이야.

"죄송합니다."

"죄송하다는 새끼가 쓰레기도 안 비우고 뭐 했어?"

중대장이 쓰레기통을 자기 앞에 갖다 놨다. 밖으로 뛰쳐나올 만큼 가득한 쓰레기. 인상 더럽기도 소문한 중대장의 인상이 더욱 안 좋아졌다.

"내가 다른 건 다 참아도 쓰레기 안 비우는 건 못 참는다고 말했어, 안 했어?"

"했습니다."

"근데 안 비워? 내가 직접 비워줄까?"

"아닙니다."

"아니긴 뭘 아냐. 너희들이 비우기 귀찮지. 내가 비워줄게. 자, 봐라."

뻐엉!

중대장이 축구공 차듯 쓰레기통을 걷어찼다.

중대장이 걷어찬 쓰레기통이 한 병사의 머리를 강타했다.

각종 쓰레기가 눈처럼 하늘에서 내려와 주변을 어지럽혔다.

"1분 준다. 그 안에 쓰레기 다 치우고 통 비워. 안 그러면 너희 모두 오늘은 잠 못 잘을 알아라."

대놓고 갑질을 하는 상황.

오늘 하루 훈련으로 인해 녹초가 된 병사들을 조금도 위하는 게 느껴지지 않는 그 모습에 최창수는 열이 받았다.

"중대장님."

상관의 명령은 절대적인 법.

그럼에도 불구하고 최창수는 한 마디 해야만 했다.

"물론 제 때 쓰레기통을 안 비운 저희 잘못이 크지만, 이건 조금 너무한 거 같습니다."

3주 동안 가까이서 봐 온 중대장.

서형문처럼 자신의 권력을 노골적으로 이용하는 인간이었다.

"은철이, 쓰레기통에 맞아서 코피까지 흘리지 않습니까?"

"지금 따지냐?"

"다음부터는 쓰레기통 잘 비우겠습니다. 청소도 제가 다 하겠습니다. 오늘 잠을 안 재우셔도 좋습니다. 은철이한테 사과만 해주십시오."

"사과? 야, 내가 짬이 몇 개인데 훈련병한테 사과를 하냐. 어이가 없네, 야 최창수."

중대장이 최창수의 멱살을 잡았다.

금방이라도 주먹을 휘두를 것처럼 사나운 눈동자. 하지만 최창수는 결코 눈을 피하지 않았다.

오히려 더 해보라는 듯 매섭게 노려보기까지 했다.

"눈 안 깔아? 내가 오냐오냐 해주니까 친구로 보이냐? 부 중대장 됐다고 진짜 중대장이 된 거 같아?"

"전 단지 좀 더 병사를 소중히 다뤄줬으면 하는 마음에 말씀드린 겁니다."

"한 달 보고 헤어질 새끼들 내가 일일이 기저귀까지 갈아줘야 하나?"

"제 말은 그게 아니라……."

"야, 됐고. 최창수, 엎드려뻗쳐."

"……."

"엎드려 뻗치라고!"

여기서 더 버텼다가는 동기들에게 피해가 간다.

마지못해 엎드려뻗쳐야만 했다.

"잘 들어, 군대에서 선임은 왕이고 간부는 신이다. 아무리 좆같아도 짝대기 적으면 아가리 싸물고 있는 거야. 싫으면 직업군인해서 별 달던가."

중대장이 최창수의 뒤통수를 한 대 후려치고 밖으로 나갔다.

"창수야, 괜찮냐?"

다음 날.

김병철이 걱정스러운 표정으로 물었다.

"오늘 사격 있는 날인데 팔이 그래서 어쩌냐……. 형인 내가 치웠어야 했는데."

"괜찮아요. 그보다 팔씨름 결판을 못 낸 게 아쉽네요."

"지금 그깟 팔씨름이 문제냐! 안 되겠다. 너 이따가 힘없어서 총 못 들면 안 되니까 그때까지 힘 아껴둬라, 밥은 내가 먹여줄게. 자, 아 해라."

"형도 참, 징그럽거든요? 끄떡없으니까 걱정하지 마세요."

말은 그랬지만 수저를 드는 것도 조금 버거웠다.

사회에서도, 군대에서도 열심히 운동을 했는데 말이다.

'아오, 중대장 또라이 놈. 군대는 별에 별 놈이 다 있다던데 정말이네.'

고작 네 시간의 수면으로 피로가 전부 풀릴 만큼, 다섯 시간짜리 얼차려는 만만하지 않았다.

그래도 오늘 아침이 빵식, 이른바 군대리아여서 조금 힘이 났다.

게다가 훈련이 있다고 불고기버거와 새우버거를 각 한 개씩 주니 점심쯤 공복에 시달릴 일은 없었다.

식사를 끝내고는 바로 사격장으로 향했다.

훈련소에서 도보로 30분 정도 떨어진 거리.

비록 삭막한 시골이었지만, 훈련소를 벗어나 오랜만에 맛보는 사회공기였다.

"창수야, 어제는 고생 많았어."

생활관 담당 조교가 엎드려쏴를 준비 중인 최창수에게 총기를 건넸다.

"중대장이 솔직히 좀 사이코거든. 똥 밟은 샘 치고 넘어가고, 사격 잘해라. 몇 발 쐈는지, 몇 발 맞췄는지, 표적이 몇 초 뒤에 사라지나 다 말해줄게."

"잘 부탁드립니다."

자세를 다시 한 번 점검하며 개머리판을 어깨에 견착했다.

"자, 우선 100m. 5, 4……."

조교가 숫자를 셌다.

최창수는 가늠자를 통해 표적을 바라봤다.

훈련소 사격 훈련은 총 20발을 쏘도록 되어 있다.

100m 5번, 200m 5번, 250m 5번, 마지막으로 다시 100m 5번.

100m는 표적의 머리 부분, 200m는 명치, 250m는 배꼽를 노리면 된다. 사전에 영점만 잘 맞춰놨다면 약간의 센스만 있어도 15발 이상은 명중시킬 수 있다.

최창수는 영점사격 때처럼 한 발 한 발 정성을 다해 쐈다.

방아쇠를 당길 때마다 전신으로 전해지는 충격, 두 눈으로 표적이 넘어간 게 확인될 때마다 느껴지는 쾌감.

온 몸이 짜릿했고, 이 경험 하나만으로도 입대한 보람이 느껴졌다.

사격이 종료되자 조교가 감탄을 터트렸다.

"넌 진짜 못하는 게 없구나."

"몇 발 맞췄습니까?"

"20발 중 19발. 한 발은 바람 때문에 탄도가 빗나갔나보다. 첫 날부터 합격이네. 둘째 날이랑 셋째 날은 놀면 되겠다."

"헉! 불합격하면 이틀 더 총 쏠 수 있습니까? 그, 그렇다면 저 불합격처리 해주십시오!"

"불합격하면 하루 종일 PRI 해야 해, 인마. 그리고 결과는 이미 전달했으니까 총기나 점검하면서 느긋하게 쉬어."

"으으······."

아쉬움 가득한 발걸음으로 사격장을 뒤로 했다.

셋째 날까지 이어진 사격 다음 날에는 야간행군이 기다리고 있었다.

"다들 속력 높여라. 늦으면 그만큼 복귀시간도 늦어진다."

훈련병과 함께 걷는 조교들이 말했다.

매 시즌마다 야간행군을 하는 그들은 제법 익숙해져 호흡에 흐트러짐이 없었지만, 훈련병들은 1시간 밖에 안 걸었는데 벌써부터 괴로워하기 시작했다.

'아직은 버틸 만하다!'

최창수가 이를 악물었다.

어젯밤, 중대장이 별 것도 아닌 일로 트집 잡는 바람에 앉았다 일어났다를 300번이나 하게 됐다. 두 다리가 욱신거렸지만 부 중대장으로서 모두의 모범이 되어야만 했다.

잠시 후 도착한 1차 휴식처.

스무 명이 넘는 훈련병이 벌써부터 중도포기를 선언했다.

그들은 모두 차를 타고 훈련소로 돌아가게 된다. 물론 불이익은 없다. 단지 남자로서의 자존심을 포기했을 뿐.

"야, 군장 하나 뭐야."

중대장이 신경질적으로 바닥에 놓인 군장을 걷어찼다.

"죄, 죄송합니다! 다 실은 줄 알았는데 하나를 깜빡한 모양입니다."

"야 이 새끼야. 깜빡할 게 따로 있지, 군장을 깜빡해? 이거 네가 들 거야? 아니면 내가 들까?"

"제, 제가 들겠습니다."

"너 이 새끼. 군장 들고 훈련병보다 뒤처지기만 해봐, 군생활 꼬일 줄 알아라."

조교의 뒤통수를 후려친 중대장이 행군을 재개하려고 했다.

그때.

자신을 바라보는 최창수와 눈이 마주쳤다.

"야, 최창수."

"네."

"뭘 아니꼽다는 듯 노려 봐? 또 나한테 한소리 지랄하려고 하십니까?"

"아닙니다."

"아니긴 뭘 아냐. 야, 군장 얘한테 넘겨."

"예?"

최창수의 생활관 담당 조교, 그가 화들짝 놀랐다. 어젯밤 중대장이 저지른 만행을 알고 있는 조교, 이 이상 최창수가 무리했다가는 안 된다는 걸 알고 있었다.

"예? 예? 너 지금 예라고 했냐? 시발, 여기가 사회야?"

"죄, 죄송합니다!"

"확 그냥, 시발! 됐고, 군장이나 넘겨."

"……알겠습니다. 미안하다, 창수야. 내가 병사라 힘이 없어."

마지못해 조교가 최창수에게 군장을 넘겼다.

말대꾸를 했다고, 어떻게든 얼차려를 주려는 모습. 노골적으로 자신의 권력을 휘두르는 중대장이었다.

사회였다면 그를 무너트리려고 노력했을 거다.

하지만 아쉽게도 군대 내에서의 자신은 단순한 훈련병. 할 수 있는 건 남들은 한 개도 버거운 군장을 두 개 들고 묵묵히 걷는 것 뿐이었다.

"창수야, 힘 내."

바로 뒤에 선 김병철이 두 손으로 최창수의 군장 밑을 받쳐줬다.

"우리는 중대장보다 네가 훨씬 좋아."

김병철이 힘이 빠졌는지 이번에는 또 다른 생활관 동기가 군장을 받쳐줬다. 그 뒤로도 동기들은 계속해서 자리를 바꿔가며 최창수의 부담을 덜어줬다.

본래 행군 중 이탈은 안 되지만, 조교들이 못 본 척 해줬기에 가능한 일이었다.

그뿐만 아니라 동기들이 몰래 몰래 군장에서 짐을 한 두 개씩 빼준 덕분에 1시간이 지났을 때는 군장이 40kg까지 줄어들게 됐다.

"창수야. 힘들면 차타고 먼저 돌아가도 돼."

마지막 휴식시간. 20분간 쉬면서 빵과 우유, 그리고 초콜릿으로 체력을 보충하고 훈련소로 돌아간다.

어찌 보면 마지막 관문…….

최창수는 조교가 몰래 더 챙겨준 빵을 허겁지겁 먹으며 말했다.

"괜찮습니다. 여기까지 왔는데 편법을 쓰는 건 제가 용납 못합니다. 그리고 중대장한테 지고 싶지 않습니다."

중대장이 자신에게 휘두른 권력.

여기서 무너지면 자신이 무너트리기로 한 권력에게 패배

하는 거나 마찬가지다.

'운수 대통령이 있었다면, 이 위기를 쉽게 극복했을 텐데.'

하지만 없으면 없는 대로 하는 게 최창수다.

휴식시간이 끝나자마자 부지런히 발을 놀렸고, 꼴찌였지만 무사히 야간행군을 마무리 지을 수 있었다.

"근성은 있네."

좀비처럼 걸어가는 최창수에게 중대장이 비아냥거렸다.

"군인 아닙니까."

힘없이 대답하는 최창수.

너무 피곤해서 중대장을 상대할 겨를도 없었다.

· · · ◆ · · ·

중대장의 괴롭힘은 더욱 심해지지는 않았지만 그렇다고 사라진 건 아니었다.

최창수가 조금만 틈을 보이면 부당한 얼차려를 부여하면서 이렇게 말했다.

"자대 가서도 선임한테 말대꾸하면 이렇게 된다는 걸 내가 미리 알려주는 거야, 인마. 고맙게 여겨."

단 한 번의 실수.

그게 최창수의 훈련소 생활을 풀어지지 않는 밧줄처럼 꼬아 놨다.

물론 최창수는 신념을 굽히지 않았다.

중대장이 자신을 제외한 훈련병에게 부당한 일을 하면 번번이 끼어들었다.

어찌 보면 오지랖이 넓은 행동.

하지만 자신의 궁극적인 목표를 달성하기 위해서라면 이 정도 노력은 당연한 거였다.

시간은 빠르게 흘러 어느덧 수료식 날이 찾아왔다.

운동장을 가득 채운 훈련병.

그리고 오랜만에 재회하는 자식을 바라보며 벌써부터 눈물을 흘리거나, 한 달 만에 늠름하게 바뀐 자식을 자랑스럽게 여기는 부모들.

훈련병들은 일주일간의 노력을 보여주듯 완벽하게 수료식을 진행해갔다.

이윽고 상장수여식 시간이 찾아왔다.

"지금부터 상장수여식을 시작하겠습니다."

훈련소 수료식을 기념해 찾아온 사단장이 단상에 섰다.

"가장 큰 상부터 말하는 게 좋겠죠? 부 중대장 상, 최창수. 단상으로 올라와주세요."

최창수가 단상으로 올라갔다.

그리고 어디선가 한 번 봤던 얼굴과 마주하게 됐다. 사단장도 마찬가지인 표정을 지었지만, 우선은 상장수여를 우선시했다.

부 중대장 상.

사격왕 상.

체력왕 상.

혼자서 모든 상을 휩쓴 최창수는 순식간에 10박 11일짜리 휴가를 손에 넣게 됐다.

수료식이 무사히 마무리되자 부모들이 자식들에게 단걸음에 달려갔다.

"창수야!"

"엄마!"

"아이고, 우리 아들! 못 본 사이에 많이 늠름해졌네."

"흠, 역시 내 자식이군. 부 중대장도 하고, 상도 많이 받고. 이 애비는 정말 자랑스럽구나."

부모님이 최창수를 덥석 끌어안았다.

한 달 만에 본 부모님.

자취를 할 때도 부모님을 자주는 못봤지만 한 달이 넘어간 적은 없었다. 무엇보다 그때는 보고 싶으면 언제든지 볼 수 있었고, 목소리가 그리우면 전화 한 통으로 모든 게 해결됐다.

하지만 군대에서는 그 모든 게 불가능하기에 부모님의 얼굴을 보고, 목소리를 생생하게 듣자 가슴이 뭉클해졌다.

수료식 후 8시간의 외출이 허락된다.

최창수는 부모님과 함께 시내로 나가 식사를 하려 했다.

그때.

"최창수 이병."

수료식이 끝나자마자 돌아갔어야 할 사단장이 그에게 다가왔다.

· · ·◇· · ·

"사, 사단장님!"

"사단장?"

어머니가 고개를 갸웃거렸다.

자신이 속한 부대에서 가장 높으신 분이라 설명하자 어머니가 바로 사단장에게 자식을 잘 부탁한다고 고개를 숙였다.

"한 가지 궁금한 게 있어서 왔습니다. 혹시, 엄병철 회장님 손녀의 생일파티에 왔던 그 최창수 이병이 맞습니까?"

"맞습니다. 혹시 사단장님도 그 자리에……?"

"역시나! 설마 군대에서 재회할 줄은 몰랐군요. 반갑습니다."

사단장이 먼저 손을 건넸고, 최창수는 바로 악수에 응했다.

"그 날의 활약은 정말 잘 봤습니다. 엄병철 회장님과는 친분이 깊은 사이인지라, 덕분에 저도 한시름 놓을 수 있었습니다."

"하정이는 잘 지냅니까?"

입대 전.

최창수는 시간을 내서 엄하정과 단 둘이 놀이공원에 간 적이 있었다. 오빠라고 부르며 뒤뚱뒤뚱 뒤를 따르는 엄하정, 그녀에게 좋은 추억을 만들어줘 평판이 더욱 좋아졌다.

"안 그래도 며칠 전에 회장님과 통화를 했었습니다. 하정이가 가끔씩 최창수 이병을 찾는다고, 만약 네 부대 병사가 되면 잘 좀 챙겨주라고요."

그 순간 최창수는 느꼈다.

'군 생활 폈다!'

사실 훈련소에서 걱정을 제법 했다.

권력에 대항해 올바른 권리를 되찾으려는 최창수.

병사들은 그로인해 대리만족을 느끼다 보니 평판이 좋았지만, 간부들에게는 그저 눈엣가시일수밖에 없었다.

군대라는 특수한 환경에서 시너지를 발휘하는 권력을 마음대로 휘두를 수가 없으니까.

"오늘 3관왕을 한 걸 보니 제 도움 없이도 훌륭한 군 생활을 보낼 거 같군요."

"좋은 군인이 되려고 열심히 했습니다! 만약 사단장님이 도와주신다면 더욱 훌륭한 군인이 될 거 같습니다!"

"하하! 우선 제 명함을 드릴 테니, 도움이 필요하면 언제든 연락 주십시오."

아무나 손에 넣을 수 없는 사단장의 명함!

11자리 숫자가 이리도 값져 보일 수 없었다.

"필승!"

그때였다.

중대장이 사단장에게 경례를 했다.

"사단장님! 괜찮다면 함께 식사라도 하시겠습니까?"

"음, 서지호 중대장이군. 요즘은 별 문제없이 지내는가?"

"새 사람 되었습니다!"

"음, 그런가. 참, 자네가 보기에는 최창수 이병이 어떤가? 내 보기에는 참 훌륭한 병사 같네만."

"최창수 이병 말입니까?"

중대장이 최창수를 바라봤다.

그리고 주변을 둘러봤다.

사단장과 최창수의 부모님.

긴장을 삼키게 됐다.

"군 생활을 하면서 여태껏 이 정도로 훌륭한 병사는 본 적이 없습니다. 체력도 좋고, 사격도 훌륭하고, 동기들로부터 평가가 좋습니다. 자대에 가서도 좋은 군 생활을 할 게 분명합니다."

그 말에 부모님은 걱정을 덜게 됐다.

어이없다는 웃는 건 오직 최창수 뿐이었다.

"중대장님 얼차려 잘 버티면 훌륭한 병사입니까?"

"……차, 창수야? 갑자기 뭔 소리야? 내가 언제 얼차려를……."

"음, 그게 무슨 소리지?"

사단장의 날카로운 눈빛, 중대장은 바로 말을 삼켰다.

그리고 생각했다.

'시발, 좆 됐다.'

두 눈을 뜨고 있음에도 눈앞이 캄캄한 느낌이었다.

중요한 얘기가 오갈 거 같아 아버지가 어머니에게 잠시
자리를 뜨자 말하고 자동차로 이동했다.

만약 아들이 부조리를 당했다는 사실을 알면 크게 분노
할 것이고, 어머니는 슬퍼할 게 뻔하니까.

마음이 불편해도 이게 좋을 듯 싶었다.

"최창수 이병. 중대장과 어떤 불화가 있었습니까?"

"생활관 쓰레기통을 걷어차 한 병사가 크게 다쳤음에도
사과하지 않았습니다. 그 점을 제가 지적하니 야간행군 때
군장을 두 개나 매게 했습니다. 그 외에도……."

자신이 직접 당한 부조리, 그리고 동기 및 조교들이 당한
부조리를 하나도 빠짐없이 전부 설명했다.

모두가 알면서도 힘이 없어 넘어갈 수밖에 없던 얘기.

만약 자신도 침묵하면 중대장은 매번 같은 짓을 반복할
거고, 피해자는 나날이 늘어날 게 분명하다.

알면서도 넘어갈 수 없는 문제가 계속 나오자 사단장은
심기가 불편해졌고, 중대장은 제발 그만하라는 듯 애절한
눈빛을 최창수에게 보냈다.

"그렇게 보지 마십시오."

그를 향해 최창수가 말했다.

"병사들이 중대장님을 그런 눈빛으로 바라볼 때, 한 번이라도 그만둔 적이 있습니까?"

"그건……."

"또 자대에서 경험할 거 미리 경험하게 해준 거니 자신에게 감사하라 말할 생각입니까?"

"창수야. 난 그저 너희가 걱정돼서……."

"걱정되면 부조리를 이용하라고 군 매뉴얼에 적혀있습니까?"

"아, 진짜……."

중대장이 짜증난다는 어조로 말했다.

그러자 사단장이 호통 쳤다.

"지금 뭘 잘했다고 짜증을 내! 아직도 정신을 못 차렸어!"

"사단장님. 제 얘기도 좀……."

"네 얘기 뭐? 이번에는 또 어떤 변명을 해서 내 화를 돋우려 하지? 서지호 중대장. 정말 옷 벗고 싶어? 이번이 몇 번째야!"

점점 더 높아지는 사단장의 목소리.

평소에는 모두에게 상냥한 사단장이지만, 전 부대를 대표해서 부조리 없는 깨끗한 군대를 만들려고 늘 노력하는 그였기에 이와 같은 경우에는 사납게 돌변하기로 유명했다.

"너 이 새끼야! 조심하라고 말로만 끝내니까 사단장이 우스워? 군 생활 몇 년이나 했다고 벌써부터 왕 행세를 해!"

짝!

기어코 사단장이 중대장의 뺨을 날렸다.

"너 예전에 병사가 실수로 내 얼굴 건드렸다고 이빨까지 부러트렸지? 나도 방금 건드렸으니까 어디 한 번 똑같이 해 봐."

"아닙니다."

"해보라고, 이 새끼야!"

사단장이 한 번 더 뺨을 날렸다.

한 달 동안 훈련병을 상대로 쌓은 위엄이 한 순간에 무너지는 게 느껴졌고, 마음 같아서는 사단장에게 달려들고도 싶었다.

하지만 옷을 벗을 각오는 없다.

눈앞에 사단장이 있건만, 큰 분노로 인해 저도 모르게 최창수를 노려보고야 말았다.

"어쭈, 노려 봐?"

"예? 아, 아닙니다! 사단장님을 노려본 게 아니라……."

"예? 예? 지금 예라고 했냐? 여기가 사회야? 사단장이 물로 보이지?"

"아닙니다. 사단장님! 다시는 이번과 같은 일이 없도록 하겠습니다!"

"그 말이 몇 번째야? 안 되겠다. 이 얘기는 차후 다시 나누고, 최창수 이병."

"네, 사단장님."

"서지호 중대장의 처벌을 바랍니까?"

"바랍니다. 저희와 같은 피해자가 더 이상 발생하게 내버려둘 수는 없습니다."

"좋습니다. 얘기를 들어보니 최창수 이병이 가장 큰 피해자 같으니, 서지호 중대장에게 바라는 걸 하나 말해보세요."

말도 안 되는 일.

하지만 엄병철이 잘 부탁한다고 말까지 했다. 차후 최창수가 이번 일을 그에게 말하면 엄병철 앞에 설 면목이 없다.

게다가 지금까지의 경험 상, 부조리 경험이 있는 병사 및 간부는 똑같이 되돌려줘야만 다음부터 태도를 고쳤다.

"오늘 저녁. 청성관에 전 병사를 집합시키고, 무릎을 꿇고 진심어린 사과를 해줬으면 합니다."

"창수야…… 제발."

"신체적 및 정신적 피해보상으로는 값 싸다고 생각합니다."

"그 정도라면 서지호 중대장이 태도를 바꿀 거 같군요. 서지호 중대장. 저녁 8시, 그때 한 번 더 찾아올 테니 준비하고 있도록."

"사단장님…… 제발 그거만은……."

"싫으면 다음부터는 태도를 바꿔. 안 그래도 요즘 군 이미지 나빠져서 골치인데 너까지 한 몫 더해야겠냐? 이번 일은 그냥 넘어가지 않으니 긴장하고 있도록 해."

으름장을 놓은 사단장이 자신과 함께 부모님에게 돌아가자 말했다.

최창수는 알겠다 대답했고, 떠나기 전 중대장을 바라봤다.

"병사는 중대장님의 장난감이 아닙니다."

· · · ◈ · · ·

훈련소 수료식 저녁.

사단장의 명령에 의해 중대장은 전 병사 앞에서 무릎을 꿇었고, 부조리 없는 깨끗한 훈련소를 만들겠다고 선언했다.

그리고 다음 날.

모두가 자대 차량을 기다릴 때, 최창수는 사단장 차를 타고 자대로 향했다.

"여기가 자대……?"

첫 감상은 경악 그 자체였다.

신축이었던 훈련소.

그에 비해 자대는 컨테이너 박스로 지은 듯한 건물이었다.

게다가 할아버지의 고향보다 더욱 짙은 시골냄새까지…….

괜히 사단장이 오지로 오지에 있다고 아저씨 개그를 한 게 아니었다.

"필승! 사단장님 오셨습니까!"

그때, 40대 중반으로 보이는 간부가 사단장에게 다가왔다.

"어, 보급관. 잘 지냈는가?"

"저야 항상 잘 지냅니다. 그보다 연락도 없이 어쩐 일이십니까?"

"훈련소에 친분 있는 병사가 있어서 말이네. 따로 데려왔지."

"이병 최창수! 88포병대대로 자대 배치를 명받았습니다."

"그래, 반갑다. 우리 쪽 애가 될지는 모르겠다만. 잘 부탁한다."

"난 일이 있어서 가봐야 하니까, 보급관. 잘 부탁한다, 알지?"

"네, 알겠습니다. 조심히 돌아가십시오."

사단장이 차를 타고 포병대대를 벗어났다.

둘만 남겨진 상황.

보급관이 물었다.

"사단장님하고는 무슨 사이냐?"

"철강산업 엄병철 회장님 손녀의 생일파티에 초대된

적이 있었는데, 그때 있던 일로 인해서 안면을 텄습니다."

"엄병철 회장? 이야…… 사회에서 뭐 하고 온지는 몰라도 물건 하나 들어왔네. 넌 군 생활 제대로 폈다. 사단장님지인이면…… 어우, 나도 못 건드리겠네."

"그 정도입니까?"

"네 말 한 마디면 부대가 발칵 뒤집어지는데 어떤 놈이 건드리겠냐. 우선 나머지 놈들 도착할 때까지 기다려라, 커피 마시냐? 담배는 피고?"

"커피는 마시지만 담배는 안 핍니다."

"그래, 담배 펴봤자 건강만 나빠지지. 이리 와라."

보급관을 따라 내무반으로 향했다.

잠시 후.

나머지 병사들이 도착했고, 대대장실에서 문답시간을 가지며 포병대대에 기본지식을 전달받았다.

알파, 브라보, 챠리, 본부 등 총 네 개로 나눠져 있고 각각의 임무도 다르다고.

최창수는 브라보 부대였다.

본래 신병을 데리러 오는 건 병사다.

하지만 네 부대에 사단장 지인이 병사로 왔다는 대대장의 전화 한 통에 브라보 중대장이 단걸음에 최창수를 픽업하러 왔다.

"반갑다! 난 브라보 중대장 한철수라고 한다. 21개월 동안 잘 지내보자."

"이병 최창수! 잘 부탁드립니다!"

"목소리 우렁차고, 외모도 훌륭하네. 훈련소에서 부 중대장 휴가도 10일 치 받아왔다면서? 쓰고 싶으면 나한테 말해, 바로 허가해줄게."

"네, 알겠습니다."

"음, 그래. 나머지 브라보 애들은 곧 다른 놈이 올 테니까 잠시 기다리고, 창수는 나랑 PX가자. 맛있는 거 사줄게."

"다 함께 가면 안 됩니까?"

"음! 창수 말이면 들어줘야지. 야, 전부 와!"

이제 이병인 최창수. 사단장 지인이라는 것만으로도 거스르기 애매한 존재였다.

PX에서 든든하게 식사를 한 뒤 바로 브라보로 향했다. 중대장들은 간부를 전부 불러 모아 최창수를 소개했고, 간부들은 이놈만은 건드리면 안 되겠다 생각했다.

그건 병사들도 마찬가지였다.

어떻게든 최창수 마음에 들어 콩고물을 얻어 먹으려고, 혹은 눈엣가시가 되어 불이익을 받지 않으려고 그의 비위를 맞추려고 노력했다.

전입 첫 날.

최창수는 벌써부터 최강의 병사였다.

비록 사단장이라는 든든한 아군이 있었지만 최창수는 결코 게을리 생활하지 않았다.

이병 때부터 빠릿빠릿하면서도 완벽하게 일을 처리했고, 상병이 되기 전까지 잔소리 한 번 듣지 않았다.

행복했던 이병과 일병 생활.

금세 상병이 된 최창수는 본격적으로 활동을 시작했다.

이병과 일병 시절 부대에서 느낀 부조리.

비록 모든 군대의 부조리를 없애는 건 무리지만, 적어도 자신이 몸 담고 있는 부대만큼은 깨끗하게 만들고 싶었다.

물론 그 길이 순탄치만은 않았다.

사단장이라는 배경이 있음에도 부조리를 없애려고 하자 주변의 시선이 싸늘해졌다.

그에 최창수는 생각했다.

'남들이 조용하다는 이유만으로 부조리를 내버려둬도 되는 걸까?'

답은 아니었다.

이병과 일병 생활을 하면서 최창수는 뼈저리게 느꼈다.

자리가 사람은 만든다는 걸.

편안한 군 생활과 모두가 자신의 편인 환경. 그곳에서 최창수는 서서히 왕이 되어갔고, 밖에서는 절대 하지 않을 행동을 하기도 했다.

그때 느꼈다.

'내가 서형문이랑 다른 게 뭐지?'

권력을 이용해서 귀찮은 일은 후임에게 떠넘겼다. 그뿐만 아니라 모두를 공평하게 사랑하던 사회와 달리 이곳에서는 저도 모르게 라인이란 걸 만들어버리고 말았다.

'이대로 있다가는…… 나 자신이 권력에게 잡아먹힌다.'

무질서한 권력을 없애려던 최창수, 그토록 싫어했던 권력의 맛은 달콤했지만 결코 중독 되서는 안 되는 존재였다.

정신을 차린 최창수는 잘못을 반성하고, 사단장의 도움을 받으며 부조리를 없애려고 했다.

그리고 병장이 될 때쯤 모든 부조리를 전부 없앨 수 있었다.

"그 동안 감사했습니다."

"그래, 창수. 2년 동안 고생 많았다. 단기하사라도 몇 달 하고 갔으면 좋았을 텐데."

최창수의 군 부조리 없애기 프로젝트에 사단장 다음으로 열심히 참여한 중대장이 아쉽다는 표정을 지었다.

"사회에서 해야 할 일이 많거든요. 저 없어도 잘 부탁드립니다."

"걱정 마라, 1년은 더 부대에 남아있으니까. 처음에는 네가 쓸데없는 짓을 하는 것처럼 보였는데, 부조리가 사라진 게 더 보기 좋네. 애들도 스트레스 덜 받고, 직접 움직이니 활동적이고. 다음 중대장에게도 얘기 잘 해둘 테니까 속 시원하게 전역해라."

"네, 감사합니다. 다들 건강하게 지내십시오!"

최창수가 위병소를 지나갔다.

비록 신분상으로는 오늘까지 군인이지만, 위병소를 지난 순간 민간인이 된 것만 같았다.

연락한 택시가 오른 최창수는 창문을 열어 잠시 부대를 바라봤다.

'한 때는 언제 전역하나 했더니, 돌이켜보니 정말 빠르네. 속 시원하면서도 섭섭한 게 이런 거구나.'

물론 그렇다고 다시 군 생활을 할 생각은 없었다.

성과는 충분했으니까.

운수 대통령이 없는 상황에서도 오직 자신의 힘만으로 군 부조리를 없앴다.

잠시 권력에 맛에 빠져 스스로를 되돌아보는 자아반성의 시간도 가졌고, 대학에서는 볼 수 없는 다양한 인간군상을 만났다.

'좋은 경험이었다. 두 번 갈 생각은 없지만, 한 번 정도는 올만해!'

이제 다시 사회로 돌아갈 시간이었다.

100%

송근태 현대 판타지 장편소설

네 번째 이야기
전역은 했는데 이제 뭐 하지?

운수 대통령

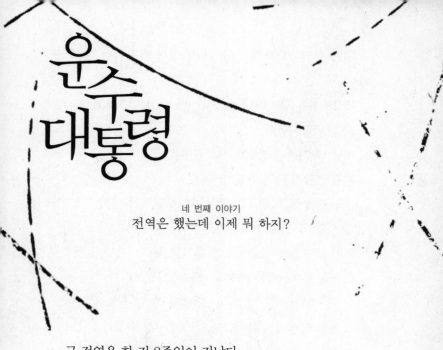

운수대통령

네 번째 이야기
전역은 했는데 이제 뭐 하지?

군 전역을 한 지 2주일이 지났다.

입대할 때도 겨울, 전역을 하고도 겨울이었다.

"아…… 오늘도 한가하네."

두툼한 외투를 걸친 최창수, 베란다에 서서 한숨을 내쉬었다. 그러자 새하얀 입김이 피어올랐다.

한 겨울의 찬 공기 뒤섞인 담배연기였다.

대부분의 남자가 군대에서 담배를 배우듯, 최창수도 마찬가지였다.

처음에는 이걸 왜 피나 싶었지만, 고된 훈련이 있는 날에는 담배가 떠올랐고 한 대 두 대 피다 보니 이제는 흡연충이 다 됐다.

"2년 동안 변한 것도 다 봤고, 빨리 복학이나 하고 싶다……."

복학서류는 학기마다 한 번씩 받고 있다. 그리고 전역했을 때는 방학이었다.

내년 1학기까지 한참을 기다려야 한다.

복학 전까지 무얼 하면 좋을까?

운수 대통령 트로피는 전역 후 1주일동안 미친 듯 모아서 몇 달은 또 여유가 있다.

고민 끝에 자기개발에 힘을 쏟기로 했다.

자신을 성장시키는 게 너무나도 즐거웠으니까.

하지만 2년 동안 개고생을 했는데 한 달 정도는 쉬어도 좋지 않을까 싶어져 한동안 게임만 주구장창 했다.

'이제는 노는 것도 질린다…….'

고등학교 3학년을 시작으로 하루도 빠짐없이 성공을 위해 달려온 최창수.

이제는 워킹홀릭인 직장인처럼, 노는 것보다 뭔가를 하는 게 더욱 마음이 편했다.

"헬스장이나 가자."

운동은 하루 쉬면 삼일을 해야 다시 원상태로 돌아간다. 군대에서 만든 몸을 버리는 게 아까워 전역하자마자 헬스장 등록을 했다.

잠시 후 도착한 헬스장.

방학이라서 젊은 사람들이 제법 많이 보였다.

"와……."

"대박이다……."

탈의실에서 옷을 갈아입은 최창수가 나오자 주변에서 감탄이 터졌다.

자신들이 입으면 헐렁할 민소매 티셔츠.

최창수가 입은 민소매 티셔츠는 몸에 쫙 달라붙어 근육이 드러났고, 팔 근육도 두꺼워 한 대 맞으면 눈앞이 새하얘질 것만 같았다.

방학을 틈타 몸을 만들려던 대학생들.

괜히 주눅이 들었다.

"우선 가볍게 20kg부터 들어볼까."

준비 운동을 끝낸 최창수가 벤치프레스에 누웠다. 그리고 덤벨을 붙잡고 천천히 들어올렸다.

처음에는 무거웠던 20kg, 이제는 제법 여유롭게 들 수 있었다. 열 번씩 들어 올릴 때마다 무게를 5kg씩 추가했다.

최종적으로 40kg.

어마어마한 무게에 얼굴이 붉어졌지만, 어떻게든 열 개를 채우고 나니 뿌듯함이 몰려왔다.

'운동이랑 공부는 비슷한 면이 있어.'

처음에는 힘들지만 요령이 생기고 지식이 쌓일수록 자신의 것이 늘어난다.

최창수는 그게 좋았다.

노력한 만큼 대가가 돌아오니까. 점점 성장하는 자신을

보는 게 즐거웠고, 인생을 열심히 사는 거 같아 하루하루가 즐거웠다.

"저기요. 형 씨."

이번에는 유산소 운동을 하려고 하자, 누군가가 말을 걸었다.

고개를 돌리니 자신과 체격이 헬스장 매니저가 보였다.

"무슨 일이죠?"

"첫 날부터 운동하는 거 지켜봤는데, 힘이 장난 아니네요. 체격도 훌륭하고, 괜찮다면 저랑 내기 한 번 하실래요?"

"내기요? 저야 좋죠!"

무료함이 사라질 걸 생각하니 벌써부터 즐거웠다.

"튕기실 줄 알았는데 흔쾌히 받아주시네요. 우선 이리오세요."

매니저를 따라 헬스장 구석으로 이동했다.

그러자 책상에 놓인 컴퓨터와 캠코더가 보였다.

"자, 얘들아. 너희들 말대로 형 씨 데려왔다. 내기도 해주신다네, 이제 만족하냐?"

매니저가 책상에 놓인 마이크에 대고 말했다. 그러자 이런저런 채팅이 모니터를 채웠다.

"이게 뭐죠?"

"얘기가 늦었네요. 제가 아프리카TV에서 운동방송을 하거든요. 헬스장 관리만 하면 지루해서요. 며칠 전부터 시청자들이 형 씨 얘기가 많았어요. BJ랑 체격 비슷한데

한 번 겨뤄보라고요. 원래 무시하고 지나가는데, 열혈팬이 별풍선과 함께 소원을 말해서요."

"호오."

"혹시 불쾌한가요?"

"아뇨! 저 이런 거 좋아합니다."

페이스북 인기스타가 된 뒤, 최창수는 주변의 관심을 즐기게 됐다.

타인으로부터 사랑을 받는 게 행복했으니까. 가끔씩 이상한 사람이 시비를 걸었지만, 그마저도 수많은 사람들이 자신의 편을 들어줘 금세 해결이 됐다.

"내기는 간단해요. 1분당 40개씩, 팔굽혀펴기를 최대한 많이 하면 됩니다. 먼저 포기하는 사람이 패배. 제가 이기면 시청자에게 30만원 치 별풍선을 받고, 형 씨가 이기면 반대로 제가 30만원을 드리겠습니다. 쉽죠?"

"좋습니다! 어서 하죠!"

바로 매니저와 승부를 시작했다.

둘 다 체력이 좋은 편이어서 엄청난 속도로 팔굽혀펴기를 해나갔다.

시청자는 캠코더로 송출되는 화면에 집중했고, 운동 중인 회원들도 두 사람의 승부에 관심을 기울였다.

팔굽혀펴기는 무조건 빨리 한다고 좋은 게 아니다. 최대한 올바른 자세와 일정한 속도를 유지해야만 효율적이다.

'이 승부는 오래 버티기나 다름없어. 괜히 앞서간다고

좋을 건 없지.'

최창수는 매니저의 페이스에 따라 팔굽혀펴기를 시작했다. 그 사실을 알아차렸는지 느긋하던 매니저가 갑자기 속도를 확 올렸다.

물론 따라가는데 큰 무리는 없었다.

"헉, 헉."

"으으!"

순식간에 10분이 흘렀다.

휴식 한 번 없이 이어진 400개의 팔굽혀펴기.

슬슬 한계가 다가왔다.

호흡이 거칠고, 팔로 몸을 지탱하는 것도 슬슬 괴롭다. 둘 다 땀이 가득하고, 바닥은 홍수라도 난 듯 땀으로 흥건하다.

"이봐, 형 씨……. 괴로워 보이는데 슬슬 포기하는 게 어때?"

매니저나 힘겹게 웃으며 말을 걸었다.

하지만 최창수는 대답하지 않고, 그가 팔을 접기만을 기다렸다.

'반드시 이긴다!'

승부욕이 강한 최창수.

그의 사전에 포기라는 단어는 없었다.

여태껏 그래왔고, 앞으로도…….

"전 아직 여유로우니까 힘들면 무리하지 말고 쉬세요."

상대방의 사기를 꺾기 위해서 최창수가 속도를 확 올렸다. 팔 근육이 끊어질 것만 같고, 몸이 납덩이처럼 무거웠지만 승리를 향한 노력이라 이를 악물었다.

"아! 뭐 이런 사람이 다 있어!"

소리를 빽 지른 매니저가 바닥에 드러누웠다. 자신의 승리가 확실해지는 순간, 바닥에 엎어진 최창수가 소리를 질렀다.

"이겼다!"

노력 끝에 원하는 결과를 또 손에 넣었다.

내기로 인한 피로가 눈 녹듯이 사라졌고, 회원들과 시청자들이 괴물체력 이라고 감탄을 터트렸다.

"어우. 형 씨 체력도 근성도 장난 아니네요."

방송을 종료하고, 은행을 갔다 온 매니저가 최창수에게 30만원을 건넸다.

"에휴, 질 줄 알았으면 좀 적게 거는 건데. 헬스장 5년 운영했는데 형 씨 같은 사람은 처음이네요."

"덕분에 즐거웠네요. 참, 방송이란 거 재밌나요?"

학생 때도, 전역 후에도 최창수는 인터넷 방송을 많이 즐겨봤다. 대리만족이 되니까.

특히 게임의 경우는 그게 더욱 심하다.

약한 자신의 캐릭터와 달리, BJ의 캐릭터는 엄청나게 강하니까.

"시간 때우기로는 제격이더라고요. 시청자가 늘어나니까 부업도 되고. 관심 있어요?"

"전 모든 분야에 관심이 있습니다."

한 번 사는 인생!

즐길 수 있는 건 전부 즐기고, 이룰 수 있는 건 모두 이루고 싶었다.

· · · ◈ · · ·

저녁 10시.

시간대에 어울리듯 호프집은 떠들썩했다.

"최창수 빠박이네, 빠박이!"

"군대에서 어떤 산전수전을 겪었기에 더 늠름해졌냐?!"

"창수는 머리 짧아도 멋있네! 다른 애들은 꼴뚜기던데~"

2년 만에 만나는 대학동기들.

대부분이 면회를 오거나 휴가 때 만난 얼굴이라 낯선 느낌은 전혀 없었다.

모르는 얼굴도 늘었고, 사라진 얼굴도 많았다.

"휴학생인데 종강파티 참여해도 되는 거냐?"

"몇 개월 후에 복학할 거면서 뭘 신경 쓰냐."

아직 군대에 가지 않은 친구가 술을 따라줬다.

자신은 복학하면 2학년이건만, 졸업 후 군 입대할 남자 동기나 여자 동기들은 내년이면 4학년이 된다.

"모르는 얼굴이 많네. 알던 얼굴도 많이 줄었고."

"3학년이랑 4학년은 전부 졸업했으니까. 그래도 내가

있으니까 너무 슬퍼하지 마, 선생님!"

껌처럼 찰싹 달라붙은 초민아가 웃었다.

못 본 사이에 미모가 한층 더 아름다워진 그녀. 만약 일반인이었다면 모든 여자가 아름답게 보이는 군인 패시브 때문에 초민아에게 홀딱 반했을 거다.

하지만 상대는 최창수…….

한 달에 한 두 번씩 동성이나 이성친구가 면회를 왔고, 면회가 없을 때에는 페이스북 이성친구들이 이런저런 선물을 보내줬다.

즉, 군인 패시브가 그에게는 없다는 말!

"야, 움직이기 불편하니까 팔 좀 놔라…….

"싫어! 신입생 애들한테 말해줘야 해! 야, 너희들!"

초민아가 신입생. 그 중 여자애들을 잡아먹을 듯 노려보며 선언했다.

"내 선생님한테 꼬리치면 다들 대학생활 꼬일 줄 알아라!"

"꼬이긴 네 심성이 꼬였다, 인마."

최창수가 초민아의 머리를 가볍게 때렸다.

"대학에서 뭔 군기를 잡아. 내가 있는 한 절대 용납하지 않는다."

선배들도 있는 자리.

하지만 그 말에 토 다는 학생은 한 명도 없었다.

모든 면에서 최창수가 자신들을 앞섰으니까. 그 사실이 딱히 굴욕적이지는 않았다.

최창수는 좋아할 수밖에 없는 인간이었으니까.

종강파티는 즐거운 분위기로 이어졌다.

초민아의 엄포가 있었음에도 신입생들은 슬금슬금 최창수에게 접근을 했다.

최창수는 그녀들을 적당히 상대하며 전역자인 선배들과 군 무용담을 풀었다.

"야, 최창수! 너 군대에서 곰 잡아봤냐? 내가 야간근무 서는데 시베리아 불곰이 내 앞에 따악! 개머리판으로 존나 때려서 포상휴가 받아냈다 이거야."

"겨우 시베리아 불곰으로 으스댑니까? 전 군대에서 노루 한 부대 상대해봤거든요? 뭔 놈의 뿔이 그렇게 단단한지. 배에 이 상처 보여요? 이게 그 사투의 흔적인데……."

"야! 개구라 치지 마! 무슨 노루 한 부대야!"

"그럼 형은 한국군대에서 시베리아 불곰이 말이 돼요?"

"짜식이. 선배가 그렇다면 그런 거지, 말이 많아~"

군 입대 전, 최창수는 어째서 군필자가 술자리에서 군 애기를 하는 지 이해하지 못했다.

솔직히 지루했으니까.

하지만 전역을 하고 나니 알게 됐다.

'이래서 군필자가 군대 애기 하는 거구나!'

서로 공통점이 있으니 접점이 적던 선배와도 금세 친해지게 됐다.

종강파티는 떠들썩한 분위기로 새벽 1시까지 이어졌다.

슬슬 2차로 이동하자는 얘기가 나올 때쯤.

"이야~ 해안미 해안미~ 좀 늦었지?"

누군가가 술자리에 끼어들었다.

"은결 선배?"

"어? 마이 소울 프렌드 창수!"

"선배가 여기는 어쩐 일이에요? 설마 학점 모자라서 졸업 못했어요?"

"전 과대표로 종강파티 때마다 참여하고 있지! 네가 온다는 얘기는 못 들었는데, 와! 이게 얼마만이야, 진짜 반갑다!"

서은결이 최창수를 껴안았다.

자신이 군 입대를 했을 때, 서은결은 4학년이 됐다. 본격적으로 바빠질 시간이었기에 그와는 정확히 21개월 만에 이뤄진 만남이었다.

"요즘 어떻게 지내세요?"

"나? 졸업하자마자 괜찮은 회사에 취직은 했는데 재미없어서 그만뒀어."

"……여전히 평범하지 않은 논리네요."

"세상 즐겁게 사는 거지~ 그래도 즐거워! 내 천직을 발견했거든."

"뭔데요?"

"인터넷 방송인!"

"오. 확실히 선배하고는 좀 어울리네요. 어떤 방송인데요?"

"게임이랑 먹방. 반 년 정도 됐는데 인지도도 제법 생겼고, 두 달 전부터는 직장인만큼 벌고 있어."

서은결이 휴대폰으로 자신의 방송 녹화본을 보여줬다.

입담과 개그센스가 있는 서은결.

그 특기를 잘 살려서 방송을 진행했고, 심심치 않게 별풍선을 받았다.

진심으로 즐거워 보이는 서은결과 시청자들.

최창수가 서은결을 바라봤다.

"선배. 방송, 아무나 할 수 있는 거죠?"

· · · ◈ · · ·

인터넷 방송.

예전에는 백수나 하는 거라고 무시 받았지만, 억대연봉자가 늘어나면서부터 사회의 시선이 많이 바뀌었다.

흔히 별풍선이라 불리는 선물을 현금으로 전환이 가능하며, 자신의 방송 녹화본을 유투브에 올려 조회수에 따른 수익을 창출한다.

게임 및 캠 방송, 혹은 먹방이 대부분의 컨텐츠를 차지하고 있다.

재능만 있다면 누구나 성공할 수 있는 시장.

재능이 부족해도 성실함과 노력으로도 어느 정도 성공은 보장할 수 있는 시장.

게다가 컴퓨터와 마이크, 캠코더만 있으면 누구든지 인터넷 방송을 할 수 있을 만큼 진입장벽이 낮아 하루에도 수십 명에 BJ가 나타나고 있다.

물론 그 중 성공하는 건 극히 일부. 그럼에도 많은 젊은이가 도전하는 이유는 간단하다.

놀면서 돈을 번다는 인식이 강하니까.

"요즘 취직하기가 하늘에 별 따기잖아? 아르바이트를 하면서 방송하는 사람도 많아. 평균만 해도 회사원만큼은 벌 수 있거든."

종강파티 이후.

최창수는 바로 서은결의 자취방으로 이동했다.

집에서는 시끄럽게 방송을 하기가 어려워서 일부러 원룸을 계약했다고 한다.

"선배는 얼마나 버는데요?"

"이번 달에는 160만원. 물론 고정적인 수입은 아니야. 미래가 불투명한 직업이기도 하고, 그 달 방송내용에 따라 수입이 들쑥날쑥하거든."

"하지만 즐거우니까 하는 거겠죠?"

"직장 일보다는 훨씬 즐겁지! 방송시간 이외에는 백수처럼 늘어져 있어도 방송만 키면 돈이 들어오니까. 그나저나 창수가 방송에도 관심이 있는 줄은 몰랐는걸."

"뭐든 경험해보면 좋잖아요."

헬스장 매니저와 얘기를 나누면서도 최창수는 재밌을 거

같다는 감상을 받았다.

그리고 서은결과 얘기를 나누면서 그 생각이 확고해졌다.

'한 번 도전해보자!'

어차피 복학 전까지는 할 것도 마땅치 않다.

물론 부정부패를 없앤다는 궁극적인 목표는 있지만, 아직은 좀 더 힘을 길러야 한다는 게 그의 판단이었다.

대신 서형문처럼 현재의 힘으로도 무너트릴 수 있는 경우에는 전력을 다 할 생각이었다.

'인지도를 쌓아서, 최대한 내 편을 많이 만들어둬야 해.'

훗날.

자신의 계획을 무사히 진행하려면 말이다.

그 발판으로서 인터넷 방송은 제격이었다.

"그나저나 맨땅에서 헤딩하려면 힘들 텐데, 처음은 내 방송에 우정출연해서 얼굴을 좀 알리는 게 어때?"

"아, 그거라면 걱정 없어요. 아마도 기본적인 시청자는 확보가능할 거 같으니까요."

최창수가 자신의 페이스북 계정을 보여줬다.

무려 3만명.

화들짝 놀란 서은결이 그의 페이스북 계정을 천천히 훑어봤다.

"와. 심심하다는 글에도 댓글이랑 좋아요가 수천개네……. 이 정도면 나보다 빨리 성장하겠는데?"

"그래요?"

"솔직히 나도 엄청 빠르게 성장했거든. 반 년 만에 기본 시청자 2천명은 모으니까. 창수 너는 팬층도 확실하고, 얼굴도 먹어주니까 괴물신인이 될 거 같네."

서은결이 휴대폰을 돌려줬다.

"딱히 내 도움은 필요 없을 거 같은데? 창수 너는 혼자서도 척척 잘하잖아."

"그래도 경험자의 조언은 중요하죠."

오는 내내 정리한 수십 개의 질문을 전부 털어놨다. 서은결은 최대한 성심성의껏 대답했고, 때로는 생각도 못 해본 질문에 당황해야만 했다.

"장담할게. 넌 무조건 성공해."

확고한 서은결의 대답.

최창수가 씨익 웃었다.

"당연하죠. 제가 누군데."

· · · ◆ · · ·

다음 날.

최창수는 점심 쯤에 아프리카 TV를 실행했다.

'시장조사는 필수지.'

무작정 방송을 시작했다가는 피를 볼 가능성이 있다.

최창수는 카테고리를 세분화해서 현재 진행 중인 방송 목록을 적었다.

현재 시각 12시.

방송 수도, 시청자 수도 가장 많은 건 게임 방송이었다. 그 다음으로 캠방과 먹방. 가장 적은 건 정치 및 교육방송이었다.

'게임은 총 시청자는 많지만 그만큼 세분화되어 있어서 어지간한 인지도가 아니면 단기간에 성공하기는 힘들겠어.'

그렇다면 가장 만만한 게 무엇일까?

'답은 캠방이다!'

물론 캠방도 캠방 나름이다.

인지도가 없는 사람들은 고생만 하지만, 어느 정도 인지도가 있는 사람에게는 최고의 컨텐츠다.

캠방 시청자 대부분이 BJ의 얼굴과 몸매를 보려고 들어온다. 그러다 보니 고정적인 팬도 빨리 형성되고, 충성심 또한 상당히 높은 편이다.

게다가 통계에 의하면 캠방에 큰손이 가장 많다고 알려져 있다.

괜히 인기 BJ가 생일 날 집이나 가전제품, 심지어 한도 제한이 없는 신용카드를 선물 받는 게 아니다.

물론 최창수의 목적은 어디까지나 인지도 및 트로피를 획득할 추억이다.

'돈은 어디까지나 부수적인 거지.'

어떤 방송을 할지는 정했다.

노래와 교육이 적절히 섞인 캠방송.

그게 최창수가 고른 종목이었다.

이번에는 방송 시간대를 분석하기로 했다.

아침시간에는 대부분 녹화방송.

점심시간에는 생방송이 많았지만, 저녁시간에 비하면 비교할 게 아니었다.

'저녁 8시부터 9시에 가장 많은 생방송이 진행 돼. 대부분 12시까지 진행되고, 그 이후에도 진행되는 방송에 폭발적으로 시청자가 늘어나. 오갈 데 없는 사람이 들어가는 거겠지.'

하루 만에 어느 정도 자료가 모였다.

이틀 더 자료를 모은 최창수는 최종적으로 9시에 방송을 시작해 새벽 2시까지 진행하기로 했다.

그 외에도 어떤 식으로 방송이 진행되나 확인하기 위해서 3일 동안 여캠과 남캠방을 계속 모니터링 했다.

'죽을 맛이네.'

여캠방이야 예쁘고 귀여운 여자가 콧소리로 오빠 오빠 거리면서 춤을 추니 눈 호강하는 맛이 있었다.

문제는 남캠방이었다.

같은 남자가 애교를 부리거나 필요 이상으로 잘 생긴 척을 하니 보는 입장으로는 스트레스가 이만저만이 아니었다.

그래도 참고 봤다.

방송의 진행방향, 시청자가 좋아하는 상황과 리액션 등등.

조사해야할 게 한두 가지가 아니었으니까.

본격적으로 방송을 시작할 날이 왔다.

'이 중 절반만 와도 3천명이네. 얼굴 알리길 잘했어.'

어젯밤, 최창수는 내일 아침 폭탄선언이 있을 거라는 게시글로 페이스북 친구를 전부 긴장시켰다.

그리고 오늘 아침.

저녁 9시에 아프리카 TV에서 캠방송을 도전하겠다면서 5시간에 달하는 계획표를 좌르륵 올려놨다.

반응은 예상대로 폭발적이었다.

-헉! 실시간으로 창수 오빠 볼 수 있는 거예요? 꼭 볼게요! 엄마 지갑 몰래 털어서 별풍선도 쏠게요!

- 창수야~ 누나가 너 군대에 있을 때 선물 많이 보내줬잖아. 이번에도 기대해^^

- 창수 씨는 못 하는 게 없네요! 그 도전정신이 정말 부러워요!

보통 댓글이 5천개면 그 중 악플이 몇 백 개는 있어도 이상하지 않다.

하지만 최창수의 극성팬이 악플러를 전부 찾아 정의구현을 한 덕분에 모든 댓글이 최창수를 응원하는 내용이었다.

이토록 많은 사람이 나를 사랑해주고 있다.

뿌듯함이 방송 전문매장으로 향하는 발걸음에 한층 더 힘을 실어줬다.

"어서 오세요!"

자동문이 열리기가 무섭게 남성 직원이 영업용 미소를 보였다.

"반갑습니다, 고객님! 어쩐 일로 오셨나요?"

"개인방송 장비를 구매하려고요. 둘러볼 테니까 신경 안 쓰셔도 돼요."

30분 후에 서은결이 와서 좋은 물건을 골라주기로 했다. 굳이 직원을 상대하면서 기력을 소모할 필요는 없다.

"생각만큼은 안 비싸네."

필수적인 마이크와 캠코더를 먼저 확인했다.

최소 20만원부터 최대 200만원까지.

가장 비싼 물건도 최창수의 눈에는 저렴하게만 보였다.

"키야! 손님, 물건 보는 눈이 있네요!"

바로 뒤에서 큰소리가 나자 최창수가 흠칫 떨었다. 날카로운 표정으로 뒤를 돌아보자 직원이 보였다.

최창수의 표정에 순간 당황한 듯 싶었지만, 누가 판매직 아니랄까봐 금세 살갑게 웃으며 두 손을 비볐다.

"200만 원짜리 캠코더! 게다가 최신제품! 요즘 엄청 인기있는 물건이죠. 이 정도 물건을 스스럼없이 집는 걸 보면, 혹시 인기 BJ이신가요?"

"이 물건이 좋은가 봐요?"

"두 말하면 잔소리죠! 캠코더 브랜드 중에 최고 가치를 달리는 회사에서 만들었거든요! 타 제품과는 비교가 안 돼요!"

옛말에 싼 게 비지떡이란 말이 있다.

실제로 돈이 없던 학창시절, 싼 값에 물건을 구매했다고 여러 번 뒤통수를 맞은 적이 여러 번이다.

'그래, 비싼 만큼 제 값을 하겠지. 이 정도 물건도 못 살 만큼 능력이 없는 것도 아니고.'

캠코더는 이걸로 구매하기로 했다.

그 다음은 마이크.

"마이크는 이 물건이 기가 막히죠!"

직원이 130만 원짜리 마이크를 보였다.

"음질이 기가 막혀서 바로 옆에서 말하는 것처럼 들린다니까요? 대부분의 인기 BJ는 이 마이크를 사용할 정도로 인기가 많습니다."

"그럼 그걸로 줘요."

망설임 없이 물건을 갖고 계산대로 향했다.

그리고 제대하자마자 만든 신용카드를 꺼냈다.

그때였다.

"뭐야, 창수. 벌써 다 정했어?"

30분 뒤에나 도착할 예정이었던 서은결이 가게 안으로 들어왔다.

"아, 선배. 빨리 왔네요? 참, 오신 김에 물어볼게요. 이거 사려는데 괜찮아요?"

최창수가 물건을 보여줬다.

그 순간, 직원이 불안하다는 표정을 지었지만 크게 드러
내지는 않았다.

"키야. 첫 방송부터 힘 빡 주네?"

"괜찮은가 봐요?"

"응? 아니. 전혀? 가격보고 힘 빡 준다고 한 거였는데."

서은결이 캠코더랑 마이크를 들었다.

"직원이 근무한 지 얼마 안 됐나 봐? 이 캠코더가 좋은 브
랜드 제품인 건 많은데, 이 물건은 잔고장이 많고 필요 이상
으로 화질에만 힘을 기울여서 끊김 현상이 심한 제품이야.
최신 컴퓨터에서도 문제를 일으킬 정도면 말 다 했지."

서은결이 이번에는 마이크를 확인했다.

"이 마이크는 복불복, 뽑기 제품이야. 음질은 좋은데 종
종 기계에 문제가 있어서 잡음이 심하거나 말이 끊기는 경
우가 종종 있어. 게다가 먼지도 잘 들어가서 잔고장이 많지.
그런 주제에 환불규정이 복잡하고 시간도 오래 걸리지."

"그럼 저……."

"사기까지는 아니고 바가지 쓸 뻔 했네. 키야, 우리 창
수. 뭐든지 완벽한 줄 알았는데 의외에 부분에서 인간적인
면이 있네? 오랜만에 선배 노릇해서 난 좋지만."

"음……."

최창수가 뒤를 돌아봤다.

직원과 눈이 마주쳤다.

"죄, 죄송합니다!"

직원이 바로 무릎을 꿇었다.

"제, 제가 이번 달 실적이 부족해서 그만 눈이 멀었습니다! 이번에야 말로 정말 제대로 된 물건을 소개해드릴 테니까 부디 본사에 찌르지만 마세요!"

"아무리 실적이 부족해도 그렇지. 제가 나중에 기기문제로 환불하러오면 어쩌려고 그랬어요?"

"그, 그건 그때 생각하는 걸로……."

"어휴."

한숨이 절로 나왔다.

하지만 직원을 타박할 생각은 없었다.

자신의 입장에서 바라볼 때, 직원은 약자니까.

"다음부터는 정직하게 물건 파세요. 진상고객한테 걸리고서 후회하지 말고요."

"감사합니다! 감사합니다!"

구매하려던 물건을 제자리에 두고, 서은결의 도움을 받아 확실한 물건을 사기로 했다.

그때 꽉 닫혀있던 매니저실 문이 열렸다.

"야. 박문수, 왜 이렇게 시끄러워? 또 진상 왔다 갔냐?"

20대 후반으로 보이고 살집이 제법 있는 여자 매니저가 짜증스러운 표정으로 나왔다.

그리고 최창수를 향해 무릎을 꿇고 있는 직원을 보고 당황했다.

"고, 고객님? 저희 직원이 무슨 실수라도……. 아니, 그 전에 아무리 실수를 했어도 무릎까지 꿇게 하시는 건……."

"아뇨, 오해입니다. 직원분이 멋대로 꿇은 거고, 다 용서했어요."

"그럼 다행입니다만…… 어쨌든, 저희 직원이 뭘 잘못해서 스스로 무릎까지 꿇은 지 몰라도 매니저로서 사과드립니다."

"정직하게 물건팔라고만 얘기해주세요."

"정직, 야! 박문수! 너 또 고객 상대로 등 쳐먹으려고 했냐? 진짜 해고당할래?!"

"매, 매니저님! 다음부터는 안 그럴게요!"

"내가 너 때문에 못 산다, 못 살아! 어유, 고객님. 저희 측에서 서비스 해드릴 테니까 부디 이 얘기는 저희끼리 비밀로만……."

"안 주셔도 괜찮으니까 직원 관리 잘 해주세요."

"알겠습니다. 그보다…… 죄송하지만 고객님 성함이?"

"최창수입니다. 왜요?"

"최, 최창수?!"

이름을 밝히기가 무섭게 매니저의 두 눈이 휘둥그레졌다. 그리고 엄청난 속도로 휴대폰을 꺼내더니만 화면을 최창수에게 보여줬다.

"이, 이거! 본인 맞죠?!"

매니저가 보여준 건 한 장의 사진.

바로 페이스북에 올린 자신의 셀카였다.

• • • ◆ • • • •

페이스북 친구 3만 명.

그 중 최창수에게 개인적인 만남을 요청한 사람도 있었지만 사회에 있을 때는 번번이 거절해왔다.

군에 있을 때야, 아무리 연락도 없었다지만 먼 곳에서 온 사람을 내칠 수 없어 열 명 정도 만난 적이 있다.

그들의 공통점은 하나.

마치 자신을 연예인처럼 대한다는 거였다.

"제 페이스북 친구세요?"

"그, 그렇고말고요! 창수 씨 군대에 갔을 때 먹을 거랑 입을 거 여러 벌 보내드렸잖아요! 오늘 댓글도 남겼는데!"

매니저가 댓글을 보여줬다.

─ 창수야~ 누나가 너 군대에 있을 때 선물 많이 보내줬잖아. 이번에도 기대해^^

"아. 이 댓글이 매니저님이었어요? 와, 되게 신기하다!"

억지로 만난 게 아니라 우연스럽게 만난 인연이었기 때문에 기분이 좋았다.

게다가 상대방은 자신이 군에 있을 때, 많은 도움을 준 사람이었다.

"군에 있을 때는 신세 많이 졌습니다! 덕분에 맛있는 것도 많이 먹고, 책도 많이 읽었네요."

기쁜 마음에 최창수가 매니저의 손을 덥석 잡았다.

"헉! 으으……."

그러자 매니저의 얼굴이 붉어지더니 한 손으로 입을 가리고 고개를 풀썩 숙였다.

저렇게 소녀처럼 행동하는 매니저를 처음 보는 직원은 이 상황이 신기했다.

"서, 설마 살아생전 창수 씨를 실제로 볼 줄은 몰랐네요……."

"면회라도 오지 그랬어요."

"그, 그건…… 제가 잘 생긴 사람한테는 낯을 많이 가려서 가봤자 재미도 없을 거 같고, 창수 씨 시간 뺏는 것도 죄송해서요."

"그 정도 도움을 줬으면 신경 안 쓰셔도 되는데, 어쨌든! 이런 곳에서 만난 것도 참 인연이네요. 반갑습니다!"

"저, 저도 반가워요. 아, 참! 창수 씨가 피해 입을 뻔한 거면 가만히 있을 수 없네요!"

어떻게든 괜찮은 척을 하려는 지, 고개를 든 매니저가 어색하게 웃었다.

"오늘 첫 방송 때 사용할 마이크랑 캠코더 구매하려고 오신 거죠? 제가 좋은 물건으로 저렴하게 드릴게요."

매니저가 분주하게 움직이더니만 금세 마이크와 캠코더를 갖고 왔다. 60만원 대 물건. 괜찮은 물건인지 서은결이 감탄을 터트렸다.

"오. 저거 내가 쓰는 거네."

"괜찮아요?"

"1년 썼는데도 새 거 같더라. 다른 물건 볼 필요도 없이 저거 사면 되겠는데?"

"그럼 그걸로 주세요."

최창수가 바로 신용카드로 일시불결제를 했다.

곧이어 받은 영수증……. 최창수는 고개를 갸웃거렸다.

"금액이 잘못 찍힌 거 같은데요?"

"아뇨! 그 금액이 맞아요! 30만원은 제가 부담할게요!"

"……그러지 말고 다 찍어주세요. 영업직이면 힘드실 텐데……."

"창수 씨야 말로 그러지 말고 제 마음이라 생각하고 받아주세요! 제가 단순히 최창수라는 사람 자체가 좋아서 그런 거예요."

매니저가 울상이 됐다.

상대방이 이렇게까지 나오는데 거절하는 것도 예의가 아닌 듯 싶었다.

'나중에 뭔가 보답을 하자.'

결국 최창수는 매니저의 호의를 받아들이기로 했다.

처음에는 물건만 사고 돌아가서 테스트 방송을 할 생각이었다.

하지만 아쉬워하는 매니저의 표정과 받은 도움 때문에

라도 좀 더 얘기를 나누는 게 예의인 듯 싶었다.

문제는 매니저가 말재주가 없어 최창수가 대화의 흐름을 이끌어가야만 했다.

"언제부터 제 페이스북 친구였어요?"

"복권 식당 때부터요. 열심히 일하는 최창수 씨, 전후사정은 모르겠지만 난데없이 가게 문을 닫으려는 그 이상한 아저씨를 상대할 때 엄청 멋졌어요! 그 뒤로 점심때마다 문수 데리고 만날 복권식당 찾아가요."

"호오, 그래요? 당첨금 중 가장 큰 게 얼마였어요?"

"2만원이요! 그 날은 기분 좋더라고요, 하하……."

"잘 됐네요. 저한테도 신경 써주고, 복권식당도 사랑해줘서 정말 고마워요. 매니저님 같은 분들 덕분에 세상이 아직 살만한 거 같네요."

"뭐, 뭘요……."

"참. 한 가지 궁금한 게 있는데, 어째서 절 좋아하는 거예요?"

물론 자신의 페이스부 친구 대부분이 외모와 노래 실력을 보고 찾아왔다는 건 안다. 하지만 그 중에서 속물적이지 않은 사람이 있을 수도 있고, 만약 만나게 된다면 묻고 싶었다.

"그게요. 처음에는 창수 씨 외모가 잘 생겨서 연예인을 좋아하는 심정으로 좋아했는데…… 그 인터뷰를 보고 생각이 바뀌었어요. 아, 이 사람은 단순히 잘 생기기만 한 게 아니라 정의감도 투철한 사람이구나, 하고요."

"인터뷰라면. 서형문 사건 말인가요?"

"네. 저도 대학생 때 질 나쁜 교수한테 엄청 시달렸거든요. 대리만족이 컸어요. 이걸로 인해 그 교수의 행동이 바뀌거나, 학생들이 그 교수를 공격한다 생각하니 속이 후련했고요."

아까 전까지 계속 고개를 숙이고 있던 매니저. 고개를 들어 최창수를 바라봤다.

"창수 씨의 소원이 꼭 이뤄졌으면 좋겠어요."

그 순간.

최창수는 느꼈다.

자신이 올바르게 행동하고 있다는 걸.

자신의 행동으로 인해 구원받는 사람이 있다는 걸.

· · · ◈ · · ·

어느덧 방송시작까지 30분밖에 남지 않았다.

1시간의 테스트 방송으로 인해 대충 감은 잡았고, 방송장비도 완벽하게 설치했다.

'본방송 때는 시청자를 몇이나 찍을까?'

테스트 방송 때 방송을 찾아와준 사람은 총 1천 명. 그중 80%가 페이스북 친구였고, 나머지 20%는 신생 BJ가 무엇 때문에 이리도 많은 시청자를 보유했나 궁금해서 들어온 사람들이었다.

'테스트 방송 반응도 나쁘지 않네.'

방송 시 감을 잡기 위해서 20분은 장비 세팅, 나머지 40분은 토크와 함께 간간이 신청곡을 받아 불렀다.

그 결과 30만원 치 별풍선을 받았다.

'다섯 시간이면 150만원. 시청자가 더 늘어날 테니까 그 이상도 노려볼만 하겠어.'

이래저래 자신에게 도움이 될만한 도전이었다.

드디어 방송시작.

최창수는 페이스북에 이 사실을 올렸고, 5분 만에 천 명의 시청자가 방송을 시청하기 시작했다.

우우웅.

시청자를 반기고 있자 카카오톡 메시지가 왔다.

-창수 동생! 약속대로 매장 TV로 방송 송출 시작했어! 파이팅!

'깜짝 선물을 주겠다더니, 그게 이거였구나.'

흐뭇한 미소가 지어졌고, 그 미소의 농도는 늘어나는 시청자 수에 따라 더더욱 짙어졌다.

방송 시작 10분 만에 무려 3천명!

"제 방송 와줘서 고마워요, 누나들 동생들. 시간 안 아깝게 저랑 많이 떠들다 가요."

최창수가 싱긋 웃었다.

그냥 웃어도 여자들의 입이 헤벌쭉 해지건만, 캠코더 보
정으로 인해 더욱 여심을 자극하게 됐다.

-꺄악! 창수가 나보고 누나래!
-만날 페이스북으로 사진만 보다가 살아 움직이는 거 보
니까 완전 행복하네요 ㅠ_ㅠ!!
-오빠! 엄마 지갑 털어서 별풍선 백 개 충전해놨어요!

쉴 새 없이 올라오는 채팅창.
그 사이에 섞여 있는 별풍선.
기본이 10개였고 백 개를 넘는 것도 심심찮게 보였다.
다들 최창수에게 본명이 불리고 싶었는지 닉네임이 전부
본명이었고, 최창수는 그들의 소원을 이뤄줬다.

-창수 씨가 내 이름 불러줬어! 엄마 아빠 감사해요!
-별풍선 쐈으니까 노래 불러줘요~ 노래~!!
-야, 나도 BJ만큼 잘 생겼는데 방송하면 빠순이 만드
냐?
-뭐래, 닉네임부터 꼴두기인 놈이.

자리에 앉아서 시청자들과 대화만 하고 있을 뿐인데, 이
토록 많은 사람들이 자신에게 사랑 섞인 관심을 주고 있다.
"즐겁다!"

저도 모르게 대놓고 소리를 질렀다.

그러자 채팅창에 최창수가 즐거우니 자신도 즐겁다는 댓글이 파도를 타기 시작했다.

· · · ◆ · · ·

한편.

아프리카 TV 본사.

"어라? 팀장님. 오늘 연예인이 이벤트 방송해요? 아니면 게임 대회라도 있나?"

"이번 주는 아무것도 없는데 왜? 무슨 문제 있어?"

"이 시간대에 트래픽이 갑자기 확 상승해서요. 줄어들지도 않고 계속 상승하고 있네요."

"무슨 방송인데 그래? 비켜봐."

팀장이 아프리카 TV를 실행해 최창수의 방송을 확인했다.

현 시청자 6천명.

방송국 개설날짜는 오늘이었고, 회원가입은 일주일 전이었다.

이 바닥에서 오래있던 둘에게도 생소한 BJ였다.

호기심에 이끌려 최창수의 방송을 실행했다.

"에이, 뭐야 남자잖아."

"잘 생기긴 했네요. 노래도 잘 부르고, 길거리 뮤지션인가? 음, 팬이 있어도 신인이 1시간 만에 6천명은 불가능에 가까운데."

도대체 어떤 매력으로 시청자를 모았는가.

자료조사는 직원으로서 늘 필수라 잠시 방송을 시청하기 시작했다.

그리고…….

"꽤, 괜찮은데?"

처음에는 인상을 찌푸린 채 방송을 시청했던 팀장. 어느 사이 흥미롭다는 표정이 되어 있었고, 쌓인 일을 처리하기 보다는 좀 더 이 방송을 시청하고 싶다는 생각까지 들었다.

정신을 차렸을 때는 별풍선까지 쏴버린 상태였다.

엄병철을 만났을 때 구매했던 매력의 책.

모니터 너머의 사람에게도, 자신에게 적의를 가진 사람에게도 그 효력을 발휘했다.

· · · ◇ · · ·

"오늘은 여기까지! 다들 좋은 밤 되세요!"

최창수가 방송을 종료했다.

그와 동시에 침대에 쓰러졌다.

"와. 이것도 은근 체력소모가 심하구나."

의자에 앉아서 대화와 노래만 하니까 별 거 아닌 일이라 생각했다.

하지만 시청자들의 요구를 일일이 다 들어주고, 최대한

재밌게 방송을 진행하려고 이것저것 생각하면서 행동하다 보니 육체적으로도 정신적으로도 괴로웠다.

게다가 쉴 새 없이 올라가는 채팅창에서 간간히 보이는 악플.

물론 시청자들이 악플러가 남긴 악플보다 더욱 심하게 악플러를 비난하는 덕분에 그 뒤로는 빈도가 상당히 줄어들었다.

"그래도 재미는 있네~"

최창수는 페이스북을 확인했다.

오늘 방송을 시청해줘서 감사하다는 게시글에 수천 개의 댓글이 달려있고, 내일 또 보겠다는 반응이 지배적이었다.

이번에는 별풍선을 확인해봤다.

1만 3천개.

테스트 방송 때 3천개, 본 방송 때는 무려 1만개에 달하는 별풍선을 받았다.

현금으로 환전하면 130만원.

단순계산 시 한 달이면 3900만원이라는 소득을 올릴 수 있다.

'복권보다는 노력 대비 벌이가 적지만, 기계적으로 복권 긁는 것보다는 훨씬 재밌으니까 부업으로는 괜찮네. 뭐랄까…… 어째서 다들 연예인에 그토록 목을 매나 알겠어.'

단순한 개인방송임에도 엄청난 만족감과 자존감을 얻었다. 그런데 한 국가를 상대로, 넓게 바라봐서 전세계를 상대로 활동하는 연예인은 어떤 심정일까?

'그만큼 부담감도 크겠지만 삶이 보람차기는 하겠어.'

흐뭇하게 웃으며 운수 대통령을 확인했다.

〈첫 개인방송의 추억 트로피 획득!〉

〈축하해요, 운수 대통령님! 트로피를 획득하셨군요! 나중에 개인방송하려는 지인이 있으면 훌륭한 표본으로 도움을 줄 수 있겠어요! 게다가 인지도 확립까지 성공적! 점점 더 훌륭해지시네요!〉

방송 시청자 못지않게 기분 좋은 칭찬을 해주는 운수 대통령.

개인방송으로 인해 다섯 시간 만에 네 개의 트로피를 획득했다.

"널 만난 게 내 인생 최고의 행운이다."

평소에도 보물단지였던 운수 대통령, 오늘따라 더 사랑스럽게 느껴져 휴대폰에 여러 번 입을 맞췄다.

반대편 고시원에서 그 모습을 본 고시생은 고개를 갸웃거렸다.

"역시 신은 공평하지 않네. 잘 생긴 대신 정신이 미쳤나 봐."

송근태 현대 판타지 장편소설

다섯 번째 이야기
BJ로서의 행보

운수 대통령

운수대통령

다섯 번째 이야기
BJ로서의 행보

길고 길었던 휴식이 끝나고 드디어 복학을 하게 됐다.

"내가 돌아왔다!"

최강대 교문 앞.

기쁜 마음에 최창수가 소리 질렀다.

그의 복학 사실을 아는 학생들은 대체 대학이 뭐가 좋은지 이해할 수 없었다. 진정으로 배움의 기쁨을 느끼는 최창수와 달리, 그들은 어디까지나 최강대 졸업장이 목적이었으니까.

2년 하고도 몇 개월 만에 돌아온 대학.

괜히 아쉬운 마음이 들까봐 전역 후에 한 번도 방문하지 않았다. 그만큼 변한 게 많이 보였다. 대학 거리 곳곳

NEO MODERN FANTASY STORY ··· 163

에 나무가 늘었고, 본 적 없는 분수대가 설치되어 있었다. 캠퍼스 건물도 공사를 했는지 기억과 살짝 달랐다.

'2년이라는 시간이 짧은 게 아니라니까.'

전역 뒤, 동네를 둘러보면서도 그 생각을 했다. 한 인격체가 바뀌기에도, 건물이 사라지고 새로 생겨나기에도 충분한 시간이었다.

"안녕하세요, 교수님!"

"오, 최창수 학생? 벌써 전역했습니까?"

영통과에서 박철대 다음으로 친했던 교수에게 인사했다. 돌아오는 대답은 최창수가 전역한 뒤 가장 많이 들은 대답이었다.

"전역은 몇 달 전에 했죠. 복학만 목 빠지게 기다리고 있었어요."

"하하! 최창수 학생이 왔으니 이제 다시 강의할 맛이 생기겠군요. 2년 동안 교육이 더더욱 취업수단으로 변하는 바람에, 요즘 최창수 학생처럼 학구열이 타오르는 학생이 없어 아쉽습니다."

"제가 왔으니 다시 수업하실 맛이 날 거예요!"

평소보다 기운이 넘치는 최창수.

바로 강의실로 향했다.

문을 열자 미리 강의실에 도착해있던 학생들의 시선이 최창수에게 쏠렸다. 전부 처음 보는 얼굴. 신입생도 있고 복학생도 있었지만, 다들 영통과 학생인 건 맞아서 손을 흔들며 자리에 앉았다.

이윽고 강의가 시작됐다.

최창수는 교수의 말을 한 마디도 놓치지 않으려고 정신을 집중했고, 지식이 머릿속에 하나 둘 들어올 때마다 짜릿한 희열을 느꼈다.

즐거운 시간은 빨리 가고, 지루한 시간은 늦게 가는 것처럼.

다른 학생에게는 졸음을 힘겹게 참는 1시간이 최창수에게는 여행이라도 간 듯 순식간에 지나갔다.

"선생님, 점심 먹으러 안 가?"

3학년임에도 최창수와 함께 있으려고 2학년 수업을 받은 초민아가 물었다. 강의시간 내내 졸아서 한쪽 볼에 책 자국이 선명하다.

"일어나기 싫다."

"뭔 소리야?"

"강의 더 받고 싶어. 이대로 앉은 채 하루 종일 강의만 듣고 싶어."

"……듣기만 해도 끔찍한 소리 하지 말고 어서 가자. 오늘 각 학년 과대표 만나는 날이잖아."

"참, 그랬지."

군 문제로 인해 과대표 자리에서 박탈당했던 최창수. 오늘은 그 자리를 되찾는 날이었다.

잠시 후.

영통과 캠퍼스 공원으로 향하자 저 멀리 네 명의 학생이 앉아서 얘기를 나누는 중이었다.

"선배~ 창수 데리고 왔어요~"

주머니에 손을 푹 찔러 넣은 초민아가 추위에 부르르 떨며 4학년 과대표에게 말했다. 4학년과 3학년 과대표는 다행히 얼굴을 아는 사람이었다.

하지만 1학년과 2학년 과대표는 신입생.

한 명은 여자고 한 명은 남자였다.

"최창수 선배님이십니까?"

"진짜 최창수 선배님이에요? 대박! 내 인생의 목표를 만나게 될 줄이야!"

신입생 두 명이 사이좋게 최창수의 손을 잡았다. 그리고 세계적 스타라도 보는 듯 눈빛이 초롱초롱해졌다.

"안녕하세요, 1학년 과대표 서수아라고 해요! 최창수 선배님 인터뷰에 큰 감명을 받아서 최강대에 입학했어요! 저도 불의를 보면 조용히 넘어가지 않으려고 늘 노력하고 있어요!"

"저도 마찬가지에요. 저희 고등학교가 많이 엄한 곳이었는데…… 선배님 인터뷰가 방송되고 반 년 뒤에 학생들이 단체로 들고 일어나서 분위기가 많이 바뀌었어요. 제가 최창수 선배님의 자리를 잠시 맡고 있었다니 정말 기쁘네요!"

"그, 그래?"

자신을 좋아해주는 건 기뻤다.

하지만 둘 다 반응이 너무 격렬하다 보니 마치 사이비종교의 교주라도 된 듯한 오묘한 기분이 들었다.

4학년 과대표로부터 현재 영통과의 상황을 대충 전달받고 2학년 과대표 자리를 되찾게 됐다.

"4학년은 취업문제로 바쁘니까 실질적으로 나서는 일은 없을 거야. 중요한 안건이 발생하면 3학년이랑 얘기를 나눠."

"네. 참, 그보다 궁금한 게 하나 있는데요. 구자용은 어디에 있죠?"

몇 달 전에 있던 종강파티에서도 구자용이 보이지 않았다. 그때는 단순히 불참한 거라고만 생각했다. 그의 성격상 종강파티 같은 자리에 참석할 리가 없으니까.

실제로 1학년 때도 집에 급한 일이 있다면서 은근슬쩍 도망갔었다.

아무리 악연이라지만 오랫동안 못 보니 아주 조금 그리워져 얼굴이나 한 번 보고 싶었다.

자신이 군대에 간 사이, 구자용이 개과천선을 했을 지도 모르니까. 고등학생 때도 늘 생각했지만 아군이라면 그만큼 든든한 녀석도 없다.

하지만 오늘 수업에도 보이지 않았다.

게다가 만약 입대를 미뤘다면 그가 2학년 과대표가 됐어야 했다.

"구자용 걔 이제 없는데?"

"없다니? 설마 자퇴한 거야?"

"아니. 선생님 입대하고 반 년 뒤에 느닷없이 걔도 입대한다더라, 카투사로."

"그거는 좀 의외인데?"

구자용의 집안은 화려한 전시품처럼 완벽하다.

게다가 군에 있을 동안 구덕철은 부사장자리까지 앉았다.

그 정도 배경이라면 충분히 군대를 패스할 수 있을터…….

"그럼 지금쯤 군대에 있는 건가. 어쩐 지 안 보이더라니."

"아마도 그럴 거야."

"아마도라니?"

"구자용, 소문이 하나 돌고 있어."

초민아가 심각한 얼굴로 말했다.

"적응 못해서 현역부적합심사로 나왔다는 얘기가 1년 전부터 돌더라고."

그 말에 자신이 아는 구자용을 떠올렸다.

비록 성격은 베베 꼬인 놈이지만 자신 이외에 사람 앞에서 쓴 가면은 완벽했다.

공부도 잘하고 사교성도 좋은 놈.

동시에 자존심이 강하고 자신보다 낮다고 판단한 인간은 무시하는 놈.

"확실한 소문이야?"

"선생님도 참. 소문인데 확실할 리가 없잖아. 구자용이 랑 가장 친했던 애가 한 말이라 근거는 있는데, 정작 본인 이 안 나타나니 우리는 모르지. 난 선생님 이외에근 딱히 관심도 없지만~"

초민아가 콧노래를 부르며 최창수에게 팔짱을 끼려고 했 다. 하지만 최창수가 옆으로 한 발자국 떨어지는 바람에 애 꿎은 허공만 휘젓게 됐다.

"……선생님?"

"구자용이 현부심이라……."

현역 부적합 심사.

간단히 말해서 현역으로서 부적합한 인원을 심사를 통해 공익 및 제2국민역으로 빼내는 심사였다.

몸이 아프거나, 심각한 우울증으로 군 생활이 어려운 병 사들이 주를 이루고 최창수 후임 중에서도 몇 현부심을 통 해 사회인이 된 놈들이 있었다.

'그럴싸한 소문이긴 해. 체면을 중시하는 놈이지만, 어차 피 군에서의 인연은 사회에서 거의 이어지지 않으니까. 구 색 맞추기로 입대는 했지만, 자신보다 모든 게 뒤떨어진다 고 생각하는 사람에게 굽실거리는 게 힘들었겠지. 동시에 이깟 놈들에게 지겠냐는 심정으로 버틸 거 같기도 한데.'

고민 끝에 최창수는 구자용을 직접 찾아가보기로 했다.

이러나저러나.

운수 대통령을 손에 넣은 뒤, 구자용이 자신을 도발하지 않았다면. 영어 말하기 대회에 참가하지 않아 무난히 자신이 1등을 받게 됐다면.

지금과는 사뭇 다른 삶을 살고 있었을 테니까.

'구자용이 내 인생에 영향을 끼친 건 사실이지.'

오랜만에 만나서 진솔한 얘기가 나누고 싶었다.

둘 다 성장한 지금이라면 다른 감정을 가지게 될 지도 모르니까.

· · · ◈ · · ·

박철대의 도움 덕분에 구자용의 주소는 손쉽게 알아낼 수 있었다.

서울에서 가장 땅값이 비싸다는 강남.

그 강남중에서도 부자동네라고 불리는 압구정동.

구자용의 집은 압구정동 중심에 있었다.

마음 같아서는 바로 그의 집을 찾아가고 싶었지만 오늘은 선약이 있다.

"최창수라고 하는데요."

아프리카 TV 본사 건물.

최창수가 안내 데스크 직원에게 말을 건넸다. 미리 연락을 받았는지 직원은 바로 최창수를 안내해줬다.

도착한 곳은 3층에 위치한 기획실.

잠시 앉아서 음료수를 홀짝이고 30대 초반으로 보이는

사내가 들어왔다.

"최창수 BJ님?"

"네, 맞습니다."

"아, 반갑습니다! 아프리카 TV 기획팀장 박민철입니다. 지금쯤 방송시간 하시고 계셔야 할 텐데, 본의 아니게 시간을 뺏게 됐네요."

"아뇨, 괜찮습니다."

첫 날부터 폭발적인 반응을 이끌어낸 최창수의 개인방송.

최창수는 복학 전까지 계속해서 방송을 진행했다. 일단은 백수나 다름없었기에 정해둔 시간이 아니더라도 심심하면 틈틈이 방송을 켜서 인지도를 쌓았다.

그 결과 세 달 만에 인기BJ랭킹 5위권에 들었고, 실시간 인기방송은 2위 밑으로 떨어지는 일이 거의 없었다.

반응에 따라 수입도 점차 늘어났다.

첫 달에는 2300만원.

그 다음 달에는 2600만원, 이번 달에는 무려 3천만 원의 수익을 올렸다.

몸값이 상승하니 200만 원짜리 스폰서도 두 개나 달게 됐다.

"최창수 BJ님은 앞으로도 꾸준히 방송활동을 할 생각인가요?"

"상황에 따라 다르겠지만 당분간은 더 진행할 거 같네요."

사실 대학생활을 하면서 방송을 겸하는 건 충분하고도

남는 일이다. 하지만 불확실하게 말한 데에는 이유가 있다.

언제 어디서 쓰러트려야 할 권력이 나타날지 모르니까.

그때가 되면 잠자는 시간까지 줄여야 한다.

마음 같아서는 밭품을 팔아서라도 부당한 권력을 상대하고 싶지만, 마치 그가 나타나면 몸을 사리는 듯 좀처럼 보이지 않았다.

"호오, 그렇군요. 그럼 방송활동을 하는 동안이라도 좋으니 저희와 계약을 하는 건 어떤가요?"

"계약이요?"

"네. 일종의 기획사라고 생각하면 됩니다. 사실 저희 쪽에서 5년 전부터 인기 BJ님들과 계약을 맺고 있거든요. 한번 읽어보세요."

기획팀장이 서류뭉치를 건넸다.

내용은 간단했다.

계약내용과 계약 시 BJ에게 발생하는 이점이 구구절절하게 적혀 있었다.

"계약내용은 간단합니다. 계약기간동안 아프리카TV와 전속계약을 맺는 거죠. 즉, 타 플랫폼에서는 방송이 금지됩니다. 대신 이점이 많습니다. 우선 저희 쪽에서 방송시작 시 전체 알림을 발송하고, 배너도 걸어드리죠. 대회나 이벤트를 진행할 때는 모든 비용을 저희 측에서 부담해드리고요."

기획팀장은 그 외에도 어떤 이점이 있는 지 10분에 걸쳐 설명했다. BJ에 목숨을 건 사람이라면 매력적으로 느껴질 수밖에 없는 내용이 지배적이었다.

하지만 받는 게 있으면 주는 것도 있는 법.

"아프리카 TV가 얻는 건 뭐죠?"

최창수가 물었다.

서류에 그 내용만 쏙 빠져 있었으니까.

"기부단체가 아닌 이상 BJ의 행복일리는 없을 텐데 말이죠."

"하하. 당연하죠, 저희도 땅 파서 장사하는 건 아니니까요. 저희가 받는 건 딱 하나입니다."

기획팀장이 손가락 두 개를 폈다.

"수익의 20%. 이게 전부입니다. 솔직히 저는 나쁘지 않다고 생각해요. 왜냐면 저희와 전속계약을 맺은 BJ님들 모두가 20%를 저희에게 주고도 계약하기 전보다 훨씬 많은 수입을 벌여 들였거든요."

"음."

"우선은 짧게 3개월이라도 좋습니다. 최창수 BJ님은 다양한 혜택 속에서 더욱 좋은 방송을 진행하고, 저희는 더욱 많은 시청자 유입과 동시에 돈을 벌고. 서로 윈윈하는 계약이죠. 잘 해드리겠습니다. 개인적으로 최창수 BJ님은 꼭 영입해야 한다는 게 기획실 의견입니다. 혜성처럼 나타난 스타 신인이거든요."

기획팀장이 파리처럼 손을 비볐다.

여태껏 이와 비슷한 제안을 받은 적이 두 번 있다.

한 번은 A&T학원.

또 한 번은 반재현으로부터.

고등학생 때는 혼자서도 크게 성공할 거라 생각했기에 그 제안을 거절했다. 반재현의 제안은 관계유지를 위해 생각해보겠다고만 말했다.

예전이었다면 이 제안을 거절했을 거다.

굳이 누구의 도움을 받지 않아도 충분하다 생각했을 테니까.

하지만 대학이란 우물을 벗어나 군대를 경험하면서 느꼈다.

역시 세상은 넓구나.

그동안 내 시야가 너무 좁았구나.

세상에는 무궁무진한 가능성이 있고, 다양한 부류의 사람이 있고, 생각지도 못한 사건사고가 발생한다.

대학에서만 있으면, 혼자서만 모든 걸 해결하려고 하면 그 경험을 겪지 못하고 전부 놓쳐버리게 된다.

"3개월만 계약할게요."

단순히 부당한 권력을 무너트리는 걸로는 충분하지 않다. 옳고 그름을 판단하는 능력이 필요했고, 그건 폭 넓은 대인관계와 다양한 경험이 밑바탕 된다.

'이번 계약은 전역 후에 두 번째로 이루는 중요한 경험이야.'

최창수가 계약서에 이름을 적었다.

계약을 한 다음 날부터 계약내용이 이행됐다.

효과는 발군 그 자체.

홈페이지 대문에 배너를 걸었을 뿐인데 7천명이었던 평균 시청자가 8천명까지 늘어났다.

늘어난 시청자와 별풍선은 더욱 즐겁게 방송을 진행할 수 있는 원동력이 됐다.

'대회나 이벤트를 한 번 진행하는 게 좋겠지?'

회사 측에서 비용을 전부 부담한다고 했으니, 그동안 생각만 했던 이벤트를 진행해도 좋을 듯 싶었다.

"아, 여기서 내려주세요."

이런저런 생각을 하는 사이 택시가 목적지에 도착했다. 값을 지불하고 바로 택시에서 내려 주변을 둘러봤다.

"집 봐라. 드라마 속에서 튀어나온 거 같네."

강남구 압구정동.

서민은 함부로 꿈도 못 꿀 값을 가진 집이 다닥다닥 붙어 있었다.

'나도 돈 벌면 이 근처로 부모님이랑 함께 이사 올까? 아, 그러면 복권식당은 어쩌지? 직원을 구하면 해결되려나. 부모님이 원하면 이 근처에 2호점을 세우고. 음…… 실행하려면 생각보다 많은 돈이 필요하겠네. 지금 수입에 만족하지 말고 더 정진해야겠어. 그 전에 해야할 일이 있지만.'

최창수가 고개를 들었다. 그러자 이 근처 집 사이에서도 유독 눈에 띄는 단독주택이 시야에 들어왔다.

바로 구자용의 집이었다.

"저녁이니까. 구자용의 아빠는 없더라도 엄마는 있겠지."

딩동.

최창수가 벨을 눌렀다.

· · · ◈ · · · ·

"누구세요?"

벨을 누르자 아줌마 목소리가 들렸다.

인터폰 화면으로 보이는 얼굴로 보아 가정부는 아니었다. 바로 사진으로만 봤던 구자용의 어머니, 최강대 경영학과 교수인 양화명이었다.

"안녕하세요, 양화명 교수님. 최강대 영통과 2학년 최창수라고 합니다. 죄송하지만……."

딸칵.

말을 끝내기도 전에 대문이 열렸다.

"들어와서 얘기해요."

인터폰 화면마저 검어졌다.

최창수가 대문을 넘어 마당에 진입했다.

마당 한 곳에는 값 비싼 차와 오토바이가 놓여있고, 저 멀리 허스키 한 마리가 꽃을 물어뜯으며 놀고 있었다.

'화려하네.'

드라마 속에서나 볼법한 마당. 집안도 마찬가지였다.

부엌에는 가정부가 차를 끓이는 중이었고, 곳곳에 항아리와 그림이 전시되어 있었다.

그 중 시선을 사로잡는 건 구자용의 가족사진이었다.

'저 녀석, 저런 식으로도 웃을 줄 아는 놈이구나.'

그동안 구자용을 보면서 미소가 너무 만든 티가 가득하다고 느꼈다. 하지만 사진 속 구자용은 진심으로 웃고 있었다. 문제는 중학생 때 사진만 그렇다는 것, 그 뒤로 찍은 가족사진 속 구자용은 딱딱했다.

"이리 앉으세요."

거실 소파.

그곳에 앉아서 러시안 블루 고양이를 쓰다듬는 양화명이 말했다.

사진 속에서는 날카로운 인상이었는데, 막상 보니 제법 선한 인상이었다.

"마주하는 건 처음이죠?"

소파에 앉자 가정부가 홍차를 갖고 왔다.

"네. 영통과 캠퍼스랑 경영학과 캠퍼스는 상당히 떨어져 있으니까요. 음…… 구자용 친구로서 한 번 찾아뵀어야 했는데 너무 늦었네요."

"아뇨. 자용이 엄마인 제가 먼저 갔어야 했는데 시간이 없었네요."

양화명이 홍차를 홀짝였다.

학생 때부터 느낀 건데 친구 부모님과 단 둘이라는 이 상황은 도저히 익숙해질 수 없는 어색한 분위기를 만들었다.

하지만 용건이 있는데 홍차만 마시고 돌아갈 수는 없다.

"자용이는…… 집에 없나 봐요?"

"지금쯤이면 부대에 있겠네요. 카투사로 입대했거든요."

"아, 역시. 그 소문이 잘못된 거군요."

"소문이요?"

양화명이 무슨 소리냐는 표정이 됐다.

최창수는 자신이 들은 소문을 전부 털어놨다. 처음에는 무표정하던 양화명의 표정이 점점 일그러졌다.

"누가 제 아들 이미지를 깎아먹는 소문을 퍼트린 거죠?"

"그거까지는 저도 잘 모릅니다. 단지 친구에게 들은 거라서…… 오늘은 그 진위를 확인하려고 온 거예요. 거짓이면 다행이고, 사실이면 자용이랑 진솔한 얘기가 나누고 싶었거든요."

"그렇다면 사실이 아니라고 대신 전해주겠어요? 소중한 제 아들이 험담 듣는 일은 없으면 좋겠거든요."

"네. 알겠습니다. 확인도 끝났으니, 전 이만 가보겠습니다."

"잠시 만요."

양화명이 일어서려는 최창수를 불러 세웠다. 그러고는 고개를 숙이더니 대뜸 사과를 했다.

"미안해요."

"……교수님이 제게 사과하실 일은 없는 거 같은데요?"

"제 아들 대신 사과하는 거예요."

양화명이 고개를 들어 최창수를 바라봤다.

"고등학생 때부터 대학생 때까지. 제 아들이 최창수 학생에게 무슨 짓을 했는지는 대략 알고 있어요. 많이 고생했죠?"

"고등학생 때는 조금……."

"미안해요. 하지만 이해해줬으면 좋겠어요. 자신을 괴롭힌 애를 어떻게 이해하냐고 생각하겠지만, 그 아이가 남편 때문에 많이 변해서 그래요. 원래는 참 착한 애였는데, 중학생 때부터 남편을 닮기 시작했어요."

"……이 얘기를 갑자기 왜 꺼내시는 거죠?"

"최창수 학생도 부모가 되면 알겠지만, 자식이 미움 받기를 원하는 부모는 없어요. 하지만 자용이 성격상 먼저 사과를 할 애는 아니라서 제가 대신 사과하는 거예요. 제 아들을 이해해줘요. 착했던 아이니까, 언젠간 다시 착해져서 모든 걸 인정하는 날이 올 거예요."

"이해……."

구자용 집안의 가족사진을 다시 한 번 바라봤다. 미소의 유무로 인해 완전히 다른 이미지가 형성됐다.

구자용을 만난 건 고등학생 때. 그전까지는 그가 어떤 인간이었는지, 어떤 삶을 살았는지, 어떤 사건을 계기로 지금의 인격이 형성되었는지는 모른다. 언제쯤 그때 모습을 만나게 될 지도 모르며, 어쩌면 평생 못 만날 지도 모른다.

인격이란 나이와 함께 성장하면서 자리 잡는 존재니까.

알 수 있는 건 양화명의 마음에 어떤 대답이 적절한가 정도였다.

"이해해야죠. 일단은 친구니까요."

"고마워요."

"어서 자용이가 예전 모습으로 돌아왔으면 좋겠네요. 착한 구자용은 어떤 인간인지 보고 싶거든요."

그 말만 남기고 최창수는 현관문을 열고 밖으로 나갔다.

10분도 안 되는 짧은 시간.

하지만 체감시간은 몇 시간이었다.

'구자용의 어머니는 심성이 좋으시네. 저런 좋은 부모님 밑에서 구자용이 자랐다라…… 구덕철이 구자용 인생에 크게 관여했나 보네.'

부모님의 관여로 인해 인생이 변한 구자용.

부모님의 관여가 있었음에도 굳세게 자신의 길을 개척한 최창수.

둘 사이에는 큰 벽이 있었다.

"윽!"

이런저런 생각을 하며 멍하니 모퉁이를 돌자 누군가와 부딪히고 말았다. 후줄근한 옷차림에 깊숙이 눌러쓴 모자로 얼굴을 가린 상대방, 날카롭게 자신을 노려봤다.

하지만 그 날카로운 표정도 잠시.

이윽고 눈동자에 당황이 물들기 시작했고, 그건 최창수도 마찬가지였다.

"구자용……."

지금쯤 군에 있어야 할 구자용. 양화명의 말이 거짓이고 소문이 사실이라 말하듯 눈앞에 버젓이 있다. 휴가라고 생각할 수도 있겠지만, 듬성듬성 자란 수염과 긴 머리카락이 그 가능성을 부정했다.

"사, 사람 잘못 봤습니다."

"기다려."

황급히 자리를 떠나려는 그의 팔목을 최창수가 낚아챘다.

"왜 모르는 척 해?"

"사람 잘못 봤다니까요."

"목소리가 딱 넌데 어설픈 변명은 그만 둬."

최창수가 구자용의 어깨를 붙잡아 자신의 방향으로 휙 돌렸다. 그리고 강제로 모자를 벗기자 충격적인 모습이 드러났다.

다크서클은 눈 밑까지 내려왔고, 체격은 마지막으로 봤을 때보다 더욱 왜소해져 있다.

"구자용 너…… 정말 현부심 치렀냐?"

"……네 알 바 아니야."

구자용이 거칠게 최창수로부터 모자를 뺏어 깊숙이 눌러

썼다. 그리고는 아무 말 없이 발걸음을 옮기려 했지만, 그걸 내버려 둘 최창수가 아니었다.

"잠깐 얘기 좀 나누자."

· · · ◆ · · ·

압구정동 근처에 위치한 공원.

두 사람은 그곳 벤치에 앉았다.

"마셔라."

최창수가 자판기에서 뽑아온 음료수를 건넸다. 할 얘기가 있다 했을 때도 그렇고, 음료수를 건넬 때도 그렇고, 구자용은 순순히 동의를 표했다.

"정말 현부심으로 나온 거냐?"

"내 꼬라지가 대신 대답해주고 있지 않나."

"어디 다치기라도 했냐?"

"몸 병신으로 나왔으면 군대에 있다고 모두를 속일 필요도 없겠지."

구자용이 후드티 주머니에서 담배를 꺼냈다. 최창수도 구자용을 따라 담배에 불을 붙였다. 처음 보는 서로의 모습. 하지만 시간에 흐름에 따라 충분히 그럴 수도 있다 생각했기에 둘 다 이 사실을 지적하지는 않았다.

"예정대로였다면 언제 전역이지?"

"이번 년도 9월 말."

"그럼 내년에 복학하겠네."

"모르겠군. 서형문 그 새끼 때문에 내 이미지도 많이 깎였거든. 이럴 줄 알았다면 처음부터 네 편에 설 거 그랬군."

"너……."

예전의 구자용이었다면 절대로 하지 않을 말.

놀라지 않을 수가 없었다.

"변했구나."

"군대에서 뼈저리게 느꼈다. 사회에서 내가 하던 행동이 얼마나 치졸하고, 당하면 기분이 얼마나 좆같은지."

구자용이 인상을 찌푸렸다.

자신을 괴롭힌 놈들을 향한 분노와 과거의 자신을 향한 혐오감이 섞인 표정이었다.

"요즘 어떻게 지내고 있나?"

"집에 돈도 많겠다. 게임이나 하면서 시간 보내고 있지. 평생 공부만 해서 그런지 재밌더군."

담배를 다 태운 구자용이 자리에서 일어났다. 그리고 건드리지도 않은 음료수를 최창수에게 돌려줬다.

"햇빛을 너무 많이 쐤네. 가야겠다. 내가 전역한 건 소문을 내건 말건 네 마음대로 해라."

"소문 안 내니 걱정 마라."

"……그러냐."

구자용이 자조적인 옅은 미소를 지었다.

"고맙다. 그리고."

지갑에서 꺼낸 천 원짜리 한 장. 음료수 값을 최창수 무릎에 올려두며 구자용이 뒤돌아 손을 흔들었다.

"미안했다."

2년.

사람이 변하기에는 정말 충분한 시간이었다.

· · · ◈ · · ·

마음 같아서는 구자용과 함께 술이라도 한 잔 하고 싶었다. 하지만 그가 자신이 무슨 자격으로 너와 술을 마시냐며 거절당하는 바람에 얌전히 돌아와야 했지만.

–창수야~ 오늘 뭔 일 있니? 어째 평소랑 달리 기운이 없는 걸?

–먹고 싶은 거 있으면 말해! 누나가 요기요로 시켜줄게!

–오빠! 아프면 무리하지 말고 쉬어요! 며칠 못 보는 것보다 몇 시간 못 보는 게 낳아요 ㅠ_ㅠ

스스로도 기분이 복잡하다는 걸 느끼는 오늘.

BJ로서 시청자를 즐겁게 해줄 의무 때문에 평소처럼 보이게 행동을 했다.

하지만 시청자들은 그의 변화를 단숨에 알아차렸다.

얼굴도 모르는 모니터 너머의 사람들이 자신을 걱정해주니 가슴이 뭉클해졌다.

쉴 새 없이 올라오는 격려 채팅.

실질적인 도움까지 주는 별풍선 파도.

시청자들에게 고마워서라도 어서 원래의 모습을 되찾아야 할 듯 싶었고, 최창수는 정신을 맑게 하려고 잠시 자리를 비워 세수를 하고 돌아왔다.

그리고 소란스러운 채팅창과 마주했다.

-야, 꼴뚜기! 너 예전에도 창수보다 잘 생겼다고 개구라치지 않았냐?

-쯧쯧, 창수 오빠 실제로 보면 아무 말도 못 할 거면서 채팅이라고 까부는 것 봐. 지금 창수 오빠 돌아왔는데 아까 그 소리 또 해보지 그래?

관심종자가 등장했을 때마다 시작되는 마녀사냥. 물론 잘못은 전적으로 관심종자에게 있지만, 시청자들의 반응은 오히려 가해자가 불쌍하게 느껴질 정도였다.

시청자 한 명이 최창수가 자리를 비운 사이 올라온 채팅을 보여줬다.

-꼴뚜기 : 시발놈, 존나 좆도 아니게 생긴 새끼가 부모가 사고로 뒤진 듯한 표정 지으면서 동정심 유발하네. 누구는

좆빠지게 일해서 돈 버는데 너는 앉아서 주둥아리만 나발
대도 돈 들어오니까 좋겠다?

　-꼴뚜기 : 내가 왕년에 저 새끼처럼 생겨봐서 아는데, 너
희들이 주는 돈 전부 사창가 가는데 쓴다. 이거 레알반박불
가. 방송 끝나면 너희들 한심하다고 존나 욕 할 걸?

　방송 초창기 때부터 지금까지 하루도 빠지지 않고 방송
에 들어와 근거 없는 비난을 하는 꼴뚜기.

　분노보다는 불쌍하다는 생각이 먼저 드는 시청자였다.

　"저기요, 꼴뚜기 님. 제가 몇 달 동안 지켜봤는데 하루
도 빠짐없이 들어오네요. 사실은 제 방송 열혈팬 아닙니
까?"

　인신공격에도 최창수가 여유롭게 반응하자 꼴뚜기의 채
팅이 더욱 신랄해지기 시작했다.

　너무 말도 안 돼서 웃음 밖에 안 나오는 수준 낮은 채팅.

　물고기 한 마리 때문에 물을 흐려서는 안 된다. 최창수는
꼴뚜기를 블랙리스트 명단에 추가해 다시는 자신의 방송시
청을 못하게 하려고 했다.

　그때.

　-병신. 너희 엄마 동네 오락기. 500원 넣으면 하게 해
줌. 너희 애비는 팔 없어서 입으로 리어카 끌고 다님.

절대로 참을 수 없는 채팅이 신경을 제대로 건드렸다.

"야."

음산한 목소리가 방송을 울렸고, 시청자들은 보통 큰일이 아니란 걸 직감했다.

"웃으면서 봐주니까 무슨 말이든 다 해도 될 거 같냐?"

자신의 욕은 참을 수 있다.

하지만 소중한 부모님 욕만큼은 그 누구라도 입에 올려서는 안 된다.

─붕신. 쎈 척 하면 뭐라도 된 줄 암? 좆같으면 나 잡아보던가 ㅋㅋ. 나 지금 미국에 있어서 너 절대 못 잡음.

상대방이 먼저 도전장을 내밀었다. 받아들일 수밖에 없고, 설령 상대가 도망쳤더라도 온갖 힘을 다 해 반드시 찾아내려고 했다.

꼴뚜기를 블랙리스트에 추가하면서 최창수가 말했다.

"조만간 얼굴 한 번 보자."

· · · ◈ · · ·

"창수야, 괜찮아?"

다음 날.

점심을 먹고 있자 서유라로부터 전화가 걸려왔다.

과제 및 의상 디자인을 하면서 최창수의 방송을 종종 시청하는 그녀, 어제는 큰 일이 벌어지는 줄 알고 많이 걱정했었다.

"똥 밟은 셈 치고 무시해. 그런 애는 어차피 평생 한심하게 살 애들이야."

"걱정은 고마운데, 무시할 수는 없지. 내가 넘어가면 다음에 또 그럴 텐데."

"정말 고소하려고?"

"뿌리를 뽑아야 해."

그동안 인터넷 생활을 하면서 수많은 악플을 봤다.

근거도 없이 일방적으로 상대방을 공격하고, 안타까운 상황에 웃고 떠들며 타인을 조롱하며, 좋게 말해도 되는 걸 굳이 비꼬면서 말하는 댓글.

이런저런 안타까운 생각이 많이 들었고, 그때마다 댓글 작성자를 직접 만나보고 싶었다.

눈앞에서도 악플처럼 행동할지 궁금했으니까.

"창수 네 뜻이 그렇다면 잘 되길 비는 것 말고는 할 수 있는 게 없네."

"걱정돼서 전화까지 했으면 네 할 일 다 한 거지, 뭐. 그보다 공모전은 잘 되고 있어?"

전역한 뒤 서유라와 개인적인 만남을 여러 번 가졌었다. 하지만 그녀가 디자인 공모전 출품작을 준비하면서부터 전화도 하기 힘들어졌다.

"죽을 거 같아…… 생각처럼 디자인이 안 돼."

"창작이란 건 많이 힘들구나. 힘 내! 잘 될 거야!"

"응…… 위로하려고 전화했는데 정작 내가 받아버렸네. 근데 창수야…… 공모전 당선되면 나 좀 만나줄 수 있어?"

"딱히 그때가 아니라도 만날 수 있는데?"

"아니, 안 돼. 스스로 정한 게 있어서, 당선되면 할 말이 있어."

어리광피우던 목소리에서 갑자기 확 진지해진 그녀의 목소리.

최창수는 알겠다고 대답할 수밖에 없었다.

두 사람은 좀 더 얘기를 나눴다. 주제는 구자용. 완전 다른 사람이 된 그를 얘기하자 서유라는 감탄을 터트렸다.

"그래도 너무 믿지 마."

"믿지 말라니?"

"구자용이잖아. 괜히 널 방심시키려고 연기했을 지도 몰라."

"연기는 아니었을 거야. 확신해."

그 날.

최창수는 구자용으로부터 진실 된 감정을 느꼈다. 그걸 연기할 정도로 구자용이 능숙한 인간이라고는 생각하지 않는다.

．．．．◆．．．．

　고소 준비는 순조롭게 진행됐다.

　아프리카 TV측에 요청해 대화로그를 건네받고, 해당 방송 녹화본에서 꼴뚜기의 채팅만 따로 편집을 했다.

　치킨집 사건 덕분에 고소 절차를 알고 있어 직원과 불필요한 실랑이는 겪지 않아도 됐다.

　사건담당은 서울시 경찰서에서 맡았고, 일처리가 빠르게 진행되어 2주 만에 출석요구를 받았다.

　"피 고소인 오고 있다고 합니다."

　사이버범죄 담당부서에 마련된 휴게 공간에서 쉬고 있자 담당 경찰이 맞은편에 앉았다. 치킨집 사건 때 도움을 받은 이 형사의 친구라서 바쁜 와중에도 최창수의 담당을 자처했다.

　"별 이상한 놈하고 엮이셨네."

　담당 형사가 최창수가 제시한 증거물을 다시 한 번 확인했다. 너무 어이가 없어서 웃음도 나오지 않았다.

　"담당 형사님이 보기에도 심하죠?"

　"그러게요. 신원 조회하니까 초범이 아니더라고요. 작년에도 한 번 고소당해서 합의금 냈으면서 또 이러다니. 진짜 한심한 사람이네요. 나이도 제법 먹었던데."

　"⋯⋯젊은 사람이 아니에요?"

　"30대 후반이에요, 30대 후반. 요 근래 악플 관련 고소가 많이 늘었는데 30대 이상이 압도적으로 많아요. 참, 나이 먹고 왜 그런 짓을 하는 지."

담당 형사가 한심하다는 듯 한숨을 내쉬었다.

잠시 후.

피 고소인이 도착했다는 연락에 담당 형사가 잠시 밖으로 나갔다. 그로부터 5분 후. 힘 없게 걷는 피 고소인의 등을 밀면서 함께 휴게 공간으로 돌아왔다.

"이리 앉아요."

"네, 네……."

고개를 푹 숙인 피 고소인.

첫 인상은 부정적이었다.

머리카락은 며칠이나 감지 않은 듯 기름 졌고, 슬슬 날이 더워지는데도 불구하고 두꺼운 잠바를 걸치고 있었다. 하지만 양말도 없이 슬리퍼를 신고 있다. 전체적으로 뚱뚱한 편이었고 눈빛만 봐도 자신감 없이 인생을 산다는 게 느껴졌다.

"이쪽이 피해자인 최창수 씨입니다. 우선 인사부터 나누세요."

"안녕하세요……."

"네, 안녕하십니까. 꼴뚜기 씨."

최창수가 꼴뚜기의 손을 잡았다. 그리고 싱긋 웃어봤다.

"좆 같으면 잡아보라고 해서 잡아봤습니다. 생각보다 쉽게 잡히셨네요."

"아, 그게……."

"미국에 산다 하지 않았나요? 미국 거주자 어떻게 잡나 막막했는데, 때마침 한국에 있었나 봐요?"

"죄송합니다……."

"왕년에 저처럼 생겼다고 하셨는데, 저도 늙으면 꼴뚜기 씨처럼 됩니까?"

날카로운 최창수의 말.

꼴뚜기는 제대로 잘못 건드렸다 생각하며 울상이 됐다.

하지만 최창수는 쉽게 넘어갈 생각이 전혀 없었다.

상대방은 소중한 부모님 욕을 한 사람이니까.

"죄송합니다……. 정말 죄송합니다."

"뭐가 죄송한데요?"

"그…… 근거 없는 비난을 한 거요."

"제 부모님 욕한 건 하나도 안 죄송한가 봅니다? 그거 때문에 고소한 건데."

"죄송합니다…… 다음부터는 다시는 부모님 욕 안 할 게요……."

"제 욕은 하고요?"

"그, 그것도 안 하겠습니다……."

"지금 저랑 약속하신 겁니다? 다음에 또 이러면 반성하지 않았다고 생각할 거예요."

"네…… 저, 저기. 이걸로 이제 용서해주시는 건가요?"

꼴뚜기가 고개를 들었다. 힘없는 눈동자, 도저히 과격한 채팅을 한 사람이라고는 느껴지지 않았다. 동시에 얼굴 보고는 하지도 못할 말을 왜 그리 쉽게 내뱉나 궁금해졌다.

"아뇨, 아직 궁금증이 남아있거든요. 질문에 솔직히 대답하시면 그때 결정할게요. 대체 왜 그런 채팅을 한 겁니까?"

"그, 그게…… 열등감 때문에……."

"열등감?"

"제가 올해 37살인데 직장이 없어서 편의점 알바를 하고 있거든요……. 만날 나이 어린놈들한테 무시당하고, 사장도 저보다 7살이나 어리면서 절 막 대하고…… 근데 그쪽은 앉아서 말만 해도 돈을 버니까 그게 너무 부러웠어요……."

"그래서 욕을 하셨다?"

"네에……, 현실에서는 핍박 받으며 살아도, 거기서는 욕 한 마디면 관심도 받고…… 상대방이 빡치면 이겼다는 생각도 들거든요……."

"이번처럼 고소당하면 어쩌려고요?"

"하, 합의금으로 해결하려고 했어요……. 사, 사실 이번에는 안 당할 줄 알았거든요. 작년에 한 번 고소당하고 합의금내서 피하는 방법을 알았거든요. 근데 또 걸려서 솔직히 당황스럽네요……."

"그럼 지금 반성을 전혀 안 하고 있다는 건가요? 더 이상 할 말 없네요. 형사님, 합의 안 하도록 하겠습니다."

"네?! 자, 잠깐만요!"

꼴뚜기가 최창수에게 가까이 다가왔다. 며칠이나 씻지 않았는지 고약한 악취가 코를 찔렀다. 저도 모르게 인상을 찌푸리자 위험다고 판단했는지 꼴뚜기가 알아서 무릎을 꿇었다.

"부, 부탁합니다. 제발 봐주세요…… 솔직히 저 같은 놈이 감옥 간다고 그쪽 좋은 것도 없잖아요? 괜히 마음만 불편하지. 서, 서로 좋게 가요."

"뭔가 오해하시는 거 같은데, 좋게 갈지 말지 정하는 건 접니다."

요 근래 가해자면서 피해자 행세를 하는 사람이 부쩍 늘었다. 꼴뚜기도 그런 부류였고, 평소부터 싫어하던 인간이라 짜증이 솟구쳤다.

'아니야, 이성적으로 생각하자. 여기서 감정적으로 행동하면 사단장 덕분에 왕처럼 행세하던 일병 때랑 똑같아져.'

눈을 감았다.

그리고 자신을 응원해주던 사람을 떠올리며 마음을 안정시켰다. 동시에 생각한다. 모두에게 득이 되는 돌파구가 존재하는지, 존재한다면 어떤 그림일지. 몇 가지 해결책이 제시됐고, 그 중에서 가장 효과적이면서도 자신의 목표달성과 근접한 걸 골랐다.

"꼴뚜기 씨. 당신이 정말 괘씸하지만 기회를 드릴게요."

"저, 정말인가요?!"

"네. 우선 반성문 열 장 쓰시면서 제 연락 기다리세요. 성의 없으면 그때는 정말 봐주지 않습니다."

· · · ◈ · · ·

며칠 후.

최창수는 아프리카 TV본사를 찾았다.

"마음고생 많으셨습니다."

휴게 공간에서 쉬고 있자 기획팀장이 문을 열고 들어와 말했다.

"마음고생은 뭘요. 이래저래 바빠서 며칠 방송 못 한 게 마음에 걸리네요."

"하하, 뼛속까지 BJ시네요. 그보다 오늘은 어쩐 일로? 헉! 설마 이번 일 때문에 BJ를 그만두시려는 건…… 안 됩니다. 부디 계약만료까지 때 까지는 방송 해주세요. 최창수 BJ님 덕분에 이번 분기는 매출이 많이 늘었거든요."

"당장 그만두는 건 아니니까 걱정 마세요. 궁금한 게 있어서 찾아왔어요. 아프리카 TV에서 자체적으로 악플러를 차단하거나 제재하는 시스템은 없나요?"

"강제 퇴장을 시키거나 블랙리스트에 추가해 해당 아이디로는 방송을 시청하지 못하게 하는 것 말고는 없네요. 악플러도 우선은 고객이라서요."

"음."

"그렇다고 손 놓고 있는 건 아닙니다. 소속사 BJ분들이나 고객센터에도 항의가 거세져서 내부에서 따로 검토 중인 사항이 있어요."

"뭐죠?"

"금지단어를 좀 더 강화하려고요. 악플러가 어떤 단어를 많이 차용하는 지 조사하느라 요즘 많이 바쁩니다."

"나쁘지는 않네요. 나쁘지는 않지만……."

나쁘지 않을 뿐.

악플러를 박멸할 수 있는 방법은 아니었다. 인간은 언제나 답을 찾아내는 존재니까. 이 단어가 안 되면 저 단어를 사용하거나, 좀 더 지능적인 악플러가 될 가능성이 높다.

현재로서는 악플러 차단에 힘쓰는 척 시늉만 한다는 느낌이 강했다.

"제가 한 가지 제안할 게 있는데요."

최창수가 갈색봉투를 건넸다.

"검토해주세요. 괜찮으면 제가 총대매고 진행하겠습니다."

· · · ◆ · · ·

고소 문제 때문에 일주일이 넘게 방송을 쉬었다.

이제는 다시 시청자의 곁으로 돌아갈 시간이 됐다.

최창수는 일주일동안 자리를 비워서 미안하다 말했고, 초민아는 옆에서 진짜 생방송을 지켜보며 싱글벙글 웃었다.

　-허러러러러럴, 창수 씨 진짜 보고 싶었어요 ㅜㅜㅜㅜㅜ ㅜㅜㅜㅜㅜㅜㅜㅜㅜ
　-꼴뚜기 그 새끼 엿 잘 먹였어요? 다시는 이 방송 못 오겠네요. 정2구현 굿굿
　-다시 기운내서 재밌는 방송 해주세요^_^

　오랜만에 복귀한 최창수.
　시청자들은 다들 호의적이었고, 고소 사건이 쫙 퍼졌는지 2시간이 넘도록 악플이 하나도 보이지 않았다.
　그때였다.

　-창수 씨 없는 일주일이 너무 길었어요. 돌아오지 않으면 제가 만나러 갈 생각이었는데, 돌아왔으니 굳이 그럴 필요는 없겠네요. 돌아와서 진심으로 기뻐요.

　최창수 방송에 열혈팬 회장이 말했다.
　가장 많은 별풍선을 쏜 사람만 앉을 수 있는 열현팬 회장 자리.
　그만큼 BJ를 향한 충성심과 애정이 커야만 가능한 자리

라서 금전적 여유가 있는 시청자라면 호시탐탐 노리는 자리이다.

열혈팬 회장과 2위의 격차는 무려 현금으로 300만원.

노력 여하에 따라 충분히 회장 자리를 뺏을 수 있긴 하다.

―창수 씨가 늘 행복했으면 좋겠어요. 어디에도 가지 않고 만날 방송만 해줬으면 좋겠어요. 모니터 너머로 만나는 걸로도 충분해요. 이건 그런 마음에서 우러나온, 제 이기적인 족쇄예요.

하지만.

오늘 일로 인해 대출이라도 받지 않는 이상 넘을 수 없는 벽이 형성됐고, 아프리카 TV 최고 별풍선의 역사를 갈아치워졌다.

시청자는 뭐하는 사람이냐, 땅 파면 돈이 나오냐 등등. 제각기 다른 반응을 보였다. 공통점은 말도 안 되는 이 상황에 놀랐다는 것.

그건 최창수도 마찬가지였다.

별풍선의 숫자를 보자 정신이 멍해졌고, 온몸에 힘이 쫙 빠져나가는 듯 했다. 그러다 보니 리액션을 취할 생각도, 소원을 말하라는 생각도 들지 않았다.

"……기부천사님. 별풍선 20만개…… 감사합니다.

일주일만의 방송.

시작한 지 고작 2시간 만에 2천만 원을 벌게 됐다.

아프리카 TV 역사상 최고 별풍선은 그동안 10만개였다.

그 역사가 어제 바뀌었다.

무려 20만개.

큰 파장이 일어난 건 당연한 결과였다.

20만개가 터지는 장면만 움짤로 제작돼 커뮤니티 사이트에 퍼졌고, 최창수 역시 그 부분만 따로 편집해 유투브에 등록했다.

하루 만에 유투브 조회수는 5만을 달성했고, 평균 방문자 7만이었던 최창수의 방송국은 너무 많은 사람이 접속하는 바람에 1시간 정도 다운되기도 했다.

-20만개면 2천만 원이지? 별풍선 쏜 사람 미친 거 아냐?

-와! 누구는 좆빽이치면서 130만원 버는데, 누구는 앉아서 순식간에 내 연봉을 버네. 이래서 잘 생겨야 한다.

-저 이거 생방으로 봤는데 리얼 개쩔었음ㅋㅋㅋ

-창수 오빠 사랑해요! 사랑하니까 저 돈 좀 주면 안 돼요???

인터넷 반응도 폭발적이었다.

대부분 최창수를 부러워하거나 방송이 재밌으니 꼭 보라

는 홍보 댓글.

최창수가 고소 사건을 공지로 올려뒀기에 악플을 다는 사람은 드물었고, 그마저도 스스로 지우거나 신고를 당해 사라지기 일쑤였다.

한편.

최창수는 기부천사와 만나기 위해서 방법을 강구하는 중이었다.

"최창수 BJ님, 마음은 알겠지만 고객 개인정보를 유출하는 건 안 되거든요. 기부천사 님이랑 따로 얘기를 하는 게 어떨까요?"

"쩝. 알겠습니다."

최창수는 바로 자신의 방송국 홈페이지 접속했다. 아직도 많은 사람이 드나들고 있는지 살짝 렉이 걸린다.

'여기 있다.'

열혈팬 리스트 최상단에 있는 기부천사를 클릭했다. 그러자 나오는 기부천사가 방송에 기부한 별풍선 개수가 시야에 들어왔다.

'5천만 원……. 대체 뭐하는 사람이지? 이 정도는 신경 안 써도 될 만큼 부자인가?'

방송을 시작한 지 4개월.

평균적으로 달마다 1250만원을 최창수에게 기부한 게 된다.

이토록 받은 게 많건만 기부천사에 대해 아는 정보라는 건 극히 제한적이다.

여자라는 것, 그리고 밤 10시가 되면 퇴장한다는 것.

'한 번 만나봐야겠어.'

받은 게 있으면 돌려준다.

안 그래도 한 번 날 잡고 열혈팬을 개인적으로 만나서 얘기라도 나눠보려고 했었다.

단순히 시간 때우기가 아닌, 팬 서비스 및 방송의 개선사항을 듣기 위함이었다.

최창수는 기부천사에게 개인적인 만남을 원한다고, 괜찮으면 연락처를 알려달라는 쪽지를 보냈다.

이제 최창수가 할 일은 기부천사의 답장, 그리고 아프리카 TV의 연락을 기다리는 것뿐이었다.

· · · ◈ · · ·

보통 대학교 입시설명회는 평균적으로 7~8월쯤에 시작된다. 그쯤이 수험생이 대학을 정하기 딱 좋은 시기니까.

하지만 외국어고등학교 및 명문대학을 목표로 둔 학생이 많은 학교의 경우에는 학교 측에서 직접 빠른 입시설명회를 요구하기도 한다.

'아름 외국어 고등학교라…… 잘 지내고 있으려나.'

아름 외국어 고등학교.

다름 아니라 이소영이 다니는 외국어 고등학교였다.

대학교 1학년 때까지는 간간히 연락을 했지만 직접 만난 적은 없었다. 군 입대를 한 뒤로는 완전히 연락이 끊겼고, 며칠 전에 연락을 해봤지만 전화번호가 바뀌어 있었다.

'지금쯤이면 딱 3학년이네.'

오랜만에 옛 지인을 만날 걸 생각하니 가슴이 두근거렸다.

잠시 후.

아름 외국어 고등학교 앞에 도착했다.

대학 입시설명회에 참여한 교수와 학생이 버스에서 내려 강당으로 향했다.

"반갑습니다."

교수와 인사를 나눈 아름 외고 교장이 학생 대표인 최창수에게 다가왔다.

보통 4학년이 시간을 내서 참여하는 편이지만, 이번 년도는 다들 바빴고 성적과 교수의 평가에 의해 2학년인 최창수가 대표가 됐다.

"네, 반갑습니다. 최강대 영통과 학생 대표 최창수입니다."

"호오, 2학년인데 대표라. 이건 또 처음 보는 경우로군요. 어찌 됐든 오늘은 잘 부탁드립니다."

"네. 걱정 마십시오."

오늘을 위해서 연설문까지 준비해뒀다.

스스로도 최강대는 충분히 좋은 대학교라 생각했고, 가

급적이면 많은 학생들이 최강대에 입학하길 바랐다.

만약 불합격을 하더라도 최강대 입학을 향해 노력했던 기억을 하나의 추억으로 여겨줬으면 했다.

고등학생 때의 자신이 그랬던 것처럼.

그리고 현재의 자신처럼.

목표를 이루기 위해서 모두가 끊임없이 노력해줬으면 했다.

강당 교단에 서서 이런저런 준비를 하고 있자 하나 둘 학생이 강당에 들어오기 시작했다.

텅 비었던 강당.

순식간에 3학년 90%가 넘는 학생으로 가득 찼다.

'소영이는 어디 있지?'

준비를 마무리하면서 틈틈이 주변을 둘러봤다. 자신을 바라보며 수군거리는 학생만 보일 뿐, 그 사이에 이소영의 모습은 보이지 않았다.

결국 그녀를 발견하지 못한 채 입시설명회가 시작됐다.

오늘 입시설명회에는 최강대 이외에도 총 세 개의 학교가 참여했다.

최강대 보다는 못하지만 나름 명문에 속하는 대학들.

최강대가 마지막 차례였고, 교수나 다른 학생들은 하품을 하며 여유롭게 휴식을 보내고 있었다.

그 중 초롱초롱한 눈빛인 건 최창수 뿐이었다.

'흥미롭네.'

자신은 고등학생 때 입시설명회에 참가하지 않았다. 최강대가 자신의 학교에는 입시설명회를 오지 않았을 뿐더러, 뚜렷한 목표 덕분에 다른 대학으로는 눈을 돌릴 필요가 없었으니까.

때문에 이 시간이 즐거웠다.

고등학생으로 돌아갔다는 착각이 들 정도로…….

물론 얌전히 구경만 한 건 아니다.

세 곳의 대학교 설명회를 비교하면서 공통된 부분을 찾고, 어떤 구간에서 학생들이 지루해하고 어떤 구간에서 다시 집중을 하는 지도 계속해서 지켜봤다.

그리고 마침내 최강대학교의 차례가 왔다.

우선은 교수가 먼저 최강대학교의 이력을 간략히 설명하고, 비전이나 이점을 구구절절 설명했다.

그리고 바톤이 최창수에게 넘어갔다.

"안녕하십니까, 아름 외국어 고등학교 수험생 여러분! 최강대학교 영어통번역학과 2학년 최창수라고 합니다!"

교단에 서서 큰소리로 외쳤다.

그러자 졸던 학생들이 화들짝 놀라 잠에서 깨어났다.

"자! 저희가 마지막이니, 졸리더라도 좀 더 버텨봅시다! 우선 최강대의 기본적인 부분은 교수님이 설명해주셨으니, 저는 영어통번역학과를 포함해서 영어 관련 과에 입학하면 어떤 이점이 있나 설명하겠습니다."

외국어 고등학교는 보통 영어, 일본어, 중국어 등 세 개로 나뉘어져 있다. 하지만 그 중 압도적으로 학생이 많은 곳은 영어 쪽이다.

"우선 저희 영어통번역학과. 간단히 설명해서 타 과에 취직 범위가 많이 넓습니다. 영어를 사용하는 모든 일은 다 할 수 있으니까요. 대표적으로 통역과 번역 일이 있겠군요. 두 일 다 처음에는 힘들지만 경력이 쌓일수록 일당이 수십 배 불어나는 곳입니다."

최창수가 노트북을 통해 해당 자료를 보여줬다.

오늘을 위해 계속 준비했던 자료, 대충 봐도 완성도가 높았고 학생들의 시선을 단숨에 끌어 모으게 됐다.

최창수는 마치 자신의 제자를 대하듯 열정적으로 입시설명회를 진행했다.

그 결과 각 대학교가 준비해 온 팸플릿 중 유일하게 최강대학교만 품절현상이 발생하게 됐다.

"최창수! 진짜 잘했다! 졸업하기 전까지 입시설명회는 반드시 참여해!"

다른 대학교를 이겼다는 사실에 기뻤는지 교수가 최창수를 안고 덩실덩실 춤을 췄다.

강당에서 나가는 학생들도 조금 무리해서라도 최강대를 노려보자는 얘기를 많이 하니 준비한 보람이 느껴졌다.

"기분도 좋은데 오늘 점심은 교수님이 쏜다! 다들 먹고 싶은 거 정해서 와!"

"우오오오오!"

학생들이 점심 메뉴를 의논하기 시작했고, 이 틈을 타서 최창수는 잠시 자리를 비웠다.

그리고 바로 3학년 교무실로 향했다.

"안녕하세요. 오늘 대학교 입시설명회 온 최강대학교 2학년 최창수라고 하는데요. 아는 학생이 있어서 그런데 몇 반인지 알 수 있을까요?"

"이름이 뭔데요?"

"이소영이요."

"아, 소영이. 저희 반 학생인데, 소영이랑 많이 친해요?"

"소영이 중학교 3학년 때 제가 과외 선생님이었습니다. 아름 외고도 제가 보내줬고요."

"그렇군요. 소영이 3반이고요, 잘 타일러 줘요."

"타이르다니, 뭘요?"

"소영이가 말이죠……."

담임선생이 이소영의 학교생활이 어떤 편인지 구구절절 설명을 늘어놨다. 하지만 최창수는 그 지적에 자그마한 의문도 품지 않았다.

선생이 보기에는 문제가 되는 행동이지만, 최창수가 보기에는 자신의 길을 잘 나아가고 있다고 보였으니까.

'3반 맞지?'

교무실을 나온 최창수는 3학년 3반에 도착했다.

아직 입시설명회에서 나간 학생들이 전부 돌아오지 않았

는지 교실에 있는 학생은 다섯 명이 전부였다.

다들 열심히 공부 중이었고, 그 중 이소영도 있었다. 다른 점이 있다면 참고서가 아닌 잡지를 참고하며 노트에 뭔가를 열심히 적고 있다는 것뿐.

"소영아."

바로 문을 열고 들어갔다.

학생들의 시선이 최창수에게 쏠렸고, 최창수와 눈이 마주친 이소영은 눈이 휘둥그레졌다.

"창수 오빠?"

예전에는 자신을 선생님이라 불렀던 그녀. 세월의 흐름에 따라 자연스레 호칭도 변했다.

"진짜 창수 오빠에요?"

"그래, 나다. 오랜만이네."

"와! 대박! 오빠가 여기는 어쩐 일이에요?"

이소영이 하던 작업을 내팽개치고 바로 최창수에게 달려들어 품에 안겼다.

"입시설명회 있어서 왔어. 만나는 건 3년 만이지? 예쁘게 잘 자랐네."

중학생 때의 이소영은 귀여운 스타일이었다.

하지만 고등학생이 된 지금은 교복만 벗으면 대학생으로 착각될 정도로 성숙한 모습이다.

"와, 오빠 대박 대박! 다시는 못 볼 줄 알았는데 무슨 우연이람! 대학생활 재밌어요? 잘 하고 있어요? 참참, 휴대폰

번호 알려줘요! 저 휴대폰 잃어버리는 바람에 오빠한테 연락도 못 했거든요."

"아, 그래서 없는 번호라고 나온 거구나."

두 사람은 서로의 휴대폰 번호를 교환했다. 그리고 3년 동안 못 나눈 얘기를 나눴고, 그러는 사이 학생이 한 두 명씩 들어오기 시작했다.

"어? 저 잘생긴 오빠가 왜 우리 반에 있어?"

"소영이랑 아는 사이인가? 부럽다~ 입시설명회 때 이쪽 봐달라고 소리라도 지르고 싶었는데."

귀에 하나 둘 들어오는 학생들의 대화.

마침 쉬는 시간이라서 최창수는 잠시 자리를 옮기기로 했다.

도착한 곳은 학교 운동장.

"오빠 못 본 사이에 왜 이렇게 많이 변했어요? 고등학생 때는 평범했는데 키도 크고 얼굴도 장난 아니게 변했네요? 저도 대학생 되면 오빠처럼 확 변해요?"

"이런저런 일이 있었지. 참, 페이스북 친구 맺자. 이러면 번호 몰라도 연락할 수 있으니까."

"네, 좋아요. 헉! 친구가 3만 명이 넘네! 와, 오빠 진짜 대박! 이따가 애들한테 자랑해야겠다. 이 오빠한테 과외 받았었다고."

"하하! 너 예전에도 말 많았는데 더 많아졌다?"

"오랜만에 오빠 봤는데 조용하면 재미없잖아요! 참참,

운 대통령

저 오빠 만나면 꼭 보여주고 싶은 게 있었어요!"

이소영이 교실에서 가져온 노트를 펼쳤다.

"어때요? 저 많이 늘었죠?"

그녀의 노트에 그려진 것.

다름 아니라 직접 디자인한 패션의류였다.

"오, 그림이 많이 늘었는데? 예전에는 애매하게 느껴졌는데 몇 개는 보자마자 확 느낌이 온다."

"그쵸, 그쵸? 저 얼마 전에 고등학생 대회에서 금상도 탔어요! 한 발 자국, 한 발 자국 디자이너에 가까워지고 있다니까요?"

"그래. 잘 하고 있는 걸 보니 가르친 보람이 확 느껴진다. 정말 잘하고 있어. 진짜로."

최창수가 이소영의 머리를 쓰다듬었다.

갑자기 확 돌변한 그의 분위기에 이소영은 고개를 갸웃거렸다.

"오빠······?"

"앞으로도 지금처럼 열심히 해. 남이 뭐라던 간에 절대 흔들리지 말고. 꿋꿋이 네 앞길을 나아가. 그럼 다 잘 될 거야."

"가, 갑자기 왜 그래요? 낯간지러운 말이나 하고······."

"네 담임한테 들었어. 성적도 낮은데 공부는 안 하고 만날 패션잡지만 본다고."

"······우리 반 담임선생 완전 꼴통이에요. 공부 안 하면

굶어죽는 줄 안다니까요?"

"내가 보기에도 고리타분하시더라."

"그쵸? 오빠는 제 편이죠?"

"그럼. 하고 싶은 일 열심히 하면서 결과를 내고 있는데 뭐가 문제겠냐. 남일 이라서 함부로 말하는 게 아니라, 난 진심으로 네가 잘하고 있다고 생각해."

"······진짜죠? 거짓말하는 거 아니죠?"

방금 전까지 활발하던 그녀.

갑자기 목소리가 떨리더니만 눈시울이 붉어지기 시작했다.

묵묵히 고개를 한 번 끄덕이자.

기어코 이소영이 눈물을 터트렸다. 그리고 아무 말 없이 최창수의 품에 안겨 한참을 침묵했다.

"걱정 마. 잘하고 있어. 힘든 일 생기면 언제든지 나한테 연락해."

그것만으로도 이소영이 얼마나 힘든 생활을 하고 있는지 짐작할 수 있었다.

· · · ◈ · · ·

자신이 하고 싶은 일과 정반대 방향을 추구하는 학교와 부모님.

이소영의 힘이 되어주고 싶어서 교장에게 따로 부탁해

그녀와 점심식사를 했다.

'소영이랑 유라랑 한 번 더 만나게 하는 것도 괜찮겠다.'

그녀 역시 한 때 부모님으로부터 왜 굳이 힘들고 돈 안 되는 길을 가냐고 여러 번 싸운 적이 있다. 현재 이소영에게 필요한 건 자신의 격려보다도, 비슷한 경험자의 진심어린 조언인 듯 싶었다.

"답장은 왔으려나?"

자신의 방송국 홈페이지에 들어갔다. 고작 몇 시간 밖에 나갔다 왔을 뿐인데 그 사이 방문자나 방명록 게시글이 확 늘어났다.

최창수는 바로 쪽지함을 열었다.

송근태 현대 판타지 장편소설

여섯 번째 이야기
기부천사

운수 대통령

운수대통령

쪽지를 확인했다.

언제든 연락을 줘도 괜찮다는 한 문장과 11자리 숫자.

'지금이 3시. 직장이라면 업무에 방해되겠지만, 그 정도 재력을 가진 사람이 직장인일 가능성은 적겠지.'

최창수는 바로 전화를 걸었다.

몇 번의 신호음.

드디어 신호음이 멎었다.

"최창수 씨인가요?"

아직 이름을 밝히지도 않았건만.

마치 연락을 기다렸다는 듯 기부천사가 말했다.

기부천사의 목소리를 들은 첫 감상은 상당히 힘이 없고,

연약해 보인다는 이미지였다.

채팅에서도 그다지 발랄한 이미지는 아니었지만 이건 너무나 힘이 없어 뭔 일이 있는 건 아닌지 걱정이 될 정도였다.

"네, 최창수입니다. 기부천사 씨 맞나요?"

"아프리카 TV에서의 기부천사라면 제가 맞네요. 방송으로 들을 때도 목소리가 좋았는데, 전화로 들으니 더 좋네요. 바로 앞에서 들으면 얼마나 더 황홀할까요?"

어딘가 독특한 기부천사의 화법.

보통 채팅과 현실은 다른 법인데 기부천사는 똑같았다.

"바로 앞에서 들을 수 있습니다. 감사를 드리고 싶은데 직접 만나볼 수 있을까요?"

"저야 영광이지만, 실망할 지도 몰라요."

"실망?"

"그래도 상관없다면 제 여건이 허락할 때 다시 연락을 드릴게요."

"네, 괜찮습니다. 기다리고 있을게요."

통화는 짧고 굵게 마무리됐다.

· · · ◈ · · ·

잠시 쉬고 있자니 또 한 통의 전화가 걸려왔다.

기다리고 기다리던 그 전화.

최창수는 오늘 방송은 없다고 공지를 올렸다. 사실 빠듯하게나마 할 수도 있지만, 시청자가 보고 싶어서 왔다고 하면 그것만큼 BJ를 향한 호감을 확 상승시키는 요인도 없다.

"항상 제가 늦네요. 하하."

아프리카 TV 기획실 휴게 공간.

기획팀장이 죄송하다는 듯 웃으면서 맞은편에 앉았다.

"절 불렀다는 건 기획이 통과된 거겠죠?"

"크, 눈치 한 번 고단수시네요. 사실 저희 쪽에서는 제법 위험한 기획이었어요. 잘 되면 좋지만, 자칫하면 이미지만 깎아 먹을 수 있거든요."

기획팀장이 몇 장의 서류를 건넸다.

확인하니 자신이 아프리카 TV에 입문하고, 전속계약을 맺은 뒤로 늘어난 시청자 및 매출의 통계자료였다.

"보시다 시피 최창수 BJ님이 들어오시고 주춤하던 성적이 제법 올랐어요. 특히 이번 기부천사 사건, 그 문제 때문에 트래픽이 확 증가해서 아침부터 애 좀 먹었습니다."

"어…… 그건 좀 죄송하네요."

"아뇨! 죄송할 게 뭐가 있습니까! 앞으로 얼마든지 더 홈페이지 터트려도 되니까 좋은 방송만 많이 해주세요! 최창수 BJ님을 영입한 게 신의 한수였다고, 이번 달 기획팀은 서비스를 주겠다고 사장님이 얘기도 했거든요. 말 나온 김에 계약 연장을……."

"그건 차후 다시 얘기하고, 우선 본론부터 진행하죠."

"아, 네. 그러죠."

기획팀장이 또 다른 서류를 건넸다.

"저희 쪽에서 여러 가지 방향으로 접근해봤습니다. 과연 악플러 처단 운동이 효과적일지요. 저희 회사 고객 중 절반은 악플러거든요. 자칫하면 고객의 절반을 잃는 셈이었는데……. 최창수 BJ님의 주가가 상승 중이니 최대한 긍정적으로 검토해봤습니다."

"네."

"실패할 경우 헛돈과 시간만 날리고, 고객은 잃고, 저런 운동은 아무런 도움도 안 된다는 실패한 전례만 남기게 돼죠."

"하지만 성공했을 때의 이점은 크죠."

"그렇죠. 깨끗한 기업이라는 칭호와 더불어 빠져나간 악플러를 상회할 만큼의 추가 시청자. 동시에 늘어나는 매출. 그 외에도 엄청나게 많죠."

두 눈을 감고 고개를 올리는 기획팀장.

그가 결의에 찬 눈빛으로 최창수의 손을 잡았다.

"최창수 BJ님만 믿습니다. 혜성처럼 나타나 아프리카TV에 새로운 역사를 그으신 만큼 기대가 큽니다. 아! 물론 실패하더라도 어떠한 책임도 묻지는 않을 게요."

"당연하죠."

기획팀장의 손에 또 다른 손을 올리며 최창수가 의기양

양하게 웃었다.

"실패할 리가 없는 걸요."

"……그래요, 그래. 그 미소……."

기획팀장의 입꼬리가 즐겁다는 듯 슬금슬금 올라갔다. 동시에 강대한 뭔가를 만났을 때처럼 온몸에 전율이 확 찾아왔다.

"그 미소가 어떤 자신감에서 나오는지 궁금해서라도 최창수 BJ님과 같이 걷고 싶어집니다."

"이번에 같이 걷잖아요? 자, 얘기는 이만하고! 기획이 진행될 장소를 구경할 수 있을까요?"

"네, 얼마든지요."

두 사람은 바로 행사장으로 향했다.

도착한 곳은 1년에 한 번 있는 아프리카TV의 시상식이 매번 벌어지는 전용 공간이었다.

"원래 1년에 한 번만 사용하는데, 최창수 BJ님 덕분에 두 번이나 사용하게 되네요. 마음에는 드십니까?"

"네, 딱 생각했던 규모네요."

"기획은 준비가 되는대로 진행할 예정입니다. 시상식 때처럼 각종 방송장비를 준비하고, 홈페이지 대문과 팝업창으로 대대적으로 홍보할 생각이고요."

"함께 참여할 BJ명단은 제가 짜도 될까요?"

"일손 덜어주면 저희야 감사하죠."

아프리카의 허가가 전부 떨어졌다.

이제는 분주히 발품을 파는 일만 남았다.

'우선은 랭킹 5위 안에 든 BJ는 모두 영입해야 해.'

인지도 없는 BJ가 아무리 백날 말해봤자 시청자를 설득하지 못한다. 하지만 팬층이 두터운 BJ라면 얘기가 달라진다.

게다가 대부분의 악플러는 인기방송에 몰린다.

그래야 더 많은 관심을 받을 수 있으니까.

전쟁선포를 제대로 하기 위해서는 그들을 영입해야 하는게 필수적이다.

'다행이 모두 회사 측 BJ군. 자, 이제 다음은 법률가야.'

이 기획을 생각했을 때부터 눈여겨봤던 법률 전문 BJ에게 쪽지를 보냈다.

때마침 쪽지함을 살피고 있었는지 바로 최창수의 휴대폰으로 연락이 왔다.

"최, 최창수 BJ님?"

"네. 로비스트 BJ님 맞으시죠?"

"마, 맞습니다! 정말 최창수 BJ님이세요? 사칭 아니죠?"

"맞으니까 진정하시고요. 긴히 드릴 얘기가 있어서 쪽지드렸습니다."

최창수는 이번 기획을 설명했고, 괜찮다면 고소 관련 법률가로 참여해줄 수 있냐고 의사를 물었다.

"제, 제 방송 그다지 인기도 없는데 괜찮을까요?"

"중요한 건 인기가 아니라 로비스트 님의 법률지식이에
요. 방송 경험 있는 전문가만큼 제격인 사람도 없죠."

"그렇게 까지 말씀해주신다면…… 참여하겠습니다!"

"감사합니다. 이번 기회에 시청자도 많이 늘 거예요."

최창수는 뭘 준비하면 되는지 설명하고 전화를 끊었다.
그리고 일주일 동안 열 명의 인기 BJ를 모았다.

그뿐만 아니라 로비스트로부터 건네받은 자료를 전부 암
기했고, 따로 자료조사까지 했다.

그 와중에도 대학생활과 방송은 평소처럼 진행했다.

〈2단계 수면의 책을 구매했어요!〉

〈습득한 수면 능력 : 무념무상의 정신으로 누우면 1분 안
에 잠이 듦 / 1시간 수면으로 2시간 수면의 효과를 얻음〉

평소부터 체력을 길러둔 데다가, 운수 대통령으로 새로
구입한 능력 덕분에 고된 스케줄을 전부 관리할 수 있었다.

최창수 못지않게 아프리카 TV도 차근차근 준비 중이었
다.

"최창수 BJ님이 보낸 BJ리스트 확인했어?"

"네. 방금 막 통화했는데 다행히도 모두 참여의사를 밝
혔습니다."

"배너랑 팝업창은?"

"어제부터 개시하기 시작했습니다."

기획팀장이 직접 홈페이지를 새로 고침 했다. 그러자 이번 기획의 소식을 알리는 배너가 대문의 절반을 차지한 걸 보게 됐다.

대문을 누르자 이벤트 홈페이지로 넘어갔다.

모두 악플러 차단 운동에 동참해주세요! 라는 문구를 시작으로 이번 기획에 개요를 알리는 광고.

SNS등을 통해 곳곳에 홍보를 해주면 추첨을 통해 각종 상품권과 물건, 그리고 행사에 참여할 수 있는 초대권을 주도록 되어 있었다.

이번에는 아프리카 TV 스트리머를 실행했다. 실행했을 때와 방송을 종료할 때마다 한 번씩 이벤트 홈페이지로 넘어가는 팝업이 떴다.

"좋아. 이제 우리가 할 건 다 했어. 나머지는 홍보에 힘 쓰자고."

남은 시간 한 달 반.

기획에 참여한 모두가 분주해졌다.

· · · ◆ · · ·

순식간에 그 날이 찾아왔다.

시작 시간은 시청자가 가장 많은 저녁 8시.

그 전에 간단한 리허설이 있어서 최창수를 비롯한 모든 참가 BJ가 행사장에 모였다.

"완벽하게 준비해뒀습니다."

기획팀장이 최창수에게 말했다.

각종 방송장비가 곳곳에 놓여 있고, 조명도 완벽하다. 한 곳에는 오늘 행사를 인터뷰 할 기자들도 모여 있었다.

"오. 끝내주는데요?"

"야심찬 기획인데 이 정도 힘은 쏟아야죠. 이건 최창수 BJ님이 주신 스케줄 표를 저희 측에서 재수정 한 겁니다."

기획팀장이 BJ들에게 행사 스케줄 표를 건넸다.

8시에 시작해서 10시에 마무리 되는 이번 기획.

"10분 뒤에 간단하게 리허설 한 번 할 거니까 그때까지 얘기라도 나누고 계세요."

기획팀장이 물러났다.

그러자 BJ들의 시선이 일제히 최창수에게 집중됐다.

"좋은 자리에 초대해주셔서 감사합니다. 아직 나이도 어린데 대단하시네요."

"최창수 BJ님 방송 녹방으로 자주 챙겨보고 있어요. 여캠방으로 나름 잘 나가는데 괜찮다면 언제 한 번 합동방송 해요! 저희 집에서!"

"요 근래 악플러 때문에 스트레스가 이만저만이 아니었는데 이번 일을 계기로 많이 사라지면 좋겠네요."

"사라지게 해야죠."

최창수가 결의에 찬 얼굴로 말했다.

"이번 기획은 단순히 보여주기 쇼가 아닙니다. 최대가

모든 악플러를 없애는 거고, 최소가 아프리카 TV 내에서 악플러를 근절하는 겁니다. 다들 열심히 해주세요."

"네! 누가 되지 않도록 할 게요."

다들 처음에는 최창수의 제안을 듣고 이게 무슨 효과가 있을까, 신인 BJ가 인기를 얻었다고 너무 나대는 게 아닌가 싶었다.

그래서 대충 얼굴이나 더 알리려고 참여의사를 밝혔다.

하지만 한 달 동안 수시로 최창수로부터 스케줄과 해야할 일을 전달 받고, 또 오늘 이 자리에서 얘기를 나누고 있자니 그 생각이 바뀌었다.

정말 뭔가를 해내지 않을까로.

마침내 리허설 시간이 됐다.

최창수야 원래부터 자신감이 넘치는 인물이고, 다른 BJ도 오랜 방송경험과 시상식 단상에 선 경력이 있어 카메라 앞에서도 자연스럽게 행동했다.

문제는 로비스트였다.

"그, 그리고 이 자료를 보시면 알겠지만…… 으와!"

리허설이라 형식상 세워두기만 한 방송장비. 그것에 긴장해서 발음을 더듬거나 계속해서 자료를 놓쳤다.

그러다 보니 30분이면 끝날 리허설이 1시간 넘게 이어졌고, 다들 짜증을 내거나 본 방송을 걱정했다.

긴장을 풀 겸, 우선은 로비스트 없이 리허설을 진행했다. 그러자 놀랍도록 깔끔하게 마무리가 됐고, 의자에 앉아서

세 번째 청심환을 삼킨 로비스트는 한숨만 쉬게 됐다.

"하아……."

"많이 긴장되세요?"

"아. 최창수 BJ님. 그게…… 정말 죄송합니다. 모처럼 절 불러주셨는데 리허설부터 실수하고……."

"괜찮아요. 익숙하지 못하면 실수할 수도 있는 법이죠."

최창수가 로비스트의 어깨를 주물러줬다.

"로비스트 씨. 어째서 법률가가 되신 거죠?"

"예? 그게, 법률가면 부당한 일에도 올바르게 대처할 수 있거든요. 어릴 적에 부모님이 사기를 당해서……."

"그럼 법률사무소와 BJ를 병행하는 이유는요?"

"법이란 게 되게 복잡하고 어렵잖아요. 상담 한 번 받는데도 큰돈이 필요하고…… 그러다 보니 불쌍하게 손해 보는 사람이 많이 보이더라고요. 그 사람들을 도와주고 싶었어요. 시청자가 몇 백이 고작이라 큰 효과는 없지만……."

"그렇군요. 그럼 오늘이 로비스트 씨의 바람을 이루기 제격인 날이네요."

최창수가 로비스트를 바라봤다.

"오늘 방송은 최소 아프리카 TV 시청자의 절반이 참여할 거예요. 그뿐만 아니라 각종 커뮤니티 사이트나 유투브에 녹화방송이 올라갈 거고요. 그러면 훨씬 더 많은 사람이 보겠죠?"

"네……."

"그 사람들 중 분명히 악플러 곤란을 겪는 사람이 있을 거예요. 법적조치를 취하고 싶지만 지식이 없어서 대응하지 못하고 그저 당하기만 하는 사람."

최창수가 로비스트의 손을 붙잡았다. 그리고 진지한 눈빛으로 그를 바라봤다.

"로비스트 씨가 그 사람들을 도울 수 있어요. 확실한 법률지식으로, 앞으로는 모두가 악플러에게 법적으로 대응할 수 있는 발판을 마련해줄 수 있다고요."

"발판……."

"물론 그 발판을 마련하려면 로비스트 씨가 본 방송 때 실수 없이 잘해줘야만 합니다. 부담감은 더 커졌겠지만, 완벽하게 해냈을 때 성취감은 말로 표현할 수 없죠."

그 말에 로비스트는 상상해봤다.

늘 자신감 없어 고객응대보다는 자료조사가 업무의 일상이었던 자신.

오늘 기획에서 완벽하게 역할을 소화하고 탈바꿈할 자신. 그리고 자신의 법률지식으로 많은 이가 행복해질 미래.

"리, 리허설 다시 시작할 수 있을까요?"

"긴장이 좀 풀린 모양이네요. 시작까지는 아직 1시간이나 남았습니다. 몇 번이고 가능하니 실패를 두려워 말고 도전해주세요."

"네!"

이윽고 리허설이 다시 시작됐다.

여전히 긴장은 한 모양이지만 로비스트의 실수는 리허설이 거듭될 때마다 계속해서 줄어들었다.

"본방송 시작합니다!"

카메라 감독의 알림.

최창수가 BJ들과 함께 단상에 올랐다.

· · · ◈ · · ·

단상에 오른 최창수.

그가 마이크를 쥐었다.

"안녕하십니까, 시청자 여러분. 최창수 BJ입니다."

그를 시작으로 이번 기획에 참가한 BJ들이 한 사람씩 자신을 소개했다.

"우오오오!"

초청된 시청자들의 환호와 카메라 셔터 소리가 정신없이 울려 퍼졌다.

"본격적으로 가동된 건 한 달 반! 기획은 두 달 전부터 있었습니다. 다들 지겹도록 봐서 알겠지만, 중요하니 한 번 더 말하겠습니다!"

최창수가 하늘 높이 손을 뻗었다.

그러자 현수막 하나가 뒤편에 확 내려왔다.

-아프리카TV와 함께 하는 악플러 근절 캠페인!

"다들 인터넷 활동을 하다보면 한 번쯤은 악플을 받아본 적이 있을 겁니다! 꽃뱀 님은 어떻게 대처하시나요?"

"저 같은 경우에는 무시로 일관해요. 관심 주니까 더 날 뛰더라고요."

"카스 님은요?"

"저도 마찬가지입니다. 심각할 경우 법적조치도 불사르는데, 이쪽 지식이 없어서 처음에는 많이 해매고 실수해서 몇 번 놓치기도 했어요."

BJ들이 기억나는 악플러와의 사건, 대처방법, 근절시킬 방법 등등.

대본대로 얘기를 진행했다.

"맞습니다. 유명 BJ님들도 악플로 때문에 스트레스를 받고, 마땅한 대처법을 잘 모르고 계시는데 시청자 여러분은 어떨까요? 그래서 이 자리를 마련했습니다. 악플에 대처하는 방법, 차후 저희들의 활동방향 등등. 오늘 이 자리에서 전부 말씀드리겠습니다."

최창수가 시선을 돌려 무대 밖에 있는 로비스트를 바라봤다.

"현직 법률전문가이자 BJ인 로비스트 님을 모셨습니다."

"안녕하세요, 로비스트라고 합니다."

"반갑습니다, 로비스트님. 평소 로비스트 님의 방송을 간간히 봤는데 법률 지식이 상당하시더라고요."

"관련 업계에 종사하고 있으니까요."

"그런 분이 어째서 BJ를 겸업으로 하게 되신 건가요?"

그 질문에 로비스트는 최창수에게 했던 말을 시청자에게 고스란히 전해줬다.

최창수 덕분에 긴장이 확 풀렸는지 한 번도 발음을 더듬지 않고 자신의 생각을 잘 정리해서 내뱉었다.

"악플러의 심리를 주제로 한 방송이 제법 많습니다. 공통된 부분은 그들이 심리적으로 상당히 억압되어 있다는 건데요. 현실을 외면하기 위해 인터넷 속에서 타인을 비난하는 것으로 자신의 자존감을 채웁니다. 연령대도 다양한데요."

로비스트 준비해 온 자료를 스크린에 담았다.

"이건 작년 한 해 악플 관련으로 고소당한 사람들의 성병과 나이 대입니다. 보시다 시피 10대와 20대가 큰 비중을 차지하고, 30대부터는 점차 낮아지는 걸 볼 수 있습니다."

"학생들은 역시 재밌어서 하는 거겠죠?"

"네. 학생들의 경우 대부분 순간의 쾌락에 취해 악플을 달고, 직장인의 경우에는 사회에서 받은 스트레스를 풀기 위해서 악플을 다는 경우가 잦습니다."

그 말에 꼴뚜기를 떠올렸다.

노력도 하지 않으면서 자신의 신세를 한탄하기만 하는 그. 악플을 통해 가상의 자신을 만들어 자존감을 높였다.

"정신학에 의하면 악플은 알코올 의존증이나 도박 중독처럼 한 번 그 맛에 취하면 반복되는 중독성을 갖고 있다고 합니다. 그리고 악플러의 경우 관심을 주고 처벌에 대한 두려움이 있을수록 더욱 날뛰는데요. 바로 자신이 제대로 된 대우를 받고 있다는 착각 때문입니다."

로비스트가 또 다른 자료를 스크린에 옮겼다.

"악플러를 상대하는 가장 좋은 방법은 무시입니다. 상대방이 반응했을 때만 희열을 느끼는 반면, 무시당하면 현실의 자신을 떠올려 금세 의기소침해집니다. 이 영상을 한 번 보시죠."

로비스트가 영상 한 편을 틀었다.

사람들이 관심을 주지 않았을 때는 자신의 악플이 실수했다고 판단함과 동시에 죽을 만큼 창피해져 악플을 지운다는 한 악플러.

실험을 하기 위해서 일부러 악플을 받고 무시로 일관하자, 10분도 안 돼 악플이 사라지는 걸 볼 수 있었다.

"이처럼 악플은 무시로 일관하는 게 답입니다. 하지만 도저히 무시할 수 없는 경우에는 어쩌면 좋을까요? 가장 확실한 건 고소입니다. 지금부터 옳은 고소 방법을 알려드리겠습니다."

또 다른 자료가 스크린에 담겼다.

"우선 고소를 하겠다고 얘기를 하지 말고 악플러로부터 받은 악플을 전부 캡처합니다. 그 외 악플러의 IP주소, 이메일 주소 등등 가능한 만큼의 신상정보를 파악하고 고소장을 작성하면 됩니다. 그 다음으로 경찰서 민원실에 고소장을 접수 후, 증거 자료를 제출하면 끝입니다. 쉽죠?"

"피고소인의 처벌은 어떻게 되나요?"

"보통 약식기소를 통해 벌금형이 나옵니다. 하지만 본인이 정신적 피해보상금을 받고자 할 경우에는 소액심판 제도를 이용해 약간의 인지대와 송달료만 부담하면 민사소송을 제기할 수 있습니다. 이 경우가 보통 피고소인으로부터 합의금을 받아 사건을 취소하는 예입니다. 만약 상대방이 끝까지 말을 안 들으면 강제집행을 통해 보상금을 받을 수 있습니다."

로비스트가 이번에는 정보통신망 이용촉진 및 정보보호 법류 제 70조를 보여줬다.

타인을 비방할 목적으로 사실 및 거짓으로 명예훼손을 입혔을 경우 법적 처벌을 받는다고 나와 있었다.

"요즘은 법이 더욱 강화됐습니다. 더 이상 아무것도 모르고 당하지 마시길 바랍니다!"

역할을 다 한 로비스트가 인사를 하고 무대에서 내려갔다.

최창수는 다시 마이크를 꽉 움켜잡고 정면을 바라봤다.

"시청자 여러분이 보시기에 오늘 이 방송이 단순히 보여주기 쇼로 느껴질 지도 모릅니다. 그게 아니란 걸 저희가, 그리고 여러분이 보여줬으면 합니다. 저희들의 작은 움직임이 지속적으로 인터넷 사회에 경종을 울린다면 언젠가는 악플 없는 깨끗한 인터넷 문화가 만들어질 겁니다. 웃으면서 넘길 일이 아니란 걸 악플러들에게 보여주겠습니다."

최창수가 기획팀장에게 시선을 보냈다. 그러자 그가 다급하게 움직이며 어느 한 무리로 다가갔다.

다름 아니라 꼴뚜기를 포함해 현재 기획에 참가한 BJ로부터 고소를 당한 악플러들이었다.

인권보호를 위해 가면을 쓴 그들이 무대에 올랐다.

"안녕하세요, 시청자 여러분. 저희들은 악플러입니다. 공개적으로 사과하고 싶어 이 자리에 올라왔습니다."

"저희들은 근거 없는 비난으로 많은 분들에게 씻을 수 없는 상처를 줬습니다. 이건 용서받지 못할 짓입니다."

"고소를 당하고 일상이 변했습니다. 댓글 하나에도 조심스러워지고, 입장을 바꿔서 생각하니 저 자신이 너무 한심해졌습니다."

"오늘 이 자리에서 저희가 악플러를 대표해 약속하겠습니다. 다시는 악플을 달지 않고, 악플러 근절 캠페인의 첫 수혜자가 되겠습니다. 감사합니다."

역할을 다 한 악플러가 얌전히 무대에서 내려갔고, 그걸 마지막으로 방송이 종료됐다.

"최창수 BJ님! 인터뷰 한 번만 해주십시오!"

"저희랑! 저희랑 먼저 해주셨으면 합니다!"

방송이 종료되자 기자들이 기다렸다는 듯 달려왔다.

"서형문 사건으로 정의구현을 하신 걸로 유명하십니다만, 이번에 악플러 근절 캠페인을 펼친 이유도 그와 비슷한가요?"

"네. 평소 저도 악플에 시달려봤고, 이번에는 악플러와 직접 만나기도 했습니다. 서로의 얼굴이 보이지 않는다고 타인을 비난해 씻을 수 없는 마음의 상처를 남기고, 쾌락을 즐기는 악플러. 이 역시 작지만 권력을 이용해 부당한 이득을 취하는 행위입니다."

"앞으로의 활동방향은 어떻게 되십니까?"

"당분간은 BJ활동을 계속하면서 캠페인을 널리 알릴 예정입니다. 그 외에도 이런저런 일을 벌여볼 생각이니 제 행보를 지켜봐줬으면 합니다."

"행보란 어떤 걸 말씀하시는 거죠?"

"정확해지면 차후 말씀드리겠습니다."

그 뒤로도 최창수는 1시간 동안 기자들을 상대했다.

그리고 다음 날.

악플러 근절 캠페인 영상이 각종 커뮤니티 사이트에서 모습을 드러냈고, 최창수가 직접 영어 자막을 제작해서 유튜브에 올려 빠르게 조회수를 모았다.

-일개 BJ주제에 무슨 수로 악플러를 차단해? 몸값 올리려고 이미지 업글만 한 듯.

-야, 쟤 한 번 존나 욕해서 어그로 끌어볼까? 입만 산 놈인지 아닌지 내가 총대매고 확인해봄 ㄱㄱ

-BJ님! 여기 악플러 있어요, 이 새끼 잡아가요!

-명문대 교수도 무너트린 사람인데 어쩌면 정말로 악플러 토벌할지도 모르겠다.

-내가 이거 현장에서 직접 봤는데 저 BJ분위기 장난아니었음 ㄷㄷ;; 잘못 걸리면 집안 망할지도 모른다.

인터넷 반응은 천차만별이었지만, 최창수를 응원하는 쪽이 좀 더 많았다.

· · · ◈ · · · ·

악플러 근절 캠페인 이후.

최창수는 로비스트와 꾸준히 연락하며 상황을 지켜봤다.

"아무래도 캠페인이 제법 효과가 있던 모양이에요. 저희 사무실이랑 법조계 지인에게 자료를 받았는데, 그 이후로 악플로 인한 고소가 눈에 띄게 증가했어요."

"더 이상 당하지만 않게 됐나 보네요."

"반짝 붐이 아니라면 앞으로는 고소가 줄어들 일만 남았어요. 제 방송도 시청자가 많이 늘었고, 사무소에 방문하는 고객도 제법 많아졌고요. 정말…… 최창수 BJ님 덕분입니다."

수화기 너머로 로비스트의 훌쩍이는 소리가 들렸다.

"제 법률지식이 이토록 많은 사람에게 도움이 되는 날이 정말로 올 줄은 몰랐어요."

"다 로비스트 님이 훌륭해서 그런 거죠. 저는 발판을 마련해드린 거 말고는 없어요."

"하하…… 훌쩍. 겸손하시네요."

"사실인걸요. 참, 혹시 차후 로비스트 님을 정식으로 고용한다면 이동하실 의향이 있나요?"

"그때 상황을 봐야겠지만, 지금 마음만으로는 최창수 BJ님과 평생 함께하고 싶네요!"

"어깨 으쓱해지는 대답 고마워요."

입가에 훈훈한 미소를 지으며 전화를 끊었다.

그리고 바로 밖으로 나가 택시에 올라탔다.

'안 늦겠지?'

시간을 확인했다.

오후 2시.

3시까지 서울대학병원에서 약속이 잡혀있었다.

'매번 택시 잡는 것도 힘드네. 신호도 자주 걸리고. 조만간 차를 구매해야 하려나?'

운전면허는 군 생활을 하면서 따 냈다.

딱히 이동수단에 불편함을 느끼지 않아 돈을 아껴뒀는

데, 경제적 여유도 되고 앞으로 분주하게 활동할 걸 생각하면 한 대 정도는 뽑아도 될 듯 싶었다.

'내 차 사는 김에 아빠 차도 바꿔드려야겠어.'

어떤 차가 좋을 지 휴대폰으로 검색하고 있자 목적지에 도착했다.

바로 병실로 향하지 않고 서울대학병원 내부에 있는 공원으로 향했다.

슬슬 여름이었고, 그러다 보니 산책을 하러 나온 환자가 많이 보였다.

'2달 만에 연락이 왔네. 자연스레 없던 일 되면 어쩌나 했는데 다행이야.'

주변을 둘러봤다.

전해들은 인상착의에 사람이 있나 없나 확인했다.

그리고 저 멀리 비슷한 인상착의에 사람이 보였다.

환자복을 입은 채 휠체어에 오른 한 여성. 뒤에서는 검은 양복의 사내가 천천히 휠체어를 밀고 있었다.

자신을 보고 손을 흔드는 걸로 보아 약속상대가 확실했고, 저쪽에서 오기 전 최창수가 먼저 다가갔다.

그리고 조심스레 물었다.

"기부천사 씨…… 맞으세요?"

그 질문에 기부천사가 싱긋 웃었다.

"많이 놀라셨나요? 제 모습을 보고."

····◆····

기부천사의 모습.

놀라울 만큼 목소리와 일치했다.

어딘가 큰 병이라도 안고 있는 지 살가죽만 달랑 붙어있고, 휠체어를 타면서도 한쪽 팔에 링겔을 꽂고 있다.

하지만 그 가냘프고 병적인 모습에서도 어딘가 기품이 느껴졌다.

"걱정스러운 얼굴로 안 봐도 괜찮아요. 이래봬도 많이 호전됐으니까요."

"몸이…… 많이 편찮으신가요?"

"어릴 적부터 병약했어요. 학교 출석일수보다 병원에서 지낸 날이 더 많았죠. 자세한 얘기는 별로 재미없으니까 이 정도만 알면 돼요."

"그렇군요. 음, 반갑습니다."

최창수가 기부천사에게 악수를 청했다.

그녀의 이력이 궁금하지만, 상대방 말하기 싫어하는 걸 억지로 물어볼 필요는 없다.

어차피 오늘의 목적은 그녀와 만나 감사를 전하는 것뿐이니까.

기부천사는 경호원에게 잠시 둘만 있게 해달라 말했고, 최창수가 그녀의 휠체어를 밀어주게 됐다.

다르륵, 다르륵.

휠체어 바퀴가 잘 포장된 인도를 질주한다.

"제 연락, 많이 기다리셨죠?"

"그렇죠. 조용히 넘어가는 게 아닌가 싶었어요."

"마음 같아서는 바로 만남을 주도하고 싶었지만, 제 몸 상태가 허락지 않았거든요. 비록 이런 몸이지만 저도 여자라서, 최대한 아름다운 모습으로 창수 씨와 만나고 싶었어요. 이거 보이나요?"

기부천사가 고개를 돌리며 자신의 손가락을 보여줬다.

"예쁘게 보이고 싶어서 매니큐어까지 칠했어요. 원래 안 되는 거지만⋯⋯ 간호사에게 조르고 졸랐죠. 머리카락도 고데기를 해봤어요. 립스틱도 발랐죠. 마음 같아서는 더욱 아름답게 화장하고 싶었지만, 피부가 허락하지를 않네요."

"지금 그 모습만으로도 충분히 예뻐요."

"후훗. 고마워요. 방송 속 모습과 똑같네요. 정말 창수 씨로군요."

"기부천사 님도 채팅과 비슷하시네요. 괴리감이 조금 적응하기 힘들거든요."

"건강했을 때는 많이 활발했어요. 그때는 기운이 넘쳤거든요."

두 사람은 이런저런 얘기를 나누며 대학병원 공원을 계속 돌았다. 비록 같은 길이었지만 거닐 때마다 화제가 바뀌니 잠시도 지루할 틈이 없었다.

'마음이 편안해지네.'

기부천사를 바라봤다.

큰손과의 만남, 누를 끼치지 않겠다는 생각 때문에 만나기 전까지는 약간 긴장을 했다. 그녀의 모습을 봤을 때는 그것이 더욱 심화됐다.

하지만 나긋나긋하게 상냥한 그녀의 목소리에 긴장이 사르륵 녹아내리는 게 느껴졌다.

"한 가지 질문해도 될까요?"

최창수가 본론을 꺼냈다.

"기부천사 님은 어떤 분이신가요?"

"어떤 분이라…… 정확히 무엇이 궁금한 거죠?"

"제게 말씀해주실 수 있는 것 전부요. 기부천사 님이 제게 주신 금전적 도움을 계산해봤는데, 상당한 금액이었어요. 덕분에 졸업 후 할 일이 더욱 명확해졌죠. 감사인사를 드리고 싶었어요."

"5천만 원 정도 되던가요?"

"예, 대충 그 정도."

"5천만 원…… 큰돈은 아니네요."

5천만 원이 큰돈이 아니다.

'역시나 보통 인물은 아닌가보네.'

이제는 몇 백 만 원 정도는 작은 돈이지만, 천 단위로 진입하면 아직까지는 제법 거액으로 느껴진다.

하지만 기부천사는 허세 하나 안 섞인 목소리로 5천만 원을 푼돈 취급했다.

"고작 그 정도 돈으로 감사인사를 받으면 제가 미안해요."

기부천사가 최창수를 바라봤다. 그리고 힘 없게 웃었다.

"앞으로 창수 씨에게 더 많은 도움을 드릴 거예요. 제가 더 이상 도와주지 못한다고 말할 때, 그때 고맙다고 얘기해주세요."

"이유를…… 알 수 있을까요?"

"비밀이에요. 영어로는 시크릿. 때가 되면 말씀드릴게요."

이 얘기는 그만하자는 듯, 기부천사가 스스로 휠체어를 굴리려고 했다. 저 가녀린 팔목으로 제대로 조종이나 할 수 있을까. 그녀의 손을 거둔 최창수가 휠체어를 밀었다.

둘의 만남은 피곤하다는 기부천사의 말에 막을 내렸다.

30분의 짧은 만남.

그녀를 병실까지 데려다 준 최창수가 밖으로 나왔다.

'엄청 넓은 1인실이네. 이름은…….'

최창수가 출입문에 걸려있는 환자 명패를 확인했다.

'한아름인가. 종종 문자를 보내겠다고 했으니 연락처 이름을 수정해야겠네.'

이곳에서의 할 일을 다 한 최창수.

자취방으로 돌아가기 전, 잠시 서점과 한 업체를 들르기로 했다.

그때.

"최창수 씨."

병실 문을 열고 누군가가 나왔다. 한아름을 경호하던 그 사내였다.

"아가씨와의 시간은, 즐거우셨습니까?"

"네. 수다쟁이시더라고요. 덕분에 지루할 틈이 없었습니다."

"아가씨께서 누를 끼치지는 않았습니까?"

"오히려 제가 누를 끼치지는 않았나 걱정되네요. 나중에 물어봐주세요."

"좋은 시간을 보내신 거 같아서 다행이군요."

경호원이 최창수에게 명함을 건넸다.

"제 명함입니다. 아가씨 문제로 간혹 연락드릴 때가 있을 겁니다. 번거로우시겠지만 아가씨와 연락 후 제게 어떤 대화를 나눴는지 알려주시면 감사하겠습니다."

"감시인가요?"

"아가씨의 경호원으로서 하나라도 더 많은 걸 알아야 할 뿐입니다."

"아름 씨는 알고 있는 사실인가요?"

"눈치는 채셨을 겁니다. 제가 몰라야 할 사실을 실수로 몇 번 거론한 적이 있어서⋯⋯."

믿음직한 인상과 달리 실수가 잦은 모양인지 경호원이 창피하다는 듯 뒤통수를 긁었다.

"협조는 해드릴 수 있는데, 대신 저도 얻고 싶은 게 있습니다. 아름 씨의 정보, 가능한 범위에서 설명해주셨으면 해요."

"그건······ 알겠습니다. 대신 아가씨에게는 모르는 척 해주셨으면 합니다. 아가씨가 직접 말하기 전까지."

"약속할게요."

최창수의 말에 고개를 끄덕인 경호원.

잠시 자리를 옮기고 한아름의 얘기를 짧게 늘어놨다.

어릴 적부터 병약했던 그녀는 자주 병원을 찾았고, 의사로부터 오래 살기는 힘들 거 같다는 얘기까지 들었다고 했다.

하지만 기적이라도 일어난 듯 고등학생 때를 기점으로 어느 정도 건강을 되찾아 남들과 같은 인생을 보냈다고 한다.

건강악화가 재발한 건 2년 전.

"몇 달 정도 병원에서 집중치료를 받으면 또 괜찮아져서 퇴원은 합니다만. 얼마 못가고 다시 병원으로 돌아오는 게 반복되다보니 심적으로 많이 지쳐가고 계십니다."

"그렇군요······ 정확한 요인은 뭐랍니까?"

"의사 말로는 전체적인 신체조건이 일반인보다 한참 모자라다 하시더군요. 어머님의 유전을 안 좋게 이어받은 거 같습니다. 그래도 반 년 전부터는 자주 웃으셔서 기분이 좋습니다."

경호원이 훈훈하게 웃으며 율무차를 마셨다.

반 년 전.

최창수가 방송을 시작했을 때였다.

"아마도 최창수 씨 덕분이겠죠. 대체 얼마나 훌륭한 인물이기에 웃음을 되찾고, 제 연봉을 아득히 웃도는 도움까지 주시는지……. 그런데 오늘 보니 알겠군요."

경호원이 최창수를 바라봤다.

그리고 활짝 웃었다.

"좋은 사람인 거 같습니다. 얼굴을 마주한 지 1시간도 안됐는데 큰 호감이 느껴지네요."

"하하……."

"제가 얘기해드릴 수 있는 건 대충 이 정도입니다."

자리를 너무 오래 비웠는지 경호원이 자리에서 일어났다.

"아가씨와 사이좋게 지내주시면 감사하겠습니다."

"마치 부모 같으시네요."

"5년 동안 아가씨 곁을 지켰거든요. 부모의 마음이 되도 이상하지는 않죠."

"그렇군요. 참, 한 가지 더 물어도 될까요?"

최창수는 가장 궁금했던 질문을 던졌다.

"한아름 씨는 정확히 뭐하는 분입니까?"

"그냥…… 부잣집 자녀분입니다. 자세한 건 비밀이고요."

．．．◆．．．

병원에서 나온 최창수.

바로 반재현이 소개해준 증권사로 향했다.

"반갑습니다. 반재현 이사님으로부터 얘기는 대충 들었습니다. 주식을 시작하려 한다고요?"

"네."

"알아보신 종목은 있습니까?"

"아뇨, 아직. 전문가로부터 정보를 좀 얻고 알아보려고요."

증권사 직원은 주식이 무엇인지 간략히 설명을 시작했다.

주식이란 한 회사의 권리를 행할 수 있는 능력과 같으며 주식이 많을수록 더욱 다양한 권리를 행할 수 있게 된다.

만약 한 회사 50%에 달하는 주식을 갖고 있다면 기업 하나를 좌지우지하는 것도 가능하다.

코스피란 유가증권시장본부에 상장된 종목들의 주식 가격을 종합적으로 표시한 수치로서, 시장 전체의 주가 움직임을 측정하는 지표로 이용된다.

그 외 투자성과 측정, 타 금융상품과의 수익률 비교척도 및 경제상황 예측 지표로도 이용된다.

코스닥은 주로 설립된지 얼마 안 된 벤처 기업이나 중소기업이 많이 소속되어 있다.

그러다 보니 코스피 시장은 검증이 되고 매출 규모가 큰 기업이 주를 이루고, 코스닥 시장은 미래가 불투명한 중소 기업이 주를 이룬다.

　"요즘은 이 종목이 괜찮습니다."

　"큐브기업인가요?"

　"네. 몇 년 전에 대기업 반열에 오른 곳이죠. 아직까지는 별다른 문제가 없어서 주가도 계속 상승하고 있고요. 또 저희가 여러 가지 조사한 결과, 빠른 시일에 신제품을 내놓을 예정입니다. 그때가 되면 신제품 반응에 상관없이 주가가 또 상승하겠죠. 미리 구매해두는 게 좋습니다."

　"그 외 다른 건 뭐가 있나요?"

　"음. 추천할 만한 걸로는……."

　증권사 직원이 몇 몇 종목을 더 보여주며 친절하게 설명해줬다. 너무 세세한 최창수의 질문에 힘이 들었지만, 반재현의 인맥이라서 대답을 소홀히 할 수 없었다.

　현재 최창수가 주식에 투자 가능한 자본은 5천만 원.

　고민 끝에 큐브기업에 2천만 원 치 주식을 매입했다.

　'나머지는 내가 결정해야지.'

　자취방에 도착한 최창수는 운을 극대화하기 위해서 행운의 조건 세 개를 전부 달성하고 증권시장을 살펴보기 시작했다.

　'대기업은 큐브기업이 있으니까 중소기업으로 알아보자.'

　운만 좋으면 엄청난 이익을 불러오는 중소기업.

증권사 직원에게 이것저것 듣기는 했지만 뭐가 뭔지 완벽하게 파악하기는 힘들었다.

'사서 고생하지 말아야겠네.'

최창수가 운수 대통령을 실행했다.

〈2단계 주식의 책을 구매했어요!〉

〈습득한 주식 실력 : 증권사 직원 5년 차의 지식〉

그 순간.

방금 전까지 글자와 숫자로만 보이던 증권시장을 완벽하게 이해할 수 있었다.

이해하고 나니 어떤 곳이 좋고, 어떤 곳이 나쁜 지 알 수 있었다.

괜찮은 곳은 인터넷에 검색해 자료를 철저히 조사했고, 3시간 후에 겨우 결정할 수 있었다.

'만세 소프트. 여기다.'

만세 소프트.

설립된 지 5년 된 중소기업으로서 주로 백신 등 소프트웨어를 만드는 곳이었다.

이곳을 선택한 이유는 총 두 개.

하나는 작지만 꾸준히 성장하는 곳이었고, 인터넷 기사 중 상당수가 인터넷 바이러스에 적신호가 켜질 지도 모른다는 얘기를 담고 있었기 때문이다.

실제로 얼마 전 해킹에 의한 보안 때문에 한 대기업에서 대량의 고객정보가 유출됐다.

'기가 막힌 내 행운이 이 기업까지 미치길 바라야지.'

손해만 안 보면 된다는 생각으로 2천만 원 치 주식을 구매했다.

주식을 구매한 뒤로 최창수의 생활이 약간 바뀌었다.

'오, 두 곳 다 오르고 있군.'

틈만 나면 증권시장에 접속해 구매한 주식을 확인한다는 거였다.

'아버지가 괜히 주식은 절대 하지 말라고 했던 게 아니었네.'

올라갈 때는 미칠 듯이 기분이 좋았다. 돈을 버는 거니까.

하지만 약간이라도 떨어질 때는 짜증과 함께 불안해졌고, 더 손해 보기 전에 팔아버릴까 고민도 하게 됐다.

'아니야. 큐브 기업은 조만간 신제품이 출시한다 했고, 만세 소프트는 내 주관과 행운으로 선택한 곳이야. 행운 조건을 전부 충족하고 고른 곳이니만큼 좋은 결과가 있겠지.'

제발 큰돈 좀 만지게 해줘라!

간절히 빌면서 방송 수익금의 일부를 또 다시 두 기업에 투자했다.

송근태 현대 판타지 장편소설

일곱 번째 이야기
나도 사업이나 해볼까?

운수 대통령

운수 대통령

일곱 번째 이야기
나도 사업이나 해볼까?

주식을 투자하고 한 달이 흘렀다.

두 곳 다 큰 변동은 없지만 손해는 안 보고 있었다.

'이대로 진행되면 본전치기지만, 이왕이면 대박이 터졌으면 좋겠군.'

인터넷에 큐브기업을 검색했다. 앞으로 몇 달 후에 신제품을 공개하겠다고 벌써부터 동네방네 소문을 흘러 보내고 있었다.

'이 소문 덕분에 점점 상승하고 있어. 신제품이 출시되고 상황을 지켜보자.'

괜찮으면 계속 유지하고, 아니다 싶으면 바로 팔아버릴 생각이었다.

'그보다 슬슬 연락이 올 때가 됐는데.'

달력을 확인했다.

오늘은 서유라가 작품을 투고한 패션 공모전 결과가 발표되는 날이었다.

'할 말이란 게 뭘까······.'

여태껏 서유라가 비장했던 적을 본 적은 많다. 하지만 대다수가 학업에 관한 문제 뿐. 그러다 보니 그녀와 마지막 통화를 한 뒤로 계속해서 할 말을 유추해봤다.

하지만 마땅히 집히는 게 없었다.

우우웅.

고민 끝에 먼저 전화를 걸려 하자 휴대폰이 진동했다.

바빠서 한동안 연락이 안 됐던 그녀.

서유라였다.

"바빠?"

전화를 받기가 무섭게 그녀의 목소리가 귓가에 닿았다.

"요 근래 중에 가장 한가하다. 공모전은 잘 했어? 어때, 당선될 거 같아?"

"마감 1시간 전에 겨우 투고했지만 결과물은 제법 마음에 들어. 자세한 건 만나서 얘기하고 싶은데 문 좀 열어줄래?"

"문?"

의자에서 일어나 자취방 현관문을 열었다. 그러자 뭔가가 갑작스레 다가와 자신의 입을 틀어막았다.

차갑고 달콤한 맛.

아이스크림이었다.

"히히. 문 앞에 있을 줄은 몰랐지? 네 놀란 얼굴도 오랜만이네."

서유라가 기분 좋게 웃으며 아이스크림 막대를 났다.

들어오라 말하지도 않았건만, 서유라가 콧노래를 부르면서 사뿐사뿐 자취방 안으로 들어왔다.

"이게 뭐야. 주식해? 우리 아빠 이번에 제법 잃었다고 엄마한테 엄청 혼나던데……."

"안 망하면 되지. 그보다 연락했으면 내가 천안으로 내려갔을 텐데."

"깜짝 놀래켜주고 싶었거든."

"놀라긴 했다만……."

연락이 오면 나가려고 옷도 다 입은 상태였다. 결과적으로 무용지물이 됐지만, 저녁식사라도 하러 나가면 해결되는 문제다.

현관문을 닫고 침대에 앉았다.

"기분 좋아 보이네? 당선된 거야?"

"응? 아니. 결과는 밤중에 나와. 큰일 하나 끝나서 기뻐~"

"그러고 보니 학생 때도 시험 끝나면 누가 네 욕해도 웃으면서 넘어갔지."

"별 것도 아닌 일에 좋은 기분 망치면 손해잖아."

오랜만에 만난 두 사람.

서로의 근황, 그리고 고등학생 시절 때의 얘기를 나눴다. 불과 몇 년 전만 해도 현재진행형이었던 그 시절, 이제는 제법 먼 과거로 변해 있었다.

"야. 고등학생 때 얘기하니까 우리 둘 다 늙은 거 같지 않냐?"

"뭐래. 남자는 군대 갔다 오면 아저씨라서 창수 너는 늙은 게 맞지만, 나는 아직 꽃다운 나이거든?"

"그래, 그래. 꾸민 거 보니까 꽃 맞네. 네가 직접 디자인한 옷이야?"

"헉. 어떻게 알았어?"

"중요한 날에는 항상 직접 만든 옷 입었잖아. 그 당시에는 솔직히 별로였는데, 지금은 백화점에 걸어놔도 되겠어."

"세월이 얼마나 흘렀는데, 제자리걸음하면 문제지 바보야."

서유라가 의기양양한 표정으로 벌떡 일어났다. 그리고 제자리에서 한 바퀴 빙 돈다. 얼마나 힘차게 돌았는지 나풀거리는 치마단 너머로 뭔가가 보일 뻔 해 바로 고개를 돌렸다.

"예쁘지? 교수님도 엄청 칭찬해줬어."

"그럼 당선은 따놓은 건가?"

"잘 모르겠는데 되고 싶어."

자리에 앉은 서유라가 컴퓨터를 빌려 공모전 홈페이지에 들어갔다.

"상금은 적지만 당선된 작품은 제작되어서 시중에 팔리거든. 게다가 1등은 이 회사에 취직할 수 있는 기회도 주어져."

"좋은 회사야?"

"패션 업계에서는 세 손가락 안에 들어. 이 업계가 소설이나 그림처럼 열정페이가 심한 곳인데, 이 회사는 월급도 적당하게 잘 챙겨주거든."

"오~ 그렇군."

자신이 모르는 세상의 얘기.

너무나도 흥미로웠고, 저도 모르게 서유라에게 이것저것 질문을 던지게 됐다.

모든 이가 그렇듯.

관심분야 얘기만큼 재밌고 시간이 잘 가는 건 없다.

서유라는 신이 나서 패션에 관한 얘기를 늘어놨고, 최창수도 언젠가는 이 얘기가 도움이 될 거 같아서 흥미 깊게 들었다.

그러는 사이 저녁이 됐다.

공모전 결과는 여전히 발표되지 않았고, 두 사람은 출출함을 없애기 위해 저녁식사를 하기로 했다.

"내 친구인데 떨어질 리가 있냐! 장담컨대 넌 무조건 당선이야! 그러니까 비싼 거 먹자."

최창수가 망설이지 않고 한우전문 고기집에 들어갔다.

A급 한우, 150g에 무려 2만원을 호가하는 귀한 몸이었다.

"……이건 너무 비싸지 않아?"

"내가 요즘 벌이가 짭짤하거든? 여기서 배터지게 먹어도 2시간 일하면 그만큼 버니까 걱정 마."

"방송 수익이 엄청난가 보네?"

"한 달에 3천? 벌이가 달라지니까 금전감각이 바뀌더라. 예전에는 무조건 9900원 짜리 무한리필뷔페였는데, 요즘 은 비싸도 몸에 좋고 맛있는 거 먹으려고. 건강한 게 최고 잖아?"

최창수가 씨익 웃으면서 불판에 한우를 올려뒀다. 치지 직 거리는 소리와 함께 순식간에 맛있는 냄새가 올라온다.

서유라의 눈에는 돈이 타들어가는 것처럼 보였지만…….

그래서 최대한 조금만 먹으려고 했다. 얻어먹는 거라고 는 해도 계속해서 최창수의 지갑에서 돈이 빠져나가니까.

하지만 먹으면 먹을수록 최고급 한우의 맛에 정신을 사 로잡히게 됐다.

"더, 더 시켜도 돼?"

서유라가 창피하다는 듯 고개를 푹 숙였다.

"풉. 푸하하! 야, 잘 먹으니까 보기 좋네. 사장님! 여기 주 문이요!"

"미안…… 돈 벌면 꼭 갚을게."

"야. 친구 좋다는 게 뭔데. 갚을 생각보다 훌륭한 패션 디자이너 될 생각이나 해. 네 성공이 날 위한 일이니까."

"……창수 너는 정말, 모두가 탐낼만한 신랑감인 거 같아. 키도 크고, 잘 생기고, 몸도 좋고. 돈도 잘 벌잖아? 무엇하나 모자란 게 없어."

"갑자기 왜 칭찬세례? 고기 값 대신이냐?"

"밑밥 깔아두는 거야."

"밑밥?"

무슨 소리인지 도통 이해할 수가 없었고, 궁금증은 풀리지 않은 채 식사가 끝났다.

자취방으로 돌아오니 벌써 9시였다. 앞으로 3시간 후면 지하철이 끊기는 시간, 최창수가 조심스레 말했다.

"늦게 돌아가면 위험한데 오늘은 이만 돌아가는 게 어때? 내일 내가 너희 집으로 갈게."

"싫어!"

서유라가 다급한 목소리로 소리쳤다.

"오늘이 아니면 안 돼! 얼마나 어렵게 각오를 다졌는데……."

"……알겠어. 차 끊기면 콜택시라도 불러줄 테니까 같이 기다려보자."

두 사람은 정적 속에서 한 시간을 더 기다렸다.

그리고…….

"떴다!"

"진짜?!"

최창수의 침대에 얼굴을 파묻고 누워있던 서유라가 벌떡 일어나 곁으로 다가왔다.

"잡설이 긴데, 바로 결과 볼래?"

"마, 마음의 준비가 필요해……."

두 눈을 감은 서유라가 심호흡을 몇 번 했다. 제법 진정이 됐는지 최창수로부터 마우스를 빼앗아 자신이 직접 결과를 확인했다.

"……창수야."

"응?"

"사랑해."

서유라가 고개를 돌렸다.

올곧은 눈동자와 꽉 다문 입술. 드디어 말했다는 표정 너머로 보이는 긴장감. 그녀가 조심스레 최창수의 두 손을 붙잡았다.

"고등학생 때부터, 쭈욱 창수 너를 사랑했어. 친구가 아닌 남자로서."

"……유라야?"

"비록 사귀지는 않았지만 고등학생 때는 사실상 네 애인이나 마찬가지여서 말하지 않았어. 차일 바에야, 힘들어도 친구라는 관계를 유지하는 게 행복했으니까. 하지만 대학생이 되면서 생각이 변했어. 지역도 대학도 다르니까, 더 이상 널 지켜볼 수 없게 되어버렸어."

"……."

"그 여우가 너한테 찝쩍거릴 때는 하루하루가 불안했고, 네가 입대할 때는 조금 안심했어. 한동안은 너한테 접근할 사람도 없고, 혹시 이 기회를 틈타 너한테 고백 받을지도 모른다 생각했거든. 오래 알고 지냈으니까 나와 비슷한 마음일지도 모른다고 생각 했거든. 결과적으로는 내 망상에 불과했지만……."

서유라의 작은 목소리. 그 안에는 분명한 힘이 실려 있었다.

"유라야……."

최창수는 생각했다.

사실 그도 어렴풋하게 서유라의 마음을 알고 있었다. 하지만 그 마음에 확답은 내리지 못했다. 착각이었다면 사이가 어색해질 수도 있으니까.

하지만 만약 맞을 경우를 대비해서, 최창수는 그 누구에게도 마음을 주지 않았다.

줄래야 줄 수가 없기도 했지만.

알고 지내는 여자 중에는 서유라가 가장 편했고, 그녀가 자신에게 가장 잘 해줬다.

대학교 면접 때 짓궂은 농담에 눈물까지 보였을 때는, 아이 정도로 날 생각해주는구나 하고 조용히 감탄하기도 했다.

"나도 너랑 비슷하긴 한데…… 사귈까?"

이런 상황에서 어떤 대답을 하면 좋을까.

로맨틱한 말이 좋을까.

많은 생각이 오갔지만 솔직하게 말하기로 했다.

우선은 모태솔로니까…….

서로의 마음을 확인했다.

확인한 마음은 조금의 오차도 없이 같은 길을 걷고 있다.

남은 거라고는 오늘부터 하루하루가 의미 있게 변하는 것 뿐.

그럴 줄 알았다.

"아니. 지금은 안 사귀어."

"……왜?"

"내가 너랑 어울리지 않기 때문이야."

서유라가 모니터를 바라봤다.

오랫동안 자신을 괴롭게 했던 패션 공모전. 결과는 당당히 금상 입상이었다. 이걸로 1천만 원에 달하는 상금과 졸업 후 취직이 당연시됐다.

"고등학생 때는 너랑 비슷한 위치에 있었어. 대학교 신입생 때는 어떻게든 따라갈 수 있을 위치였어. 하지만…… 지금의 창수 너는 너무 먼 곳에 있어."

서로의 위치를 생각해봤다.

평범한 여대생과 젊은 나이에 큰 성공가도를 달리고 있는 최창수.

가난한 집 여자와 부잣집 남자가 등장하는 드라마와 다를 게 없었다.

"이번 공모전에 당선되면 말할 생각이었어. 너를 좋아한다고, 평생을 곁에서 함께 웃고 떠들고 싶다고. 이 정도 규모의 공모전에서 1등을 차지하면 조금은 너와 동등해질 거라 생각했거든. 준비하는 사이에 또 멀어졌지만. 그래도 이걸 계기로 마음만큼은 전하고 싶었어."

"……사귀지 않을 건데도 의미가 있어?"

"당연히 있지."

서유라가 활짝 웃었다. 눈시울이 살짝 붉지만, 어떻게든 울음을 참아내려는 모습이 보인다.

"점 찍어둔 거니까."

"점……?"

"그래, 점! 내가 널 좋아한다고 당당히 밝혔는데 딴 여자한테 눈 돌릴 리가 없잖아? 그러면 정말 천하에 나쁜 놈이 되니까! 게다가 나도 네 마음을 들었으니까 한결 마음이 편해지고."

"그게 뭐냐……."

"뭐긴, 내가 내린 결정이지."

할 말을 전부 하고 나니 창피해졌는지, 서유라가 부랴부랴 짐을 챙기기 시작했다. 그리고 현관문을 열고는 최창수에게 선전포고하듯 손가락을 세웠다.

"혹시나 해서 하는 말인데 난 너를 포기한 게 아니야! 너와 비슷해졌다고 생각하면 다시 고백할 거니까 그때까지 딴 여자한테 마음 주지 말고 기다려!"

"어…… 어, 그래……."

당황스러운 나머지 대답도 똑바로 나오지 않았다.

"뭐. 내일 아침이 되면 생각이 바뀌어서 다시 연락할지도 모르지만…… 일단은 갈게! 상금 들어오면 이번에는 내가 한 턱 쏠게!"

"아, 잠깐만 데려다 줄게."

"아냐, 창피하니까 절대 따라오지 마."

탁!

서유라가 문을 닫았다. 문 너머로 그녀의 발소리가 들리다가 금세 사라졌다.

혼자 남은 최창수.

천천히 방금 전 상황을 곱씹었다. 창피하고, 당황스럽고, 웃음이 나오기도 한다.

"여자는 알다가도 모르겠네."

세상에 존재하는 문제 중, 여자 문제가 가장 어려운 것만 같았다.

· · · ◈ · · ·

서유라에게 고백 받고 시간이 제법 흘렀다.

첫 날.

서유라는 자신의 발언을 후회하는 듯한 느낌으로 전화를 했지만, 금세 마음을 다잡았는지 요즘은 자랑할 만한 일만 생기면 최창수에게 보고를 하기 시작했다.

'약간은 어색해질 줄 알았는데.'

서유라와 나눈 카톡을 주르륵 읽어봤다.

사귀지는 않지만 서로가 서로의 마음은 알고 있다. 약간의 어색함을 감수하면서 자신이 먼저 그녀에게 다가가려고 했다.

하지만 예상과 달리 서유라는 평소와 같았고, 오히려 평소보다 더 활기찬 모습을 보였다.

당황스러웠지만 신경 쓸 일이 하나 줄어 마음은 편했다.

"선생님. 무슨 생각해?"

대학교 학생식당.

오랜만에 학식을 먹고 있자니 맞은편에 앉은 초민아가 말을 걸었다. 잠시 대답을 망설이고 있자니 그녀가 여우처럼 웃더니 소시지 반찬을 하나 훔쳐갔다.

"밥 생각 없어? 내가 선생님 반찬 다 먹는다?"

"마음대로 해라. 다른 거 주문하면 되거든?"

서유라 사건 이전에는 오랜 친구처럼 사이좋게 지냈던 초민아. 괜히 바람피우는 느낌이 들어 한동안은 살짝 거리를 두고 지냈다.

하지만 애인이 있는 동기들도 이성친구와 사이좋게 지내는 걸 보면서는 다시 예전과 비슷한 거리로 돌아가게 됐다.

"히히, 아쉽게도 운영시간 다 끝나가지롱~"

활짝 웃는 초민아.

최창수는 생각했다.

'역시 비밀로 해두는 게 낫겠지.'

차후 서유라와 정식으로 사귀게 된다면 모를까. 벌써부터 얘기를 꺼내 수라장을 만들 필요는 없었다.

"참, 선생님 4학년 진급할 거지?"

"진급은 당연히 되는 거잖아?"

"혹시라도 휴학하나 싶어서. 선생님 요즘 많이 바쁘잖아."

"음, 고민 중이야."

군 입대 전에는 졸업장까지 따고서 뭔가를 하려고 했다. 졸업장이 필요할 거라는 생각도 했고, 배움과 즐길 거리가 남아있다고 판단했으니까.

하지만 워낙 남들보다 열심히 하는 최창수라 벌써 4학년 과정까지 혼자 끝냈고, 요즘에는 시간이 남으면 교수의 도움을 받아 대학원생과 함께 수업도 받아보고 있다.

휴학 때는 미치도록 대학이 가고 싶었지만 특별한 이벤트가 없는 한 똑같은 일상의 반복이라 이제 슬슬 질리고 있다.

무엇보다 제대 후에 너무나도 많은 일이 벌어졌다.

그 중 가장 도움이 된 건 BJ로서의 활동.

상상하지도 못한 거액을 만지게 됐고, 준 연예인 정도의 인지도까지 쌓게 됐다.

그러다 보니 남들은 목숨을 거는 최강대라는 장소가, 최창수에게는 그저 자신의 행동범위를 좁힌 애물단지가 되어버렸다.

"시작한 건 끝을 봐야하니까 별 일 없는 한 졸업장은 딸 거 같아. 그보다 넌 진로 생각하는 게 먼저 아니냐?"

벌써 3학년 2학기의 끝자락이 다가오고 있다. 몇 달 후면 세 번째 종강파티가 열리고, 그 후로는 4학년이란 신분 때문에 정신없이 바빠진다.

물론 졸업생인 초민아에게는 관련 없는 일이다.

문제는 그녀가 졸업 후 아무것도 하지 않은 채 백수를 자처하고 있다는 것. 간혹 대학에 들러 최창수와 함께 점심을 먹는 것 이외에는 뭔가 하려는 의지가 없다.

"진로라. 딱히 고민한 적 없는 걸, 최강대도 부모님이 가라해서 온 거니까. 내가 일하지 않아도 집은 잘 굴러가고."

"인생 어떻게 될지 모르는 건데 참 무책임하다. 하고 싶은 일은 없냐?"

"딱히? 음, 뭐랄까……."

방금 전까지 장난스럽던 초민아의 얼굴에 수심이 찾아왔다.

"초등학생 때부터 부모님이 제시해준 길로만 걸었거든. 중학생 때는 내 외모를 살려서 모델이나 연예인이 되고 싶어서 잠시 반항도 했는데, 부모님이 도와주질 않으니까 아무것도 못 하겠더라고. 그때부터는 괜히 스트레스 받기 싫어서 시키는 대로 움직이고 있어."

"……그게 내가 하고 싶은 거 아냐?"

"기회가 되면 하고야 싶지~ 하지만 모델은 키 때문에 힘들고, 연예인은 지금 시작하면 20대 중후반은 돼서야 겨우 TV에 나올 걸? 그마저도 성공할 거라는 보장도 없고. 졸업

했으니까 몇 달은 더 쉴 생각인데, 슬슬 부모님이 눈치주면 대기업이라도 알아봐야지. 최강대 졸업장이 있으니까."

초민아가 힘없이 웃었다.

그 미소에 최창수는 씁쓸한 기분이 들었다.

최강대 학생 대부분이 그녀와 같았다. 다들 부모님 권유에 등을 밀려 여기까지 왔고, 앞으로고 그럴 거 같다고 했다.

새로운 뭔가에 도전하기에는 너무 늦었다 생각했고, 결과가 애매한 길을 걸을 바에야 남들과 같은 길에서 안정적으로 생활하기를 바랐다.

마음 같아서는 우리는 아직 젊으니 실패를 두려워 말고 도전해보자 넌지시 말을 건네고 싶었지만, 그들이 실패했을 때 책임질 만한 각오가 없어 늘 바라보기만 했다.

"너무 걱정 마! 정 안되겠다 싶으면 선생님이 책임져주면 되지!"

"이 틈을 타서 취집하려 하지 마라. 어휴, 너도 참 걱정이다, 걱정이야. 일단 일어나. 어쩌면 오늘 해결책을 찾을지도 모르니까."

두 사람은 바로 최강대 대강당으로 향했다.

고등학교 입시박람회를 연상시키듯, 대강당에는 제법 많은 3학년과 4학년 학생이 있었고 단상에는 취업설명회를 온 각 회사의 직원이 분주히 준비 중이었다.

"생각보다 참여한 기업이 많네."

"최강대 학생은 무조건 데리고 가야 한다는데 요즘 분위기니까."

참여한 기업을 살펴봤다.

우선 대한민국 3대 대기업, 그 외에도 영통과를 대상으로 한 번역 전문 출판사나 통역 회사도 심심찮게 보였다.

두 사람은 적당한 자리에 앉았고, 곧 취업박람회가 시작됐다.

우선 모든 기업이 10분에서 20분 정도 기업 소개를 한 후, 학생들이 관심 있는 기업에 가서 얼굴도장을 찍는 걸로 취업박람회는 끝난다.

"안녕하십니까, 최강대 학생 여러분. 철강산업 마케팅 팀장 천석윤입니다."

철강산업의 직원은 대부분의 최강대 학생은 철강산업을 거쳐 간다는 것, 직원 복지가 상당히 좋다는 걸로 어필을 시작했다.

'반재현 이사는 안 왔네. 하긴, 이사가 굳이 이 자리에 올 필요는 없지.'

15분에 걸친 철강산업의 기업소개가 마무리 됐고, 직원이 단상에서 내려가려고 했다. 그때였다.

"엇, 혹시 최창수 씨입니까?"

맨 앞자리에 앉은 최창수를 보게 됐다.

"절 아시나요?"

"아이고, 철강산업 직원 중에 최창수 씨 모르는 사람이 없어요!"

후다닥 단상에서 내려온 직원이 최창수의 손을 덥석 잡았다.

"반재현 이사님이 간혹 직접 프레젠테이션을 하는데 그때마다 최창수 씨를 거론하면서 이 학생처럼 훌륭한 직원이 되라 하거든요. 회장님 손녀분도 회사에 놀러올 때마다 언제쯤 되면 여기서 창수 오빠 볼 수 있냐 물어보고. 모르려야 모를 수가 없죠."

"그, 그런가요?"

잘 생각해봐도 그 정도로 철강산업에 영향을 끼친 기억은 없어 당황스러웠다.

한편으로는 이 사실이 자랑스러웠다.

"졸업하면 철강산업으로 오실 거죠?"

현재 최강대에서는 최창수를 모르면 간첩이라는 말이 있을 정도로 그는 유명한 인물이다.

만약 그가 철강산업 취업의사를 보이면 많은 학생의 마음이 정해질 가능성이 크다.

하지만 그 뜻을 모르는 최창수는 사실대로 털어놨다.

"딱히…… 아직까지는 어디 취직할 생각 없습니다."

강당이 크게 술렁거렸다. 최창수라면 대기업에서 모셔갈 정도의 인물, 당연히 졸업 후 대기업에 취직해 성공가도를 달릴 줄 알았다.

당혹스러운 직원은 진행요원에 의해 물러나게 됐다.

이윽고 취업설명회가 끝났고, 학생들이 각 기업부스를

찾아갔다.

"관심 생긴 곳 있어? 둘러볼까?"

"느낌이 나 혼자 둘러봐야 할 거 같은데?"

초민아가 정면을 가리켰다.

그러자 기업 직원들이 최창수를 향해 비장한 표정으로 다가오고 있었다.

"최창수 씨!"

"취직 생각이 아예 없는 건가요?"

"좋은 대우를 약속할 테니 부디 저희 기업에!"

열 명이 넘는 직원들, 정신없이 말을 늘어놓으며 어떻게든 최창수의 마음을 잡으려고 했다. 그가 입사했다는 걸 기사로 내도 노이즈마케팅이 되니까.

"후우. 저기요."

개인의 욕심 때문에 갈 길이 막혔다. 옆에 있던 초민아도 덩달아 어쩔 줄 몰라 하고 있다.

"한 가지 물읍시다."

주변이 조용해졌다.

"제가 개인방송 BJ로 한 달에 3천만 원의 수익을 올리고 있거든요? 이 기업 중, 제게 월급으로 3천만 원씩 줄 수 있는 곳이 있습니까?"

"사, 삼 천……."

자신들의 연봉보다 많은 그의 월급, 직원들이 당황한 나머지 어쩔 줄 몰라 했고 한 번 생각이라도 해보라는 말조차 나오지 않았다.

"없으면 비키세요."

그 말 한 마디에 직원들이 우르르 벗어났다.

· · · ◈ · · ·

주식을 투자하고 반년이 흘렀고, 어느 사이 4학년 1학기 중반이 다가왔다.

고민 끝에 대학교 졸업장은 따기로 했다. 조급한 마음으로 뭔가를 하는 것보다는, 여유로운 마음으로 움직이는 게 좋다고 판단했으니까.

'큐브기업에서는 이만 손 때야겠다.'

최창수는 증권시장을 살펴봤다.

반 년 동안 큐브기업은 많은 일을 겪었다. 증권사 직원의 권유에 의해 주식을 잔뜩 매매했건만, 신제품 반응이 별로 좋지 못해 손해를 보게 됐다.

돈이 아까워서 계속 버틴 결과 차츰차츰 회복을 했고 겨우 본전치기인 상황이 됐다.

그때 발을 빼려했지만, 인생에는 상승세와 하락세가 있는 것처럼 큐브 기업도 그럴 거라 생각해 4개월을 더 버텼다.

그 결과 600만원의 순이익을 챙기게 됐다.

이 이상 기다려봤자 큰 이득도 없을 거 같고, 무엇보다 주식에 신경을 쓰는 것보다 방송에 신경 쓰는 게 금전적으로 더욱 이득이 되니까 말이다.

반면 만세 소프트는 상황이 좋았다.

미약하지만 반 년 동안 단 한 번의 하락 없이 쑥쑥 상승 중이었기 때문이다.

게다가 현재 최창수는 만세 소프트의 최고주주였다.

연 1억 매출의 회사 지분 절반을 가졌으니 당연한 결과였다.

이제는 최창수의 말 한 마디에 만세 소프트 전체가 움직이는 상황까지 됐고, 혹여나 그가 떠날까봐 만세 소프트는 어째서 영세한 기업에 투자를 했냐고 묻기 보다는 최대한 최창수에게 허리를 숙이는 걸 선택했다.

"무슨 일로 부르셨나요?"

최강대 이사장실.

박철대가 우선 앉으라는 듯 소파를 가리켰다.

"우수한 예비졸업생들에게 진로를 묻고 있다. 도와줄 수 있는 건 학교 측에서 최대한 도와줘야 하니까. 너는 앞으로 어쩔 생각이냐? 듣자 하니 취직할 생각은 없다 하던데."

"아, 그래서 부르셨군요. 거창한 계획이 있는 건 아니고, 사업이나 해보려고요."

"사업?"

박철대가 의외라는 표정을 지었다.

"종목은 뭔가?"

"구체적인 건 아직 구상 중입니다. 하나부터 차근차근

시작할 생각이거든요."

"자금은 충분하고?"

"많은 돈은 필요하지 않을 겁니다."

"음, 그런가."

"처음에는 철강산업도 생각해봤습니다. 인맥 덕분에 시작부터 좋은 자리에 배치 받을 게 분명하니까요. 하지만 최고의 자리에 앉으려면 오랜 시간이 필요할 거 같았고, 결정적으로 제가 그때까지 기다리지 못할 거 같았어요."

"하긴, 성공만 하면 빠르게 최고가 될 수 있는 게 사업이지. 하지만 쉬운 일이 아니다. 갈수록 어려워지는 게 사업이야."

"험난한 길을 헤쳐 나갈 각오는 충분합니다."

치킨집 사건 덕분에 자신의 사업능력을 어느 정도 가늠할 수 있었고, 아프리카 TV 사건으로는 자신의 행동력과 리더십을 확실히 볼 수 있었다.

그 외 금전도 인맥도 충분한 상황이다.

자신의 능력에 모든 가능성을 열어두고, 그 중 가장 성공 가능성이 높은 걸 몇 달 동안 고민했다.

어느 정도 범위가 좁아졌을 때는 관련 업계 자료를 조사해, 비전과 자신의 목표에 얼마나 근접한 지도 철저하게 비교했다.

그 결과 나온 게 사업이었다.

다양한 사람을 만나고, 다양한 일을 하면서 경험을 쌓을

수 있고 대박을 터트렸을 시 부와 명예를 한 번에 손에 넣을 수 있다.

"표정은 자신만만하군."

박철대가 팔짱을 두르고 생각에 잠겼다.

그동안 사업을 하겠다고 자신을 찾아온 놈들이 번번이 있었다. 하지만 다들 겉핥기 조사로만 사업계획서를 작성했고, 간혹 괜찮은 물건이 있더라도 사업수완이 모자라 금세 망하기 일쑤였다.

그뿐만 아니라 자신도 혈기왕성한 시절에 사업을 하려다가 쓴맛을 본 적이 있다.

'편한 길을 내버려두고 굳이 어려운 길을 걸으려고 한다니. 그 놈과 정말 똑같군. 이런 녀석에게라면 과감한 투자를 해도 후회 안하겠지.'

최강대 이사장으로 생활하면서 가능성 있는 학생을 많이 봤다. 하지만 그 모두를 합쳐도 최창수의 가능성을 뛰어넘는 건 불가능할 듯 싶었다.

"사업 계획서. 완성되면 한 번 가져와 봐."

생각했다.

굳이 자신이 아니더라도 반재현이나 엄병철이 그를 도와줄 게 뻔했다.

결국 누군가에게 도움을 받는다면, 첫 번째 자리를 자신이 차지하고 싶었다.

박철대로부터 지원의사를 받았다.

　　이제 남은 건 그 의사를 현실로 바꾸는 사업 계획서만 있
으면 된다.

　　'BJ 중에 사업을 시작한 사람이 제법 많구나.'

　　인기 BJ들 열 명 중 세 명은 개인 사업을 하고 있었다.
물론 거창한 건 아니다. 인터넷 쇼핑몰이나 신발몰, 컴퓨터
등등 어느 정도 자본만 있으면 시작이 가능하고 망했을 때
리스크도 비교적 작은 것들이었다.

　　'나도 이것부터 시작해보자.'

　　현재 최창수의 자본은 2억 가량.

　　꾸준한 복권과 개인방송으로 번 돈이었다.

　　일반인에게 2억은 크지만 사업가에게 2억은 그렇게 큰
돈이 아니다.

　　'사무실로 사용할 건물을 계약하고, 필요한 인력을 고용
하고, 판매할 물건을 구하면 순식간에 돈이 빠져나가겠지.
이사장님이 얼마나 빌려줄지는 모르지만 우선은 2억으로
가능한 범위 내에서 생각하자.'

　　우선은 가장 큰 돈이 들어가는 것부터 예산을 짜기 시작
했다.

　　'서울에서 20평 남짓의 사무실을 구하려면…… 어우 중
심가는 절대 무리겠어. 서울 끝자락은 보증금 8천에 월

300만 원 정도. 이 정도로 생각하자.'

나머지 1억 2천만 원.

'직원은 두 명 정도, 월급은 120만원. 생각보다 돈이 남
네. 이 돈으로 가능한 사업, 아무리 생각해도 의류쇼핑몰이
제격이군.'

패션 디자이너를 꿈꾸는 사람 두 명을 알고 있다. 바로
서유라와 이소영. 서유라의 실력은 공모전으로 인해 검증
된 거나 마찬가지고, 이소영의 실력은 당장 현장에 투입하
기는 힘들겠지만 서유라 옆에 두면 금방 성장할 거 같았다.

그뿐만 아니라 최강대 내에서도 몇 몇을 더 데려올 수 있
다.

'모델은 신소율, 안 되면 그녀를 통하면 구할 수 있겠지.
그리고…… 초민아.'

활발하지만 어릴 적부터 부모님에게 조종당하듯 살아와
자신의 뜻을 이뤄본 적 없는 그녀.

의류쇼핑 사업을 하면 자신의 뜻과 동시에 그녀의 꿈도
이뤄줄 수 있다.

누구도 손해 보지 않는 장사.

최창수는 좀 더 쇼핑몰과 관련된 정보를 모아보기로 했
다.

하지만 인터넷만으로는 정보에 한계가 있었고, 다음 날
바로 대형서점으로 향해 인터넷 쇼핑몰과 관련된 서적을
몽땅 구입했다.

총 서른 권.

〈3단계 속독의 책을 구매했어요!〉

〈습득한 속독 실력 : 책 한 페이지를 3초 만에 완벽하게
읽게 됨〉

한시라도 빨리 사업계획서를 완성하고 싶어서 운수 대통
령으로 능력까지 구매했다.

'판매 상품은 최소한으로 정하는 게 좋은가, 내 인지도
에 결정적 도움을 준 여성 의류를 전문으로 해야겠다. 홈페
이지 관련은 만세 소프트에 부탁하면 해결되고.'

이것저것 생각하고, 서적의 조언대로 가상 매출 그래프
를 현실적으로 작성해봤다.

"앗차. 벌써 이런 시간이네."

열심히 사업계획서를 작성하고 있자 저녁 6시가 됐다.
오늘은 7시까지 만나서 얘기를 들을 사람이 있어 바로 약
속 장소로 향했다.

도착한 곳은 서울 중심부에 위치한 고층건물.

엘리베이터를 타고 5층으로 향하자 파란 쇼핑몰이 그를
반겼다.

조심스레 쇼핑몰 문을 열고 들어가자 70평 규모의 널찍
한 사무실이 드러났다. 그 중 절반은 직원이, 나머지 절반
은 배송할 물건이 산더미처럼 쌓여 있었다.

"연락드린 최창수입니다만. 사장님 어디 계신가요?"

"아! 최창수 씨세요?!"

여직원이 큰소리로 말했고, 최창수라는 이름이 귀에 쏙 들어온 직원들이 작업을 멈추고 일제히 그를 바라봤다.

그건 사장도 마찬가지였다.

"자, 내 손님이니까 인사는 나중에 하자."

파란 쇼핑몰의 사장.

이재호가 박수를 치며 말했다.

전체적으로 우스꽝스러운 외모와 호감형인 목소리. BJ 생활로 큰돈을 벌어 5년 전에 쇼핑몰을 차려 제법 성공한 사내였다.

"잘 왔어요."

최창수를 손님용 공간으로 데려간 이재호가 음료를 대접했다.

"최창수 씨가 개인적으로 연락을 줬을 때는 놀랐습니다. 개인방송의 혜성이나 마찬가지인 분이 제게 어떤 용무가 있나 싶었거든요."

"하하. 바쁘실 텐데 귀중한 시간 내주셔서 감사합니다. 경험자에게 조언을 듣고 싶었거든요."

"동업자는 언제든 환영입니다! 게다가 최창수 씨가 동업자라면 차후 콜라보레이션을 진행할 때도 큰 도움이 되겠군요. 전부 답해드리겠습니다."

"우선 초기부터 현재까지의 매출이요."

"매출이라. 초기에는 캄캄했죠. BJ생활의 반의 반도 안 됐으니까, 하지만 지금은 제법 여유롭습니다. 저번 달에는 지출할 거 다 지출하고도 제게 4천만 원 정도 떨어지더군요."

"호오."

이재호는 계속해서 자신의 사업 얘기를 늘어놨다.

책과 인터넷 서핑으로는 알 수 없는, 실전으로 부딪혀봐야만 알 수 있는 얘기가 많아 흥미로웠다.

얘기를 종합하면 대충 이러했다.

확실한 판매층을 잡고, 판매층을 대상으로 꾸준한 앙케트를 조사해 그들이 원하는 물건을 만들어라.

여유가 되기 전까지는 절대 무리해서 사업을 확장하지 마라. 조급해하면 그때부터 모든 게 무너지기 시작한다.

홍보와 이벤트를 적극적으로 이용하라. 최대한 많은 손님이 기업의 자본이나 마찬가지다.

(추가)

"제가 해드릴 얘기는 이 정도입니다. 나머지는 최창수 씨의 사업수완에 달렸죠."

"감사합니다. 많은 도움이 됐어요."

"꼭 성공하시길 바랍니다. 아니죠, 굳이 이런 말을 할 필요는 없겠군요."

이재호가 활짝 웃었다.

"이 바닥에 있으면서 많은 사업가를 봤습니다만. 성공한 사람들에게는 꼭 특유의 냄새가 나더군요."

"제게도 나나요?"

"네. 그것도 아주 진한 냄새가 나네요."

사업 선배의 엄청난 칭찬.

최창수는 기분이 좋았고 더욱 많은 자신을 얻게 됐다.

'성공한다! 반드시!'

· · · ◈ · · · ·

그로부터 한달 후.

드디어 사업계획서가 완료됐고, 몇 번이고 검토를 했다. 이재호 역시 완성도 높고 현실성 다분한 계획서라며 이대로만 진행되면 자신을 뛰어넘는 것도 금방이라 말했다.

'반재현 이사에게도 차후 보여줘야지. 이번에도 가구를 지원받을 수 있을 테니까.'

하지만 가장 먼저 보여줄 사람은 박철대였고, 그전에 할 일이 있었다.

〈3단계 사업계획서의 책을 구매했어요!〉

〈구매한 사업계획서 작성 능력 : 계획서의 밀도가 높아지면 높아질수록 투자하고 싶은 욕구가 늘어남〉

"여기 있습니다."

최강대 이사장실.

자신이 없으려야 없을 수 없는 최창수가 사업계획서를 건넸다.

"흠."

박철대가 진지한 표정으로 사업계획서를 집었다. 자기 혼자로는 최창수의 역량을 전부 파악하지 못할 거 같아 이름 있는 사업 컨설팅 직원도 함께 했다.

두 사람이 최창수의 사업계획서를 읽기 시작했다.

우선 사업체 명은 판매층이 적나라하게 드러나는 앤젤 쇼핑몰. 여성을 상대로 의류를 판매하고 차근차근 가방이나 신발에게 손을 댈 생각이었다.

초기에는 저가 의류를 판매하고, 브랜드 이미지가 상승할 때쯤 명품 의류도 내놓을 예정으로 매출이 특정 위치에 도달할 때마다 무얼 할 건지 향후 5년의 계획이 자세하게 적혀 있었다.

"어떻게 생각하는가?"

"핵심 내용은 정석 그 자체입니다만. 이 정성 가득한 세부 계획표나 가상 그래프가 평범한 계획서를 훌륭하게 만드네요."

사업 컨설팅 직원이 감탄을 터트렸다.

이 바닥에서 10년을 보냈고, 그동안 많은 사업체에 관여했다. 그 중 대박이 난 곳도 여러 곳이다.

하지만 그 어느 곳도 이 정도로 자세한 계획서는 가져오지 않았다.

"보통 사업계획서는 내가 어떤 아이템을 갖고, 누구를 대상으로 어떤 일을 하겠다 정도가 고작입니다만. 이 계획서는 판매 물건, 초기 가격과 향후 변동될 가격, 접근할 인물과 기업 등등. 허술하게 쓰면 꿈만 크게 느껴질 것들인데, 이 정도로 세세하니 상당히 계산적으로 보이네요."

사업 컨설팅 직원이 최창수를 바라봤다.

두 사람이 얘기를 나누는 동안 최창수는 이사장실에 있는 각종 명패를 보고 있었다.

'뭐하는 학생이지? 경영학과는 아니라고 들었는데…….
역시 최강대 학생이란 건가?

보통 머리가 좋은 학생이 아니라는 건 확실했다.

"자네라면 투자를 하겠는가?"

"해볼 만하다 생각됩니다. 요즘 인터넷이 워낙 발달해서 인터넷 쇼핑몰이 호황이거든요. 그만큼 우후죽순 생겨나고 망하는 곳도 많지만, 이 계획표대로만 나아간다면 망할 일은 절대 없을 거 같습니다. 게다가 저 학생 돈도 많고 인지도도 엄청나다면서요? 성장시키는 건 금방일 거 같군요."

"음, 그렇군."

박철대가 다시 한 번 사업계획서를 꼼꼼히 검토했다.

'지금껏 봐 온 것 중에는 가장 훌륭해. 성공했으면 성공했지, 절대 망할 거라는 느낌은 들지 않고.'

눈을 옮겨 최창수를 바라봤다.

'최창수. 단지 저 녀석이 썼다는 것만으로도 이 정도의 강한 확신을 갖게 되다니.'

게다가 최창수는 여태껏 그 어떤 일도 실패해내지 않았다. 철저한 조사, 운수 대통령의 능력, 한 번 일을 벌인 건 만족할 때까지 밀어붙이는 강단. 그걸로 모든 걸 해결했다.

'실패할 리가 없겠지. 최창수가 하는 거니까.'

결정을 내린 박철대가 물었다.

"창수야. 내게 투자 받고 싶은 게 무엇이냐?"

"……이사장님의 투자라면 그 어떤 것도 기쁘게 받아들이겠습니다."

"투자 하고 싶은 게 너무 많아서 그래, 이 녀석아. 한 번 말해 봐."

최강대 이사장이란 자리에 앉아서 돈이란 돈은 전부 긁어모았다. 죽을 때까지 쓰고, 자손들에게 물려줘도 돈이 남을 정도다.

"어떤 것이라도 들어주시나요?"

"내 능력이 허용하는 거라면 들어주지."

"그렇다면……."

의미심장하게 웃은 최창수.

이 좋은 기회를 날릴 수 없어 욕심을 부려보기로 했다.

"사무실. 쇼핑몰을 운영할 사무실이 갖고 싶습니다. 건물을 통째로 달라는 건 아닙니다. 월세는 꼬박꼬박 낼 테니까 서울 중심가에 있는 건물로 보증금 제외하고 잠시 빌리고 싶습니다."

"건물이라…… 내가 또 건물은 많지."

왕년에 부동산 투기를 하면서 대박을 터트렸고, 현재도 30개가 넘는 건물을 소유하고 있다. 가만히 앉아서 숨만 쉬어도 돈이 벌리는 상황.

이사장이란 직함은 박철대에게 있어 취미나 마찬가지였다.

"돈 보다는 그게 좋을 수도 있겠구나. 따라오거라."

박철대가 최창수를 데리고 밖으로 나갔다. 그리고 차에 올라 한참을 이동.

도착한 곳은 강남 논현동 끝자락이었다.

25평 남짓의 단독 건물.

왼쪽에는 음식점, 오른쪽에는 옷가게가 있었다. 박철대가 데려온 건물은 현재 임대문구를 걸어둔 상태였다.

"마음에 드나 모르겠군."

최창수가 건물 내부를 둘러봤다.

새하얀 페인트 덕분에 전체적으로 밝은 분위기였고, 논현동 중심이 아닌 끝자락이어서 그다지 시끄럽지도 않았다.

"정말 좋은데요……."

어느 정도 사업 판이 커지기 전까지는 비교적 저렴한 천안이나 수원에 사무실을 마련할 생각이었다.

하지만 눈앞에 강남 사무실이 떡 하니 나타났다.

'역시 난 운이 좋아!'

속으로 환호성을 터트렸다.

"이 건물이 얼마인 줄 아느냐? 매매가 13억짜리 건물이다. 월세로 임대를 해도 달마다 800만원은 받을 수 있는 건물이지."

"13억?!"

30평인 자신의 집이 1억 7천이다.

'여, 역시 강남 땅값은 상상을 초월하는군. 내가 지금 밟고 있는 지면은 얼마일까.'

상상조차 안 됐다.

"건물은 분명히 괜찮다. 끝자락이지만 터도 이만하면 나쁘지 않지. 그런데 귀신이라도 들었는지 이 건물에서 사업을 시작한 사람은 반 년 안에 망하더구나."

"사업수완이 없던 걸까요."

"연이어 성공했던 놈도 이곳에서는 망했으니까 그건 아니겠지. 특유의 기운이라도 흐르는 게 아닐까 싶다. 상황이 이러다 보니 소문이 파다하게 퍼져서 벌써 1년 째 임대주가 없는 건물이지."

"그런 건물을 제게 보여주신 이유가……?"

"나도 사람이고 욕심이 있어서 13억 짜리 건물을 주는 건 힘들고, 네가 다른 사무실을 마련할 때까지 이 건물을 무상으로 임대해주마. 네가 한 번 이 건물을 살려보거라."

박철대가 승부를 걸듯 말했다.

'사업을 망하게 하는 건물이라……'

다시 주변을 둘러봤다. 이 깨끗한 건물에 그런 사악한 기운이 있을 거라는 생각도 안 들었고, 결정적으로 최창수는 미신을 믿지 않는다.

'그래, 겁낼 게 뭐가 있냐. 사실상 몇 억을 투자받은 거나 마찬가지야. 사업을 망하게 하는 그딴 기운!'

최창수가 휴대폰을 꽉 쥐었다.

'나와 운수 대통령이 전부 부서주지!'

겁낼 건 아무것도 없다.

· · · ◆ · · ·

대학생활도 벌써 4학년 2학기 후반에 들어섰다.

앞으로 몇 개월 후면 졸업.

그때가 되면 더 이상 학생이 아닌, 사회의 구성원이 되어 열심히 일해야 한다.

당연히 4학년들은 발등에 불이 떨어져 평소보다 더욱 열심히 스터디를 가지고, 성공적인 취업을 위해 발품을 팔았다.

최창수도 마찬가지였다.

'졸업하자마자 바로 쇼핑몰을 오픈해야 해. 슬슬 필요한 조건을 충족해야겠어.'

박철대 덕분에 건물은 마련했다. 이 부분에서 상당히 많은 돈은 아꼈다.

'인테리어는 조만간 업체를 부를 거고, 홈페이지 구축은 일주일이면 충분하니까 아직 서두를 필요 없지.'

그렇다면 가장 중요한 게 뭘까.

바로 인력이다.

"전부 모였나요?"

이용허가를 받은 최강대 대강당.

작은 테이블에 앉은 최창수가 말했다. 바로 옆에는 수십 장의 지원서가 놓여 있었다.

맞은편에 선 백 명의 학생.

최창수라는 면접관에게 면접을 받으려는 4학년 학생들이었다.

두 달 전.

최창수는 어떤 식으로 인력을 결정하면 좋나 궁리했다.

우선 중요한 디자이너는 서유라를 포함해서 셋. 그 중 한 명은 경력자로 구할 생각이었다.

회계사는 경력자 한 명과 신입 한 명.

모델은 신입 한 명과 경력자 한 명을 구하기로 했다.

사실 안정적인 시작을 하려면 죄 다 경력자로 구하는 게 좋다. 최창수에게는 그만큼의 능력도 자본도 있다.

하지만 굳이 신입을 구하는 이유, 그것도 최강대 학생을 구하는 이유는 초민아처럼 부모에 의해 자신의 꿈을 펼치지 못한 학생을 몇 명이나마 구원해주고 싶었기 때문이다.

'이 중 대다수는 졸업한 학과와 다른 곳에 취직하겠지. 되더라도 사회의 톱니바퀴에 머무를 테고.'

재능 있는 학생에게는 날개를 펼칠 기회를 주고 싶었다.

그래서 한 달 전, 학교 측의 허가를 받아 캠퍼스 게시판에 구인광고를 기재했다.

그리고 폭풍이 몰아쳤다.

"최창수가 이번에 사업하려고 구인광고 올렸던데. 봤어?"

"응. 근데 우리 과는 해당 안 되잖아? 아쉽다, 진짜. 걔랑함께 사회진출하면 성공가도는 따놓은 걸 텐데."

최강대 학생들은 입을 모아 말한다.

최강대의 최강이라는 단어가 가장 잘 어울리는 학생은 최창수라고.

당연히 지원자가 엄청나게 몰렸고, 예정에 없던 서류심사를 추가해야 했다.

총 700장의 입사지원 서류.

최창수는 꼬박 일주일을 지새워 700명의 지원자 중 100명에게만 면접 날짜를 알려줬다.

즉, 이곳에 모인 100명은 나름 엘리트에 속하는 이들이었다.

"모델학과 32명. 회계학과 27명. 패션 디자이너 학과 41명. 이 중 최종합격하는 분들은 각 학과 당 한 명입니다."

학생들이 서로의 눈치를 살폈다.

지금 이 순간만큼은 4년간 동거 동락한 친구도 모두 적이다.

그 정도로 최창수와 함께 일하고 싶은 마음이 다분했다.

이윽고 면접이 시작됐다.

인원이 많아 한 그룹 당 다섯 명, 시간은 10분을 소요하기로 했다. 즉, 한 명에게 주어지는 시간은 2분. 그 안에 최창수의 마음을 쥐어야만 했다.

'여유롭게 시간을 주고 싶었는데.'

면접을 준비하면서 많은 고민을 했다. 지원자가 어떤 사람인지를 파악하려면 지원서보다는 대화를 나눠보는 게 더 효율적이라 느꼈다.

한 사람의 됨됨이를 파악하는 건 쉬운 일이 아니니까.

하지만 한 그룹 당 10분만 소요해도 면접이 끝나려면 3시간이 훌쩍 넘는다.

그렇다고 며칠에 걸쳐서 면접을 진행하기에는 이런저런 애로사항이 많았다.

면접은 모델학과부터 시작됐다.

면접 전, 철저한 사전조사로 학과에 어울리는 면접 방식을 찾아봤다.

"다들 자신에게 가장 잘 어울리는 옷을 입은 거 맞죠?"

"네!"

"그럼 자신의 매력을 가장 잘 드러낼 수 있는 자세를 취해주세요. 소품은 뭘 써도 좋아요. 제가 박수를 칠 때마다 자세를 바꿔주세요."

모델학과 학생들이 사전에 준비한 소품을 이용해 제각기 자세를 취했다. 누구는 섹시함, 누구는 아름다움, 누구는 귀여움 등등.

그 뒤에는 대화를 통해 상대방의 그릇을 재봤다.

회계학과도 순식간에 지나갔고, 마지막으로 패션 디자이너 학과의 차례가 됐다.

"패션학과는 각자가 디자인한 의상의 도안, 그리고 완성품을 전부 제시해주세요. 면접은 그 후에 진행하겠습니다."

테이블에 도안과 옷이 산더미처럼 쌓였다.

그걸 확인한 최창수가 바로 옆에 앉아 있는 서유라에게 말했다.

"괜찮은 게 보이면 귓속말로 말 해."

"……정말 내가 해도 돼?"

아쉽게도 패션에 관한 건 무지한 최창수다. 공부는 하고 있지만 아직 모자람이 있다.

그래서 서유라를 불렀다.

그녀는 이 분야에서 나름 인정을 받았으니까.

"나도 쟤들하고 같은 학생이야."

"큰 공모전에서 입상도 하고 스카우트까지 받았잖아. 레벨이 다르다고 생각해서 부른 거야."

"으음, 그럼……."

서유라가 도안과 옷을 하나씩 검토했다.

처음에는 자신감 없던 그녀, 하지만 검토를 시작하면서 점점 진지한 얼굴이 됐다.

최창수가 서유라를 짤막하게 소개하고, 패션 디자이너 학과 학생들이 수군거리면서부터는 집중력이 약간 흐트러 졌지만…….

이윽고 3시간에 걸친 면접이 종료됐다.

"일주일 동안 최종검토를 하고, 합격자분들에게는 개별적으로 연락드릴게요. 다들 수고 많았고 이만 돌아가도 됩니다."

학생들이 우르르 대강당 밖으로 나갔다.

3시간 만에 찾아온 휴식.

최창수가 테이블에 머리를 박았다.

"힘들다…… 백 명도 이런데, 대기업은 그 많은 지원자를 어떻게 다 커버하는 거지."

"괜찮아? 박카스라도 한 병 사올까?"

"아냐, 됐어. 점심이라도 먹으면 힘나겠지. 수고 많았어, 도와줘서 고맙다."

"뭘. 그나저나 창수 너…… 진짜 대단하다."

"뭐가?"

"너무 대단한 게 많아서 뭐부터 말하면 좋을지 모르겠는데, 오늘 대단했던 점은 면접."

설마 최창수와 함께 일하고 싶어서 이토록 많은 학생이

찾아올 줄은 몰랐다.

"솔직히 창수 네가 도움을 요청했을 때, 소꿉놀이 같다는 인상을 받았거든. 우리가 마흔 살 먹은 면접관도 아니고, 또래를 상대로 면접이라니……. 왠지 웃겼어."

"내 친구들도 몇 명 똑같은 말 하더라."

"응. 근데 막상 보니까 엄청 진지하다는 걸 느꼈어. 진짜 면접 같았고."

서유라가 곤란하다는 듯 웃었다.

"아무래도 내 생각보다 너와 나의 격차는 큰 가봐."

"……언젠간 좁혀지겠지. 아니면."

"쉿."

그 다음 말은 하지 말라는 듯 서유라가 최창수의 입을 막았다.

"좁힐 거니까 기다려."

서유라가 활짝 웃었다.

· · · ◆ · · ·

어느덧 시간이 훌쩍 지나 최종합격자 발표 날이 됐다.

고민 또 고민 끝에 겨우 고른 세 명의 합격자.

그들에게 개별적으로 합격소식을 알리자 바로 전화가 걸려 채용해줘서 고맙다고, 졸업 때까지 실력을 더 갈고 닦겠다는 인사를 받게 됐다.

한 차례 폭풍을 흘려보낸 최창수.

그는 현재 부모님과 함께 자동차 매장을 방문하러 가는 길이었다.

사업가에게 차는 필수니까.

이윽고 도착한 자동차 매장.

잠시 은행에 볼 일이 있는 최창수는 부모님에게 먼저 구경하고 있으라 말했고, 부모님은 바로 매장의 문을 열었다.

"어서 오세요."

보통은 고객이 오면 밝은 미소로 응대해야 하는 게 당연하건만, 직원은 건성으로 인사하며 앉은 자리에서 일어나지도 않고 서류를 정리했다.

그 이유는 하나.

'옷차림을 보아 하니 대충 구경만 하다 돌아갈 거 같네. 피곤하니까 너무 열 내지 말아야지.'

현재 아버지는 낡은 양복을, 어머니는 집에서처럼 편안한 차림새를 하고 있었다.

직원의 인사가 성의 없었지만 부모님은 크게 개의치않고 차를 둘러보기 시작했다.

"어유, 많이 비싸네."

"역시 창수한테 수리한다고 설득하는 게 낫지 않을까요?"

본래 부모님은 신차를 구입할 생각이 없었다. 하지만 며칠 전 10년 동안 가족의 이동을 책임지던 애마가 사망선고를 받아버렸다.

"우선 둘러는 보자고. 음, 이거 괜찮아 보이는데. 저기요."

아버지가 2016 코란도 투리스모를 가리키며 직원에게 말했다.

"이 차 자세한 설명 좀 해주겠어요?"

"죄송한데 고객님. 5분만 기다려주시겠어요? 하던 일이 있어서……."

"무슨 일인데 고객보다 우선인가요?"

때마침 도착한 최창수.

방금 전 대화를 들은 최창수가 고개를 갸웃거리며 물었다.

"아, 그게…… 헉!"

방금 전까지 VIP리스트를 관리 중이던 직원. 그가 최창수를 보자마자 두 눈이 휘둥그레졌다.

'저, 저 양복이랑 구두! 손목시계! 명품이잖아?'

현재 최창수가 두른 옷의 총합은 3천만 원. 걸어 다니는 돈 덩어리였다.

"그런 건 아니라고 생각하는데, 설마 저희 부모님 옷차림 때문에 편견이 생겨서 대충 상대하는 건 아니죠?"

중학생 때의 일이다.

어쩌다 보니 주말에 공사판에 막노동을 하신 아버지, 일이 끝나자마자 가족을 데리고 함께 자동차 매장에 갔었다.

그리고 단지 옷차림이 후줄근하다는 이유만으로 좋은 대접을 받지 못했다.

그때의 기억이 아직도 선명한 최창수는 똑같은 일을 방지하기 위해서 큰돈을 들여 명품을 구매했다.

부모님의 자존심도 지켜주고, 무엇보다 사업가끼리 만나는 자리에서는 사소한 명품도 서로의 기싸움에 도움이 된다.

"아, 아닙니다! 지금 바로 설명해드리겠습니다. 해드릴 건데…… 혹시 최창수 씨인가요?"

"절 아시나요?"

"이, 인터넷 뉴스에서 자주 봤습니다. 실물이 훨씬 더 잘생기셨네요. 후우, 후우……."

직원이 다급하게 숨을 몰아쉬며 진정하려고 했다.

'내가 미쳤지, 미쳤어! 하마터면 대형고객을 놓칠 뻔 했잖아!'

정신을 차린 직원이 바로 친절하게 설명을 시작했다.

"제가 말씀 드릴 건 대충 이 정도입니다! 마음에 드는 차로 살펴보십시오!"

"아빠, 마음에 드는 차로 골라보세요."

"으음, 이 놈이 마음에는 든다만……."

아버지가 2016 코란도 투리스모를 바라봤다. 가격을 보고 이내 고개를 휙 돌렸지만.

"부담 갖지 마시고 말씀하세요. 20년 동안 받은 걸 돌려드리는 거니까."

"창수 네가 요즘 벌이가 괜찮은 건 알겠지만, 이건 너무 무리하는 거 아니니?"

"무리였으면 애초에 얘기도 안 꺼냈죠. 게다가 아빠, 저 내년이면 사업가예요 사업가. 곧 떼돈을 벌 건데 이깟 차 한 대가 문제겠어요? 우선 시승이라도 해보세요."

"으음, 알겠다."

직원으로부터 키를 받은 아버지가 2016 코란도 투리스모를 끌고 도로를 주행했다. 10년 만에 타보는 새 차. 신식이라 그랬는지 모든 면에서 전 차를 능가했다.

"흐, 흠!"

매장으로 돌아온 아버지.

두 눈을 감고 헛기침을 하며 최창수의 어깨를 두들겼다.

"효도는 이걸 마지막으로 하거라."

"네네~ 알겠어요, 알겠어."

미안한 마음에 솔직하지 못한 아버지. 절로 미소가 지어졌다.

1시간 넘는 관람 끝에 아버지는 2016 코란도 투리스모를, 최창수는 예전부터 점 찍어둔 2016 임팔라를 골랐다.

두 차량의 합계는 9천만 원가량.

일반인에게는 손이 떨릴 정도로 큰돈이지만, 최창수에게는 3개월만 일하면 벌 수 있는 돈이었다.

"저, 정말 일시불로 결제하신다고요?"

"네. 혹시 안 되나요?"

"아뇨! 됩니다! 저희는 좋지만 고객님께서 조금…… 잘 생각해보세요. 9천만 원입니다, 9천만 원."

"얼마 안 하네요. 일시불로 해주세요."

9천만 원이 얼마 안 한다라!

'여, 역시 잘 나가는 사람은 달라도 다르군.'

자신은 언제쯤 저렇게 살 수 있을까!

부러움 가득한 마음으로 천천히 일시불결제를 도왔다.

놀란 건 부모님도 마찬가지였다.

"창수야, 일시불 취소하고 할부로 바꾸는 게 어떠니? 엄마 아빠도 달마다 조금씩 도울게."

"아들. 돈 있다고 막 쓰면 나중에 후회 해."

"후회 안 해요."

최창수가 활짝 웃으며 말했다.

"엄마 아빠 자식 돈 많아요. 앞으로 더 많아질 거니까 이 정도 능력은 충분히 돼요."

부모라면 꼭 한 번 듣고 싶은 말.

자식이라면 꼭 한 번 드리고 싶은 말.

부모님은 감격스러워서 눈시울이 붉어졌고, 최창수는 평소보다 더욱 어깨에 힘이 들어갔다.

· · · ◆ · · ·

서유라가 근무 중인 패션회사 본사 근처 공원.

최창수는 한가롭게 담배를 피면서 주변을 둘러봤다.

'괜히 패션회사 근처가 아닌가. 다들 옷 한 번 잘 어울리

게 입었네.'

서유라가 근무 중인 회사는 패션 디자이너와 동시에 모델 프로덕션도 겸하고 있었다. 그러다 보니 근처를 지나다니는 행인은 하나 같이 스카우트를 노리고 치장에 힘을 쓴다.

"또 담배 펴?"

익숙한 목소리.

누군가가 묵직한 편의점 봉투로 자신의 어깨를 건드렸다. 고개를 돌리니 피곤해 보이는 인상의 서유라가 보였다.

"시간 때우기로는 이만한 게 없거든."

"그러다 빨리 죽으면 어떡해? 난 너 폐암으로 죽는 꼴 절대 못 봐."

"그거야 운 없으면 죽는 거고, 난 운이 좋아서 폐암 걸릴 일은 없을 걸? 후우~"

"꺅! 담배 냄새! 싫으니까 입김 불지 마."

"하하하! 반응 격하니 괜히 더 하고 싶어지네."

"됐거든? 이거나 먹어."

짙은 담배 냄새 때문에 서유라가 약간 거리를 두고 그의 옆에 앉았다. 그리고 편의점 도시락을 건넸다.

"오늘 날씨 따스하잖아? 밖에서 같이 먹으려고 사 왔어."

"얼마야? 돈 줄게."

"됐어. 내가 사는 걸로 할 테니까 맛있게 먹기나 해."

"그럼 사양 않고 받을게. 고맙다."

최창수가 서유라의 머리를 거칠게 쓰다듬었다. 그를 만나기 전 화장실에서 열심히 정리한 머리가 죄다 헝클어졌지만, 부드러운 손길을 거부할 마음은 전혀 없었다.

두 사람은 따스한 햇살을 받으며 도시락을 먹기 시작했다.

"꼭 학생 때 같다. 급식 먹는 느낌이야."

"그러게. 가끔 담 넘고 동네 분식집도 갔잖아."

"……돌아보니 우리 둘 다 제법 나이가 먹었네. 평생 학생으로만 살 줄 알았는데 나는 벌써 직장인이고."

"직장인이 된 기분은 어때?"

대학교를 졸업하자마자 서유라는 공모전에서 입상했던 그 회사에 취직했다. 나름 훌륭한 센스로 입사 세 달 만에 상사로부터 인정을 받았다.

"완전 힘들어. 대학생 때는 버틸 만 했는데 취직한 뒤로는 쉴 시간도 없이 디자인 생각하니까 죽을 맛이야. 취미가 직업이 된다는 게 이런 거구나 뼈저리게 느껴."

"그래도 일하는 거 즐겁지 않냐? 난 즐겁던데."

"그야…… 창수 너는 뭐든지 완벽하게 잘 해내니까. 나는 범인이라서 제대로 걷는 것도 힘들어."

식사를 끝낸 서유라가 빈 봉지에 도시락 용기를 집어넣었다.

"학생 때는 어서 어른이 되고 싶었는데, 막상 되니 크게 좋은 것도 없는 거 같아. …… 재미없는 얘기는 이만하고, 자! 부탁한 거."

서유라가 서류봉투를 건넸다.

확인하니 의상 도안이 들어 있었다.

"오, 땡큐. 슬슬 제작업체에 부탁할 때가 가까워졌거든, 도안이 필요했어."

"제작한 의상은 네 자취방으로 미리 보내뒀어. 아무래도 완성품이 있어야 얘기가 더 빠를 테니까."

"고맙다, 일도 바쁠 텐데 이것저것 도와줘서."

"창수 너니까 도와주는 거야. 다른 사람이었다면 안 도와줬어."

"어, 그, 그래……. 고맙다."

예전보다 더욱 직설적으로 변한 서유라.

덕분에 예상치 못한 곳에서 심장어택을 받아야만 했다.

"참!"

붉어진 얼굴이 보일까, 최창수는 하늘을 올려다보며 말했다.

"내년에 내 회사로 올 거지?"

초기 맴버로 생각했던 서유라. 모르는 사람보다는 아는 사람과 함께 회사를 꾸려가는 게 여러모로 득도 많고 편할 거 같았다.

"딱 1년 채우니까 퇴직금 받고 가야지. 바로 옆에서 창수 너를 지켜봐야 거리가 얼마나 좁혀졌는지 벌어졌는지 알 수 있으니까."

턱을 괸 서유라가 최창수를 바라보며 우아하게 웃었다.

무슨 반응을 보이면 좋을까.

고민한 최창수는 그저 뒤통수만 긁적거릴 뿐이었다.

· · · ◈ · · ·

며칠 후.

서유라가 제작한 의상이 도착했다.

최창수는 의상을 갖고 신소율이 소속되어 있는 CL프로덕션으로 향했다.

"창수야!"

CL프로덕션 모델 대기실.

수많은 모델 대기실 중 빈 곳에서 잠시 쉬고 있자니 신소율이 덜컥 문을 열고 들어왔다.

군 제대 후 서로의 시간이 맞지 않아 몇 번 만나지 못한 그녀. 오늘 만남은 무려 3개월 만에 이루어지는 거였다.

'더 예뻐졌네.'

마지막으로 봤을 때도 신소율은 더 이상 시골여자가 아니었다. 그야말로 서울 여자 그 자체! 여자의 변신은 무죄라는 말처럼, 신소율은 매번 만날 때마다 다른 모습으로 성장해갔다.

"신소율! 오랜만이다!"

"응응, 완전 오랜만! 우리 창수 이제는 빠박이 아니네?"

"3개월 전에도 빠박이 아니었거든?"

"헤, 그랬나. 어쨌든 오랜만에 보니까 너무 반갑다, 반가워~"

신소율이 어느 때처럼 최창수를 껴안으려고 했다. 그걸 최창수가 피했다.

"······어?"

당황스러웠는지 신소율이 놀란 표정을 지었다. 자신을 바라보는 눈동자는 왜 피하냐고 강한 의구심을 보였다.

"히, 히터가 쌔서 땀이 나네. 냄새 나니까 너무 가까이 오지 마."

"아무 냄새도 안 나는디? 뭐······ 창수 네가 그러라니 알겠지만."

"이해해줘서 고맙다. 그보다 소속사 사장님은?"

"금방 오실 거야!"

"그렇군. 음, 긴장되네."

최창수가 거울을 통해 옷차림이 흐트러지지 않았나 점검했다.

초기 목적은 신소율을 아예 자신의 회사 소속 모델로 만다는 거였지만, 아직 그녀가 반 년 넘게 계약기간이 남아 있었다.

당장 위약금을 줄 능력은 안 되고, 그녀 또한 자신을 여태까지 키워준 소속사를 배신하고 싶지 않다면서 계약기간이

만료되기 전까지는 이적할 생각이 없다고 강하게 주장했다.

고민 끝에 최창수는 CL프로덕션과 계약을 맺기로 했다.

'현재 자금으로는 전속 모델 두 명이 한계야. 그마저도 신인이라 망정이지. 당분간은 전속계약을 고집해야겠어.'

잠시 후.

CL프로덕션의 사장인 이민철이 왔다.

불룩 튀어나온 배와 원형 탈모.

외모만 보면 탐욕스러운 인상이었지만, 얘기를 나눌수록 심성이 착한 사람이라는 걸 알게 됐다.

"정말 저희 프로덕션이라도 괜찮습니까? 설립 후 4년이 지났지만 비슷한 시기의 프로덕션과 비교하면 성장속도가 더딘 편입니다."

"알고 있습니다. 조사를 조금 했거든요."

최창수가 서류뭉치를 꺼냈다.

"CL프로덕션 직원은 아니라 자세한 건 조사 못했지만, 대충 간략적인 걸 알아봤습니다. 확실히 비슷한 시기에 설립된 회사랑은 다소 차이가 났지만, 마케팅 부분에서 조금 실수가 있던 거 같더라고요."

CL프로덕션과 타 프로덕션의 마케팅 차이를 비교해봤다.

"다른 곳은 제법 공격적인 마케팅을 하는 반면, CL은 수비적이더라고요. 게다가 신소율의 매니저님과 얘기를 들으니 영업팀도 인원이 적고 신입이 많다 하더라고요."

"네. 제가 첫 프로덕션이라 초기에 자잘한 실수도 많았고, 그게 곧 자금난으로 이어지더군요. 무리해서 규모를 확장하다가는 파산될 거 같아 소극적으로 운영하다 보니 자금도 많이 늘어나지 않더군요. 저도 어떻게든 바꾸고 싶지만 이미 프로덕션 중심까지 뿌리를 내린 터라……."

"그 문제. 제가 해결할 수 있을 지도 모릅니다."

"어떤 식으로 말이죠?"

"준비 과정에서 이런 말을 하면 얼마나 믿음이 갈 지는 모르겠습니만. 전 반드시 제 쇼핑몰을 성공시킬 겁니다. 차츰차츰 규모를 키워 최종적으로는 대기업으로 성장도 시킬 생각이고요. 그 길을 CL과 함께 하고 싶습니다."

"어째서죠? 그럴 생각이라면 훨씬 더 좋은 곳이 많을 텐데요."

"첫 번째는 제 친구인 신소율이 있기 때문입니다. 친구의 성공을 돕는 건 기쁜 일이니까요. 두 번째는 CL이 자금 문제만 해결되면 금세 성장할 거라는 믿음이 있기 때문입니다."

최창수가 또 다른 서류를 꺼냈다. CL과 비슷한 시기에 설립된 프로덕션에 소속된 모델의 사진 및 인터뷰 관련 서류였다.

"모델의 기본인 몸매와 얼굴. 전체적으로 CL이 더 우수하다 생각합니다. 문제는 신인이 많다는 것. 아무리 우수해도 경력자와는 선호도의 차이가 날 수밖에 없죠. CL은 일거리가 많지 않다 들었는데, 그러다 보니 얼굴을 알릴 기회가 적어 성장에 악영향을 끼친 거 같습니다."

최창수가 이민철 사장을 바라봤다.

"저는 초기부터 공격적인 마케팅을 펼칠 겁니다. 그리고 달마다 최소 두 벌씩 꾸준히 신상품을 발매할 거고, 해당 상품을 가장 자연스럽게 소화해내는 모델에게 일을 맡길 겁니다."

최창수는 계속해서 자신과 CL이 함께 성공할 수 있는 방안을 내놓았다.

여태껏 최창수가 한 말도.

최창수가 계속 꺼내고 있는 방안도.

솔직히 CL측에서는 생각하지 못한 게 아니었다. 하지만 놀라움이 터지는 걸 막지 못했다.

'내부 직원과 외부인의 생각이 이토록 많이 일치한다니. 보통 각오로 쇼핑몰을 준비하고, 우리와 계약을 맺으려는 게 아닌가 보군. 믿음이 가는 사장이다.'

방안의 경우에도 생각은 했지만, 함께 할 인생의 동반자가 없어 계속 발품만 팔고 있었다.

그런데 때마침 좋은 곳에서 그 길을 함께 걷자고 제안했다.

'우리 프로덕션에서 그나마 성공한 신소율 씨의 친구라고는 해도 어려서 큰 기대는 안했는데, 이 정도의 사전조사력이라면 분명히 경영도 잘 해내겠지. 이 친구와 함께 하면

큰 깨달음을 얻을 지도 모르겠군······.'

무엇보다 현재 CL측에서는 찾아온 제안을 거절할 입장이 못 된다. 다소 불리하더라도 무조건 받아들여야 하는 상황.

최창수가 조건도 나쁘지 않게 제시하니 절대 놓쳐서는 안 되는 기회였다.

이민철 사장이 손을 건넸다.

"앞으로 잘 부탁드립니다, 최창수 사장님."

"네! 저도요!"

· · · ◈ · · ·

또 하나 일거리를 끝낸 최창수.

초민아의 자취방 문을 두들겼다.

"선생님? 어쩐 일이야?"

초민아가 문을 열지 않고 물었다.

"할 얘기가 있어서 왔어. 문 좀 열어 봐."

"나 지금 쌩얼이라 안 됩니다요~ 화장할 테니까 기다려!"

그로부터 30분이 흘렀다.

화장도 완벽하게, 옷차림도 바깥에서처럼 갈아입은 초민아가 여우처럼 웃으며 현관문을 열었다.

"히히, 이제 들어와도 돼."

"알고 지낸 게 4년인데 뭘 그리 숨기냐."

"여자의 맨 얼굴은 이성 친구, 그리고 배우자에게만 보여주는 거야! 그리고 선생님 앞에서 최대한 예쁘게 보이고 싶은 건 당연한 거잖아?"

그리고 보니 4년 동안 초민아의 맨 얼굴, 그리고 대충 입은 옷차림을 본 적이 없었다.

물론 그 이유는 최창수에게 최대한 잘 보이고 싶어 서지만, 초민아가 여태껏 어떤 삶을 살아왔는지 들어버린 최창수는 그녀가 모델에 미련이 있어 그런 식으로라도 대리만족을 하는 거라 생각했다.

'더더욱 꿈을 이뤄줘야겠어!'

신발을 벗고 초민아의 자취방 안으로 들어갔다.

"뭐 좀 마실래? 아니면 식사?"

"얘기 먼저 하자."

"엄청 진지한 표정이네? 아! 설마, 후후후……. 드디어 내 마음에 응답을……."

"너. 모델 할래?"

"……응?"

장난스럽게 말하던 초민아가 갑작스러운 제안에 당황했다.

"모델이라니…… 그게 무슨 소리야?"

"내가 이번에 쇼핑몰 차리는 거 알지? 방금 막 CL프로덕션이라는 모델 업체랑 전속계약을 맺고 왔어. 그리고 괜찮은 인재를 한 명 소개시켜주겠다 했고, 그쪽에서 무조건 계약을 맺겠다고 얘기했어."

"그래서? 설마 날 소개시켜주겠다는 거야?"

"그러니까 얘기를 꺼냈지."

"서, 선생님도 참! 뜬금없이 무슨 소리인가 했더니, 정말 말도 안 되는 소리네!"

얼굴이 붉어진 초민아.

그녀가 창피하다는 듯 손사래를 쳤다.

"내, 내가 무슨 모델이야! 그야 내 얼굴이 제법 예쁘긴 하지만, 모델학과를 나온 것도 아니고 키도 작은데 무슨 수로 모델을 해."

"상관없어. 키 작은 여성을 위한 의류도 잔뜩 만들 거니까. 그때를 생각하면 네가 필요해."

최창수가 초민아의 손을 잡았다. 그리고 진지한 눈빛을 그녀에게 보냈다.

"내가 생각하는 네 장점이 뭔지 아냐?"

"……뭔데?"

"바로 자신감이 넘친다는 거야. 그리고 행동 하나하나가 자연스럽다는 것. 모델이 기본적으로 갖고 있어야 하는 걸 넌 갖고 있거든? 불가능한 얘기는 아니라고 생각해. CL프로덕션이랑 계약 맺는 게 싫으면 나랑 계약 맺어서 한 번 도전해보자. 기초부터 하나씩 배우면 되지."

"왜 하필 나야?"

초민아가 진지하게 물어봤다.

어째서 자신인가.

진심으로 궁금했다.

모델이 필요한 거라면 얼마 전 치른 면접에서 불합격한 누군가를 데려오면 된다. 그게 여러모로 이득이니까.

"네 백수 짓 더 이상 지켜볼 수가 없어서 그렇다."

"엥?"

예상외에 대답이 돌아왔다.

"너 솔직히 말해 봐. 졸업하고 취직안하고 만날 빈둥대는 거, 부모님한테 반항하는 거지?"

"……아닌데."

"아닌데 고개는 왜 돌려?"

최창수가 초민아의 이마에 꿀밤을 났다.

"으이구, 이 답답아. 나이가 몇인데 유치하게 반항이냐. 이왕 부모님 뜻 거스르기로 했으면 백수 말고, 모델 해. 내가 네 부모님 대신에 지원해줄게."

"진짜로? 중간에 가능성 없다고 안 버릴 거지?"

"넌 내가 친구나 버리는 못된 놈으로 보이냐? 그리고 나랑 4년 동안 알고 지냈으면 내가 실패를 모르는 놈이란 걸 알 텐데?"

"그건 그런데……."

초민아가 깊은 생각에 빠졌다.

하지만 그것도 잠시.

스스로에게 어울리지 않는다 생각하는 진지함을 표정에서 확 거뒀다.

"뭐! 선생님이 직접 찾아와서 부탁할 정도라면 들어줘야지! 어릴 적 꿈을 이룬다는 것도 낭만적이고!"

"좋았어!"

최창수가 손뼉을 쳤다.

"너 진짜 잘 생각한 거고 기회 제대로 잡은 거야. 나만 믿고 따라와라."

· · · ◆ · · ·

사업자등록증이 나온 다음 날부터 최창수는 정신없이 바빠졌다. 사무실 인테리어도 완료했고, 직원도 전부 고용했다.

정상적으로 사업을 시작하는 건 졸업 후 바로 다음 날이다. 직원들에게도 그때부터 출근하라고 얘기를 해둔 상태다.

'홈페이지 문제도 해결했으니까 이제 대대적으로 홍보하면서 미리 주문만 받아두면 되네.'

당연한 거지만 판매할 물품은 전부 오리지널.

그 중 열 종류 정도 서유라로부터 도안을 받아둔 상태다.

이제 슬슬 본격적으로 옷을 생산할 업체를 선별해야 했다. 우선 초기에는 맡길 양이 많지 않았기에 대형 의류 제작업체는 제외했다. 가져가 봐야 좋은 소리는 못 들을 테니까.

그렇다고 작은 업체 중 아무 곳에나 맡기는 건 안 된다.

규모가 작다 보니 보안 의식이 떨어져서 제작을 의뢰한 옷을 더 만들어 시장에 유통하는 사고가 빈번히 일어나기도 하고, 품질에서 문제가 발생할 수도 있기 때문이다.

최창수는 직접 발품을 팔면서 앤젤 쇼핑몰과 평생을 함께 할 제작업체를 찾기 시작했다.

그로부터 며칠 후 간신히 제작업체와 계약을 맺게 됐다.

이제 남은 건 홍보 뿐!

마침 딱 좋은 기회가 찾아왔다.

서울에 위치한 CYV라는 이름의 케이블 방송국.

주변을 둘러보니 무대 주변을 가득 채운 각종 방송장비와 인력이 보였다.

"반갑습니다, 최창수 BJ님! 실제로 만나 뵙게 돼서 영광입니다!"

"저야 말로 이런 좋은 시기에 초청해줘서 감사하네요."

한 달 전.

최창수는 아프리카 TV를 연결해서 한 통의 전화를 받았다.

바로 케이블 프로그램의 게스트로 나와 달라는 것.

쇼핑몰을 홍보할 절호의 찬스라서 바로 승낙했었다.

"바쁘실 텐데, 시간 쪼개주셔서 감사합니다! 이색 직업으로 BJ를 찾고 있었는데 아무리 봐도 최창수 BJ님이 제격이더라고요."

"하긴, BJ중에는 저만한 인물이 없죠."

농담조로 잘난 척 했지만 누구도 부정할 수 없는 사실이었다.

최창수가 방송을 시작한 지 시간이 3년 가까이 됐다.

그동안 그가 이룬 업적.

별풍선 50만개.

악플러 근절 캠페인.

최고 시청자 10만명 달성.

아프리카 TV 인기투표에서 압도적으로 1등 등등.

아프리카 TV의 살아있는 전설이었고, 현재도 계속 전설을 만드는 중이었다.

이윽고 방송이 시작됐다.

"안녕하십니까, 여러분! 이색 직업의 MC 김석용입니다!"

공중파 프로그램에서도 MC로 활약 중인 김석용이 소리쳤다.

살아생전 처음으로 보는 방송인.

처음에는 방송인을 봐서 신기한 기분이 들었지만, 자신도 엄연히 따지면 방송인이라 생각하니 똑같은 사람으로 보였다.

"오늘 소개할 직업은 과연 뭘까요? 일인지 노는 건지, 듣기만 해도 탐나는 일. 요즘처럼 취업하기 힘든 때 한 번쯤은 노려봐도 괜찮을 듯한 직업. 일반인은 잘 모르지만 돈만 벌면 장땡이라는 생각으로 임하면 신의 직장인 그곳의 전설. 캠방송계의 강동원, 최창수 BJ님을 모셔봤습니다."

현란한 말솜씨로 진행을 시작한 김석용.

박수갈채가 울려 퍼지고, 최창수는 바로 무대에 올라 김석용 옆자리에 앉았다.

"반갑습니다."

"네, 반갑습니다."

"아유. 전 이분 오늘 처음 뵙는데, 보자마자 호감이 느껴지네요. 괜히 캠방송이라는 걸 하는 모양이 아닙니다. 그런데…… 보자마자 민감한 질문입니다만, 월 수익이 어느 정도 되시나요?"

"수익이요?"

실례에 속하는 수익 질문. 무엇 하나 창피할 게 없는 최창수는 자신 있게 말할 수 있었다.

"별풍선 하나당 100원, 제게는 70원 정도 수입이 떨어지는데요. 저 같은 경우에는 평균적으로 한 달에 4천만 원 정도 벌어요."

"4천만 원이요?!"

자신이 한 달 내내 방송국을 뛰어다녀도 못 버는 월급. 김석용의 눈이 휘둥그레졌다.

"아니, 4천만 원이면…… 일주일에 천만 원. 1년이면 4억 8천 아닙니까?"

"네. 그렇죠. 물론 평균이라서 세부적으로는 달라요. 3천만 원 받을 때도 있고, 수입이 많이 좋았을 때는 5천만 원 이상."

"가장 많이 벌었을 때는 얼마였죠?"

"8천만 원이요. 그 달에 열혈팬 회장님이 5천만 원 치 별 풍선을 쏘셨거든요."

"이야…… 그 정도로 버는 거면, 저도 오늘부터 방송 때 려치우고 개인방송이나 해야겠는 걸요."

"하하. 모두에게 열린 곳이니까 딱히 상관은 없습니다. 전 오히려 취업으로 힘들어 하는 친구들에게 이 직업을 소 개해주고 싶어요. 끼만 갖추고 있다면 이만큼 편한 직업도 없거든요."

"하지만 미래가 불투명하지 않나요?"

"그러니까 한 방에 벌어야죠. 그 돈으로 건물을 구매하 거나 사업을 하는 걸로 미래를 확보해야 해요. 저 같은 경 우에는 이번에 사업을 준비 중입니다."

"사업이요?"

"네."

최창수는 현재 진행 중인 쇼핑몰에 관한 설명을 시작했 다.

그리고 엄청난 폭풍이 몰아쳤다.

-헐 대박, 창수 씨 조만간 폭탄발표 한다더니 그게 이거 였어요?

−엔젤 쇼핑몰 검색해도 안 나오는데 언제부터 홈페이지 열려요? 안 그래도 옷 구매하려 했는데 여기서 살게요!

−오빠 ㅜㅜㅜㅜㅜㅜㅜㅜㅜㅜㅜㅜㅜ 저도 옷 만들 줄 아는데 오빠 옆에서 일하면 안 돼요???

개인방송 홈페이지와 페이스북.

최창수가 출연한 방송을 본 시청자들이 엄청난 기세로 게시글을 작성했고, 새로 고침을 한 번 할 때마다 수십 개의 새로운 글이 보였다.

기대한 반응에 최창수는 흡족한 미소를 지었다.

'슬슬 개인방송에서도 말할 때가 됐어.'

아프리카 TV 홈페이지를 확인했다. 자신의 부탁대로 저녁 10시에 최창수 BJ가 중대발표를 한다는 배너가 걸렸고, 홈페이지 작업을 완료했다는 연락도 받았다.

바로 개인방송을 켠 최창수는 시청자가 최대한 많이 모이길 기다렸다.

마침내 11만 명.

자체 기록이었던 10만 명을 뛰어넘는 시청자가 자신의 방송에 참여했다.

최창수였기에 가능한 일.

11만 명의 시청자들, 이번에는 최창수가 어떤 식으로 자신들을 재밌게 해줄 지 기대하고 있었다.

"안녕하세요. 시청자 여러분. 다들 제가 오늘 발표할 게 많이 궁금…… 은 하지 않으려나요? 벌써 많은 분들이 알고 계실 테니까요. 그러니까 결론부터 말하겠습니다."

최창수가 엔젤 쇼핑몰 홈페이지에 접속했다.

심플하면서도 세련된 느낌의 홈페이지. 초민아와 신소율, 그리고 새로 영입한 모델의 촬영사진이 메인을 장식해 뒀다.

"내년! 정확히 내년 1월 1일 날 정식으로 오픈합니다. 그 전까지는 회원가입 및 예약주문은 가능하고요. 주문 물량은 1일 이후에 일괄 배송됩니다! 한 달 동안은 오픈 이벤트로 가입 시 3천 마일리지 적립, 결제 시 10%적립 등! 여러분들의 지갑을 지켜줄 이벤트가 기다리고 있습니다!"

어서 들어오라는 듯 최창수가 사이트 주소를 공개했다.

"사이트 주소입니다! 회원 수 만 명 증가할 때마다 추가 이벤트가 기다리고 있으니 다들 최원가입 부탁드려요!"

트래픽 증가 수치와 회원가입 수를 확인!

많은 접속을 대비해서 비싼 서버를 구매한 게 무색할 정도로 트래픽이 몰려 사이트 속도가 많이 느려졌고, 그 와중에도 회원가입 수가 무섭게 증가하기 시작했다.

시청자 11만 명!

30분 만에 3만 명이 넘는 회원이 생겼고, 그 숫자는 계속 증가하고 있었다.

"회원 수 벌써 5만 명 돌파했습니다! 감사의 뜻으로 마일리지 5천 원 추가 지급하겠습니다!"

만 명 당 1천 원씩 상승하는 마일리지.

만약 11만 명이 모두 가입하면?

공짜로 만 원을 버는 셈이다.

앤젤 쇼핑몰에서 판매하는 의류의 평균가가 3만 5천원이니, 2만 5천원에 옷 한 벌을 구매할 수 있는 것.

계산이 끝나자 얌전히 구경만 하고 있던 시청자들도 일제히 회원가입을 했다.

늘어나는 회원 수를 확인하며 최창수는 제품소개를 시작했다.

"1월 1일이면 겨울이죠? 하지만 몇 달 후면 금세 봄이 오죠. 겨울을 따뜻하게, 하지만 봄에도 부담 없이 입을 수 있는 옷으로만 쫘악 준비했습니다!"

최창수가 보라색 올니트를 화면에 비췄다.

"사진처럼 엄청 예쁜 옷입니다! 니트지만 실의 굵기가 적당한 편이라 겨울에는 야상만 걸쳐도 따뜻하고, 봄에는 더워도 추위도 느껴지지 않습니다!"

이번에는 케이프 망토를 화면에 비췄다.

"붉은색과 검정색으로 아름답게 짠 케이프 망토입니다. 길이는 사진처럼 날개 뼈까지! 여자 분들이 입으면 날개를 다는 거고, 남자 분들은 여자 친구에게 선물하면 엄청 좋아할 겁니다! 가격도 5만 원 대로 저렴하니까 마음에 들면 구매도 해주세요!"

최창수는 제품을 정성스럽게 소개했다.

운수
대통령

총 열 벌의 옷.

시청자들은 각자 마음에 드는 옷, 필요했던 옷의 주문서를 작성하기 시작했다. 아무리 최창수의 팬이라도 만날 수도 없는 사람에게 별풍선을 쏘는 게 부담스러웠던 시청자도 자신에게 투자하는 거라 돈을 아끼지 않았다.

아프리카 TV의 신이나 다름없는 최창수.

아름다운 모델이 입은 아름다운 옷.

시청자들은 벌써부터 엔젤 쇼핑몰을 머릿속에 각인했다.

방송이 종료된 후, 최창수는 오늘의 결과물을 확인했다.

'회원가입 8만 건……. 그 중 주문은 4만 3천 건이라…….'

엄청난 숫자, 몸에 힘이 쫙 풀렸고 미끄러지듯 의자에 드러누웠다.

'내일 아침에 바로 업체에 수량 늘려달라고 전화해야겠네.'

이 정도로 반응이 폭발적이라고는 생각 못했다. 그래서 한 제품 당 천 벌씩만 주문을 했다. 오늘 주문 건 덕분에 3만 3천 벌을 추가 제작하게 됐지만.

그만큼 추가지출이 어마어마했지만, 벌어들인 돈은 더 어마어마했다.

'실 판매 15억 가량……. 제외할 거 전부 제외해도 몇 억이냐 대체……. 거기에 세금도 억을 내야 하네…….'

개인방송 덕분에 최창수가 국가에 내야 하는 세금이

상당히 늘었다. 하지만 그것도 몇 천 정도…….

그 세금의 단위가 순식간에 억으로 변했다.

'와, 억 단위가 되니까 진짜 존나게 아깝네.'

세금이 백만 원, 천만 원 때는 그냥 내야할 돈 내야 한다 생각해서 전혀 아깝지가 않았다. 하지만 그 단위가 억으로 변하자 너무 아까워졌다.

'이래서 부자들이 세금 줄이고, 탈세하고 그러는 거구나……. 솔직히 나라가 나한테 해준 게 뭐가 있냐!'

최창수가 이 자리까지 성공하게 도와준 것.

그건 운수 대통령이지 절대 나라가 아니었다.

· · · ◈ · · ·

순식간에 시간이 흘러 마침내 1월 1일이 됐다.

"다들 빠짐없이 출근하셨죠?"

박철대로부터 임대 받은 사무실.

천만 원짜리 양복을 입은 최창수가 뒷짐을 지고 주변을 둘러봤다.

서유라를 포함한 전속 디자이너 두 명, 전속 모델 두 명, 회계사 한 명, 서버 관리 한 명, 고객응대 직원 두 명.

총 여덟 명의 직원이 첫 출근을 마친 상태였다.

"다들 알겠지만, 형식상 자기소개 하겠습니다. 앤젤 쇼핑몰의 대표 최창수입니다. 호칭은 대표님으로 해주시고요.

왼쪽부터 차례대로 자기소개 해주세요."

"안녕하세요. 앤젤 쇼핑몰 전속 디자이너 서유라입니다. 최창수 대표님하고는 중학생 때부터 친구였어요."

아무도 묻지 않는 친구여부가 서유라의 입에서 나왔다. 여덟 명 중 네 명이 여자였으니까. 혹여나 최창수에게 딴마음을 품지 못하도록 하기 위한 방어의 일부였다.

나머지 직원이 자기소개를 했다.

"비록 시작은 작은 쇼핑몰이지만, 최종적으로는 기업으로 만드는 게 제 목표입니다. 여러분들은 그 계획의 스타팅 멤버, 제가 엄선하고 엄선해서 뽑은 분들이니 가슴을 쫙 펴도 좋습니다. 어디 가서 직업이 뭐냐면 자신 있게 대답하세요!"

"네!"

"그리고 이 자리에서 약속드리겠습니다. 하나, 사이트가 폭발하거나 주문이 너무 많을 경우를 제외하고는 야근이나 주말 근무는 절대 없습니다. 둘, 만족스러운 월급을 드리겠습니다. 회사가 성장함에 따라 여러분들의 월급도 늘어나니 다들 최선을 다 해 근무해주세요."

"야근이 없어?!"

"월급이 늘어나?!"

이미 사회 경험이 많은 직원 몇 명이 엄청나게 놀랐다. 대한민국 기업에서는 절대 없을 일이니까…….

"자, 그럼 일하러 가볼까요? 오늘 업무는 여러분 직종과 약간 다르겠지만."

최창수가 직원을 데리고 어딘가로 향했다.

도착한 곳은 제법 큰 규모의 창고.

최창수가 창고 문을 열었다.

"헐……."

창고 내부를 확인한 직원들이 한숨을 내뱉었다.

총 10만 벌의 옷…….

포장된 옷도 많았지만 앞으로 포장해야 할 옷도 잔뜩 이었다.

"포장만 저희가 하면 되거든요? 다들 힘내서 정시퇴근 해봅시다."

최창수가 싱긋 웃었다.